馬頭温泉物語

目次

馬頭温泉物語

（序章）

かつて温泉は病気や怪我を癒す湯治目的の場所だった。しかし、現代では医学が発達し、秋田県の玉川温泉に代表されるような一部を除いて治療目的で温泉を訪れる人は稀である。反面、これほどまでに科学が発達し医学が進歩しても、厳しいストレスに晒される今日において、温泉にストレス解消や癒やし、安らぎを求めることもまた必然のことと言える。火山国日本には、三〇〇〇カ所を超える温泉湧出地が存在していると言われており、その温泉は火山性と非火山性に分けられる。火山性温泉は地下数キロメートルから十数キロメートルの部分で、深層から上昇してきたマグマがマグマ溜まりを作り、一〇〇〇度以上の高温になっている所に、地表に降った雨や雪の一部が地中に染み込んで地下水となりマグマ溜まりの熱で温められ湧水したものである。栃木県では日光、鬼怒川、塩原、那須方面の温泉がそれに該当していることが全国的に知られている。それとは別に、地下では深くなるほど地温が上がり、一般的に一〇〇メートルごとに三度上昇すると言われている。従って、地下一〇〇〇メートルの地温は地表より三十度以上高温になり、その地中に溜められた温水が湧出したものが非火山性温泉である。

古より自然に湧出していた湯が発見され現在も温泉地として継続している例が多いが、稀に今日まで秘湯として一部の人々にのみ利用されているケースもあるという。ともあれ、昔から温泉は自噴して発見され、湯治に利用される流れで現代に繋がってきた歴史があった。自噴による温泉は、山奥で修行していた僧侶や修験の山伏に発見され、神聖な恵みか霊泉と捉えられて宗教的に守られた場合も多かった。

栃木県東部に位置する那珂川町の温泉は非火山性温泉に属していて、江戸時代から小口温泉と広瀬温泉があった。この内、小口温泉は小口川湯本の河川敷に自噴していたことが江戸時代、小口村の名主だった大金家の古文書にその経過と歴史が具に記されている。そして、温泉八幡の藁宝殿《わらほうでん》が設けられ地元民たちから霊験あらたかな恵みとして祀られていた。そこに、出自不明の牢人が現れ地元民はその牢人の言動に翻弄され、やがて藁宝殿の禰宜として湯守りを託したことも記されていた。しかし、十年から数十年に一度起こった大洪水によって、流失してはその後再び湧出するという歴史を繰り返していたことも分かっている。一方、同じ小口村であっても、広瀬温泉は江戸時代後期の万延元年（一八六〇年）に、新たに広瀬地区の那珂川の河原に噴出している所を農民に発見され、小口村並びに隣藩の小川村村民によって湯治に利用されてきた。が、こちらも源泉地が河川敷地であったことからその後、昭和二十年代後半まで、小口温泉と同様に数十年に一度ながら度重なる洪水被害による流出損壊と新しい温泉湧出の繰り返しが続いてきたのである。

（一）

茨城県と隣接する栃木県那珂川町の旧馬頭地域は知る人ぞ知る水戸黄門（徳川光圀）ゆかりの地である。江戸時代、水戸藩が成立した慶長十四年（一六〇九年）以降、下野国那須郡小口村は武茂郷と呼ばれ水戸藩領地となった。ここは那珂川支流の小口川が本流に繋がる区域で舟運の要所として注目されて三河又河岸が設けられていた。後年、さらに物流の拠点へと発展した所である。その小口川湯本の河原に自噴した温泉が『覚書古事記』に記述されたのは、徳川光圀が水戸藩第二代藩主になった時期と重なる寛文元年（一六六一年）からのことだった。

光圀は、初代藩主である父徳川頼房と側室の久子との間に三男として生まれ、世子に決定される六歳まで水戸城下柵町の家臣三木仁兵衛の家に預けられた。二人の兄のうち、次兄の亀丸は光圀が一歳になる頃に病で死んだ。六歳年長の長兄の竹丸は、丁度世子に決まる時期に重い病に罹り隔離されて、一時その存在すら伏せられたが生き延びた。しかも有能で徳のある人物だった。だが、光圀を嫡男として世子とするために偽りの届け出が将軍家光に対してなされた。ところが、ここで事件が起きた。当の本人は将軍家光に推挙される形で世継ぎに決まり、その一字を頂いて名を幼名の千代松から光国（後に光圀）に改め絶頂に立った思いだったが、あろうことか今度は自分が、当時不治の伝染病と言われた疱瘡（天然痘）に罹り隔離されてしまったのである。家族は父の命令で誰も顔も見せず、孤独と絶望の淵で死と向き合っていた光圀を救ったのは、嘗て同じ病で世子の立場と存在そのものまで消滅されそうになった長兄の竹丸だった。自分自身が不治の病から生還した免疫者だからこそ厳父から見舞うことを許された兄は、弟の辛さを理解して生き延びる希望を優しく示してくれたのである。

（兄上、これまで「死に損ない」などと侮り、「恐らく弟である自分が世子になったことを羨んで、私が死ぬことを願っているに違いない」と、勝手に思い込んでいました。何と愚かな弟であったか思い知りました、お許しください）と、話すこともままならない床にあって張裂けるように心の中で詫びて反省し、兄を敬慕する気持ちを深くしたのである。

この時期、父はまたも考えられないような奇策に転じていた。今度は、兄の竹丸を妾腹の次男として届け出をして、書類上で光圀の弟として、光圀に万一のことがあった時の準備を施したのである。しかし、兄の導きによって光圀は奇跡的に生還し世子として甦った。一方、一時存在さえも消滅させられていた長兄は、弟の急病によって世子の代役の様に利用されるという数奇な運命に翻弄された。その後、竹丸は名を頼重と改め、家康最後の側室だった英勝院の口添えにより常陸下館藩五万石の大名にとりたてられた。光圀は、大名として出立する兄の心中を思い生涯忘れ得ぬ悔恨と反省の思いで見送ったのである。しかし、兄頼重は十八歳で常陸下館五万石を拝領して以来御城での評判も上々で将軍家光の覚えめでたく、日光社参では供奉を任じられた。そして、二十一歳の時、讃岐高松十二万石に移封された。

一方、光圀は九歳の時に父から三人の傅役を付けられた。いずれも優れた藩士であり極めて口うるさく堅物だった。十四歳から護衛付きで邸を出て江戸市中に出歩くことが許された。世は関ヶ原の決戦以来四十数年の歳月が流れ、戦国の時代は遠い昔となり江戸という大都市が光圀という若き暴れ虎を沸騰させるに十分な条件と環境をつくり上げていた。それからの光圀は母方の谷という姓を名乗り、傅役の一人、小野言員が後に『諫草』に十六条の戒言を残すほど、水戸徳川の世子を隠して遊びまわり、部屋住みの次男三男の悪童たちと夜な夜な吉原に繰り出し遊女屋や芝居小屋に出入りして、女色から男色にも溺れて行った。その傍ら、行きつけの居酒屋で、元々毛嫌いしていた僧侶に酒を賭けた論争を挑み、持ち前の詩歌や儒学等々幅広い知識と教養で圧倒していた。

「詩歌で天下を取るのも悪くない」と、考えるようになっていたその頃、十八歳になった光圀は、尊敬する伯父の徳川義直が史書収集と編纂の大事業を手掛けていて、徳川宗家の儒学者、林羅山並びに読耕斎の講義を聴く勉強会に招かれ、後の「義」に生きるきっかけとなる出会いを得たのである。読耕斎から司馬遷の『史記　伯夷列伝』を講義されこれを読んで衝撃を受け、それまでの「なぜ水戸徳川家の世子が俺なのか」という苦悶を解くきっかけとして「義」について悟り、後に兄、松平頼重の子、綱條に家督を譲ることとなった。そして、生涯を通して史書『大日本史』編纂の大事業を貫く志に向けて突き進むことになって行くのである。

水戸光圀が藩主として帰藩し初めて藩領の武茂郷を訪れたのは寛文三年（一六六三年）だった。奇しくも、その二年前にこの地の小口村の小口川河原に温泉が自噴しているところが発見されていた。その後の度重なる巡村の都度、光圀はこの温泉の活用を助言していた。更に、後年、小口川河川の洪水によって源泉を流出してしまうことを予言した。江戸において大火事に遭遇し、その後、火災に対応するため江戸市中に防火用水路を設けた際に得た知識と経験を活かし水戸帰藩後に実行した飲用水導入の方法を活かすと共に、自噴した温泉を洪水などの災害から守り安全な地域に引き回して源泉を守る智恵を提供していたのである。光圀が温泉に深い興味を持ち研鑽を積む基となったのは、父の頼房が、持病の湯治場として隠れ温泉探訪や源泉発見を自らの趣味とし、息子たちを連れて回ることが多かったためである。こうして光圀は武茂郷小口村の温泉湧出の話に興味を持ち、後々に至るまでこの温泉が地域の人々をはじめ遠方からやってくる人々に温泉の恵みを分け伝える役目を果たして行くよう導いたのであった。

光圀が副将軍と呼ばれるようになったのは、御三家の中で水戸藩のみが定府として江戸詰めと定められ、常に将軍の側にいる立場だったことから付けられた称号だった。そして、江戸詰めの水戸藩主は自領に戻る場合には必ず将軍の許可を受けねばならなかった。

「また大火事があったそうじゃ。先年の大火で焼失した我が江戸藩邸の再築工事は予定通り年末までに完成するであろうのう」

「御意、藩邸工事奉行よりそのように報告が届きましてございます」

「それは重畳。但し、再び火災に遭うかもしれず、今からその際の準備を抜かりなく進めねばなるまい」

「はっ、御屋形様よりご指示を賜りました御茶ノ水より後楽園の藩邸までの防火用水路建設の届出計画書は間もなく完成する見込みでございます」

「上様には先にお願い申し上げてある。お許しを頂いた暁には直ちに工事に着手できるよう手配を急げ。江戸市中の防火の手本としても急ぎ防火用水路を完成させることが重要だ」

「は、はー」

光圀の政治は全て儒学に基づいていた。「治者は仁と徳をもって民を治めねばならない」と考え、「政治とは民の暮らしを豊かにすることである」と自らに規定していた。光圀は民政について独特な発想ときめ細かい段取りで後世に残る仕事を数々成し遂げている。その内で江戸に常駐していた時に行った、火災の多い江戸市中においての防火用水の引き込みは他所の模範となって役立った。定府として身は江戸にあった時代にも、水戸における民政にも力を注いだ。当時の水戸城下町では良い飲み水が得られていなかった。そこに着目した光圀は、水源の調査を命じた。

「城下に良い水を引きたい。できるだけ近くに郡奉行に水源を見つけるよう命ぜよ」と、督励した。郡奉行の中に平賀保秀という男がいた。彼は、水戸出身ではなかったが、数学や天文、地理などに精通していた。光圀の命を受けてあちらこちらを探索して歩き回った。そして、ある時、吉田村（茨城県水戸市仙波町）にある笠原不動にこもったという。不動明王に心願していたところ信仰が届いたのか、その不動堂から下った地域に滾々と湧き出るきれいな水が見つかった。そして、「この清き水を、きれいなまま城下に運ぶことができますれば、多くの住民の生活が改善できます」と、光圀に言上した。

「平賀、よくぞ清水を見つけてくれた、礼を申すぞ。そこでじゃ、笠原不動によって恵まれし水をきれいなまま城下に運ぶ手立てが必要じゃ。なんぞ、名案があるか？」

「はっ、恐れながら樋職人に相談してみました。石で保護した樋に蓋を造らせましたところ、殆ど漏水を防ぎ、塵や埃に汚れることなく運び入れることができるようになりました」

この施工は、日本初の暗渠給水管となった。

その後、ある時期から光圀は可能な限り帰藩するようになり、就藩の際にはくまなく領内を巡村し熱心に民情を把握して行った。

飢饉の後の領地は荒れ地が多く見られた。民は貧しく「仁政」を行うにも教育が行き届いておらず理想と現実の隔たりに驚愕した。

「どこもひどく貧しい。しかし、それに比して寺社の豊かさばかりが目につくではないか」

試しに通りすがりの神社に立ち寄り社殿を解放させた。

「我が社の神、天照大御神様でございます」

宮司を名乗る男は胸を張るように悪びれることもなく言い切った。男が説明した像は、阿弥陀如来だったのである。神職も僧侶も学問の修養がなされておらず経典を読んでいないことが分かってきた。どちらも生活の苦しさから食うために場当たり的に神職になり、僧侶になった者が多かった。ある時期、葬式を行う寺を調査させると、僧侶の堕落により大金を払う者には優遇し、金の無い者には粗略に扱うことも分かってきた。すると、光圀は山の麓に藩立共同墓地を造成させ藩士の家族に利用させたところ、悪徳な僧侶がいなくなった。


光圀が最も力を入れたのが、やはり儒学に基づいた「治山治水」と植林の事業だった。中国では「大河を治める者は、よく国を治める」と言われてきた。中国には大きな川が多いことから頻繁に洪水が発生した。そのため、政治の目標が洪水の防止とされた時代もあった。治山とは、いわば山に木を植えることに他ならない。つまり、樹木を植えて雨水を汲み上げさせなければ、そのまま平野に出て川を氾濫させる。川を治めるには先ず山に木を植えることだと考えたのである。光圀は寛文九年（一六六九年）から植林を始め、隠居後も藩内の植林を督励して行った。こうした民政の神髄はその後の水戸藩に継承されたことに止まらず、日本各地に様々な良い影響をもたらした。武茂郷小口川上流の山林も温泉保護に繋がる檜や杉の植林が実施されるようになり、現代に至っている。

併せて厳しい寺社改革を断行すると共に、一方で社宝や仏像の修復など文化財の保護を積極的に進めて行った。武茂郷には寛文三年（一六六三年）から元禄十三年（一七〇〇年）までの三十七年間に九度来訪した記録がある。藩主として四度、それ以後の五度は家督を長兄の子（甥）である綱條に譲り、西山荘に隠棲してご老公と呼ばれるようになってからの巡村だった。光圀が水戸藩に在留していた期間は藩主時代と隠棲後を合わせると二十七年に及び、歴代の藩主の中で最も長く、人生の三分の一は水戸にいたことになる。ことのほか自領に愛着したのは光圀が水戸生まれということが第一の理由であった。また、「義」や「道」など人としての筋道を立てて行くうえで先人の残した業績を大切にし、寺社の宝物の修理を行い、鏡を奉納したことなども明らかにされている。そうした形で文化財を保護することが光圀生涯の方向性であった。それが後に二五〇年を掛けて完成を見る『大日本史』編纂に繋がったと考えられている。そしてまた、隣藩の湯津上村で発見され小口村の名主大金重貞が写筆した後、『那須記』に書いた記述によって光圀にその重要性を認識され国宝として現代に伝えられている那須の古碑『那須国造碑』と、大墳墓（上・下侍塚古墳）の調査保護をはじめ数々の考古学、文化財保護事業を成就させることになった。そして、光圀の後の藩主もこれを継承したのである。

水戸藩の中には那珂川と久慈川があり、霞ヶ浦、仙波沼、涸沼など、大きな川や湖沼がある。那珂川支流の小口川もまた数年に一度起きる洪水による田畑の被害に農民は苦しめられてきたが、光圀の巡村とその後の植林によりその頻度は徐々に減る傾向にあった。小口村に自然湧出した温泉もまた光圀により推奨されて発展して行ったのである。

「御屋形様、ご尊顔を拝し奉り恐悦至極に存じます。大金久左衛門重貞にございます。拙宅にご来臨賜りありがたき幸せにございます」

「久しぶりじゃの、重貞殿。この度も世話になります。余が初めて帰藩した時に須賀川から雲巌寺をお参りし、大山田の金山を視察してから当地に訪れた折にも世話を掛けた」

「はい、二度目の御来訪の時にもお目通りが叶いました」

「あの時は、重貞殿の案内で鷲子山伍智院を参詣してその里に泊り翌日、当地に入り唐御所を拝殿致した。今では武茂郷湯本には温泉が点在し湧出しておるし、ゆりがね（砂金）を産出する宝の山地もある。これらは我が藩の宝じゃ。今後は更にこれを生かす工夫を、のう重貞殿」

「はい、湯本には以前から温泉が出ておりまして、村民の湯治に利用されています。今日では『藁宝殿』を立て温泉八幡をお祀りしております。仰せのとおり村役と相談し湯治場にしてこれを村の事業として活かして参ります。御屋形様にはこうして三度、ご来訪賜りこの地を具にご巡視頂けることは村民にとりましてこの上なくありがたきことにございます」

久しぶりの拝謁で少し緊張していた重貞だったが、光圀のきめ細かな探究心と情報力に引き込まれる思いがしていつの間にか目を見開いておもてを上げていた。

系譜によると重貞の大金家は、清和源氏満仲流土岐氏の流れを汲み、応永年間（一三九四〜一四二八年）の頃、金山貞房を始祖としていた。美濃国の住人だったが後に常陸国に住み佐竹氏に仕えた。永禄九年（一五六六年）、大金備後守重宣の代に下野国那須郡小口村（現那珂川町小口）に移って館を構え、土豪として代々居住してきた。戦国時代には佐竹氏の武将として武茂氏と共に那須氏との戦いで数々の戦功を立てた。が、慶長七年（一六〇二年）、徳川の時代となり佐竹氏が出羽国（秋田）に国替えとなる際に随行せず帰農したのである。帰農後の大金家は周辺の開発に積極的に従事して行った。光圀は、重貞がその十一代目に当たり重用に値する人物であることを十分に承知し見込んでいた。また、この地に点在し湧出している温泉を村の事業として捉えたのも、こうした入念な下調べと情報並びに歴史を基にしていたのである。

「明日はそこもとに、我が水戸徳川家に仕えた那須七騎、大田原氏末裔の居館を案内してもらうことにしておる」

「恐れいります。私にとりましてもよい勉強の機会となりましてございます」

「昨今では当地の薪炭、木材、煙草などが那珂川の水運により水戸城下に運ばれておる。こうした特産品を江戸表に舟運で直送できることにならばさらに当地が潤うであろう」

「御意」

「ところで、本日は重貞殿から余に見せたいものがあるそうじゃのう」

「は、恐れながら御屋形様にこれを献上致しますのでお改め頂きとうございます」

光圀はこの時既に『大日本史』の編纂を進めると共に侍臣佐々介三郎宗淳に命じて京都・奈良方面から九州地方まで資料調査・収集にあたらせていた。それより七年前、大金重貞は岩城の旅の僧円順から聞いた湯津上村で発見された古碑の碑文を自ら筆写していた。光圀が小口村に巡村し大金家に宿泊する三度目のこの日、これを記述した自著『那須記』を献上し石碑の話を言上し、光圀がこれに注目したのである。

碑文は全八行からなり、前三行には永昌元年（六八九年）飛鳥浄御原の大宮から那須国造であった那須直韋提が評督を賜り、庚子年（七〇〇年）に亡くなったため、後継者だった意斯麻呂らが碑を建てて故人を偲び祀ったことなどが記されていた。後ろ五行は故人の事績を称賛するための銘辞となっている。「永昌」の年号が唐の則天武后時代の一時期しか使用されていないこと、碑の文字が六朝の書風であること、また、『日本書紀』に当時、新羅人を下野国に居住させたことが記されていることなどから、国造碑と新羅人との密接な関係を窺わせる資料として注目されている。

光圀は『那須記』を見て驚き、帰還後、この古碑の研究を開始し道義的、学問的目的を達成するために調査と共に保護すべきことを痛感した。光圀は目的を「碑主の解明」として碑の周囲を発掘調査したが果たせず、さらに大墳墓である古墳の発掘へと広がったのである。

『水戸紀年』に『本邦の碑の中でもこれより古なるものはなし、奇絶世に冠たり』と記述されているように、これが国内で最も古い碑であることを確信した光圀は佐々介三郎宗淳に調査を命じ、大金重貞を現地の責任者にした。これにより、文武四年（七〇〇年）に建立されたと見られる那須国造碑（国宝）の覆堂建立並びに上侍塚、下侍塚古墳（国指定史跡）の発掘と整備が水戸藩によって行われ歴史に刻まれて行った。それまで野晒しにされていた古碑が、一〇〇〇年の時空を超えてその存在を明らかにする人々を手繰り寄せるように引き付けて行った。この奇跡的な発見は、記述の天才ともいえる大金重貞により認められ『那須記』に記述された。そして、天下の副将軍と称された水戸藩主徳川光圀によって調査が実地され、侍塚大古墳と共に保護されたのである。

また、今日の馬頭温泉郷へと繋がるヒントが光圀から重貞に示唆されていたこともう一つの奇跡と言えるのかもしれない。

光圀は武茂郷には九度来訪した。名を光国から光圀と改めて元禄五年（一六九二年）の第五回目は西山荘から出発し武茂郷を来訪した。重貞の案内で小口長峯から矢倉（那珂川渡し）を回り湯津上村の那須国造碑の覆堂完成を見届けた。この時は延べ十日間滞在し、近くの温泉を訪れ三河又新田を視察して重貞宅と百助宅に滞在した。

「重貞殿、此度はゆるりと温泉に浸かることができて心身ともに癒された気分じゃ」

「かつて、藩主時代のご老公様より賜りました金言により、温泉を広く湯治場として利用し遠方からも湯治客がやってくるようになりました。土産物屋や飲食できる仮小屋を設けて、地元の百姓衆の収入も増えております」

「小口の温泉は他国の硫黄泉と違い無色透明で毒素が皆無である。余は、これを薬湯として飲んでよし、浸かってよしの名湯と心得ておる」

「御意にございます。今後、ご老公様の御示唆を入泉の作法として伝えて参ります」

「いや、それには及ばぬ。重貞殿の発案としておかれよ。小口の温泉はよき温泉であるが、河川敷地内の源泉は洪水が心配じゃの」

「御高察いたみいります。せめて、少し高台に温泉が湧出してくれればと、念じておりますが、これればかりは思い通りにはなりませぬ」

「うむ、しからば、源泉より少し下流の高台に湯道を引き込むことが出来ぬものかのう」

「なるほど、井戸掘り屋に誘導管を埋設させる価値があるやもしれませぬ」

「余は隠居の身じゃによって、余計な口出しはせぬが、高台までの温泉誘導について考察することと、将来において江戸表まで舟運が直接できる河川改修は必要なことじゃと重貞殿の著述にて後世に伝えてくだされ」

後世、『水戸黄門漫遊記』という形に創作されて光圀は全国くまなく巡見したようにされているが、実際には一番西でも熱海までと、光圀の後見的な役割を果たした家康の側室で出家した英勝院を見舞うために鎌倉に訪れたのみであった。しかし、光圀の命により、「介さん」こと佐々介三郎宗淳が『大日本史』編纂の資料集めと調査のため西国から遠くは九州に赴いたことを見れば、「史書というものがなければ、後世の人々に深い感動や事象を伝えることができない」として日本史を編纂した光圀の志が伝わってくる。光圀が水戸から武茂郷を訪れる際に船旅で往復したことから、「将来、この舟運にて江戸まで直送できるようになればこの地の特産物が売れて大いに藩の財政を潤すであろう」と説いて示唆したことも後の指針となったと思われる。そして、小口河原の湯本と本郷の温泉を湯治場の事業として地域住民の雇用創出と村興しに結び付け、藩の財政を豊かにする発想もまた光圀の発案であった。源泉が河川敷地内だったため断続的に発生した洪水により永年繁栄という訳に行かなかったにしても、温泉初の湧出から三五〇年後、新たに丘陵地において湧出する源泉により「馬頭温泉郷」へと辿り着いたことも、元を辿れば光圀の発想から生まれたと言えるのである。史料が見つからない期間のことは、残ったそれ以前の資料から推量し想像するしかないのだが、光圀の金言というべきこれらの提案が一部実行されたが、その後、小口川大洪水の影響で来湯客が減ってしまった。水戸藩に小口村民総意の嘆願書が出され復活したものの、洪水などの自然災害により何度か危機に瀕してきたことは想像に難くない。それでも小口温泉は源泉位置を変えて存続したのである。

（二）

「弗女《ふめ》（孫娘）や、儂は、昨年薨去された光圀公の眼力に救われた思いがしておる。水戸藩主時代、光圀公に我が著書『那須記』をご高覧賜り間もなく佐々介三郎様に調査をお命じになり、その後、那須国造碑の再建と覆堂の建造に御尽力頂いた。それだけではないぞ。一介の名主に過ぎない儂を現地の責任者として覆堂建立の指揮を仰せ付けくださった。元禄六年（一六九三年）に事業が完成すると、光圀公御自ら儂の案内で参詣されてのう。恐れ多いことじゃった」

「おじい様は、それだけご老公様に信頼されていたのですね」

「ありがたいことじゃ。儂が武茂郷の歴史や小口村のことを記述した著書を高くご評価頂き、侍塚の発掘古墳の出土品の調査後、古墳の整備を成し遂げられた他、ご巡村の折には村の将来のために様々なお導きを頂いたのじゃ」

「はい、その話はおじい様から何度も伺ったことがあります。三河又の新田と河岸の整備を細かくご指示になり将来に向けて舟運の利便を高めるよう託されたのですね」

「うむ、その他に小口川の湯本に湧出していた温泉についても、村民の憩いの場とすることは勿論のこと、遠方からの湯治客を数多く集客できる場とすること。更に関連の事業により村民の収入に繋げるよう、事細かくご示唆を頂いたものじゃ」

「その後、お父様が名主を継承されておじい様のご意向を引き継がれましたね」

「そして、今ではそなたの兄の重安が藩政改革を進めておられる水戸藩から委嘱され、郷代官として二十カ村の差配を命じられておる」

「我が大金家は三代に亘り藩から格別な知遇を得てきたのですね。こうして聞いていると私もおじい様のように、見聞した様々な事柄や事の成り行きなどを纏めて記述する仕事をしとうございます」

「そうか、それは嬉しいことじゃのう。儂の後継者として『古事記』を纏めてみるがよい」

徳川光圀の信任を得て、下野国那須郡武茂郷小口村の名主としてこの地域の開発に従事してきた大金久左衛門重貞とその孫である弗女の会話である。

大金重貞は、延宝年間（一六七三〜八一年）に編纂した『那須記（十五巻）』をはじめ、『笠石御建立起』、『湯津神村車塚御修理』など、数々の記述を著していた。その中に自叙伝として著した『重昭童依調年記』の宝永七年（一七一〇年）の項の温泉について記述には、『小口湯本の村湯は、寛文元年（一六六一年）に発見されていて、宝永年間（一七〇四～一一年）には湯治客が増えた。そこで、郡奉行の命もあって、小口村では水戸藩より十年賦で金十両の融資を受けて長屋を造り湯治客用湯屋を八軒建てた。これによって益々湯治客が増え、宝永七年二月二十六日には一日で七十二人の湯治客で賑わった』とある。水戸藩が財政難だったこの時期、この地の温泉に十両もの大金を融資したことから見ても、温泉が繁盛すれば水戸藩にも運上金、冥加金が入り、小口村の村興しに大きな資源となったであろうことが窺えるのである。

宝暦年間（一七五一～六四年）に書かれた、重貞の孫である弗女の自著『覚書古事記』には、祖父から言い伝えられたと思われる記述の下りに『寛文十一年（一六七一年）に小口村湯本には既に複数の温泉が湧出していた』ことが記されていた。ところが、弗女が時の小口村庄屋である大平佐平次に宛てた『小口村本郷出湯起』には、湯本・本郷温泉出湯発見から湯治場への変遷と共に、意外な経緯により湯守として住み着いた男並びにその子孫たちと、大金家の祖父重貞から二代後の弗女の時代に到るまで続く両家の永年の確執が事細かに記述されていた。それによると、湯本では「藁宝殿」を建てて温泉八幡を祀っていた。ところが、祖父が名主だった時代に当山派山伏の牢人、阿権が小口村にたびたび訪れ、泊りがけで村の農作業を手伝うようになった。阿権は出身地が分からず決まった住所のない牢人だったが、同じ小口村本郷に当山派山伏の清蔵という牢人がおり、阿権は、その女房の姉を妻に迎えたと、ある。

温泉八幡は寛文六年（一六六六年）、水戸藩による小社破却政策により清宮となった。五年後に三河又新田の成立に伴い同新田の鎮守として改めて立宮されると、阿権は予てから村の中で水呑百姓の末座に位置付けされていた不満を解消する手段として、先ず、山伏から禰宜となり印幡と改名して三河又の百姓になった。そして、寛文年間（一六六一〜七三年）に温泉の利用が始まったのを機に、温泉八幡の管理を任されていた阿権はその立場を利用し湯守となり、禰宜の身分を得たことで村内の地位を上げ次第に我儘な行動をするようになった。これを名主の重貞が強く非難した。ところが、豊富な情報と機知にものを言わせた阿権の子孫はその後、三代に亘り庄屋を務め、宝暦年間には子孫女子の婿養子となった忠次郎が公式に湯守として村から認められ、更に強引な手法により村湯の利益を独り占めしたことが、その後の温泉再興の願書に記述として残されていた。

以下は、江戸時代の水戸藩領内の農村の住民総意による温泉再興の願書の記録であり、口語体に直した内容である。

『一、願書の趣旨について

先の延亨二年（一七四五年）の大洪水後、村の人口は減少し、荒蕪地が増加し農耕が停滞する中で、藩より「村益」獲得の方策を考えて申し出るよう指示がありました。村内にはつぶれた農家も多く、残りの人数では急に名案は浮かびませんが以下の通り申し上げます。

二、温泉の経過

村の温泉は川縁の空き地に湧出し、当初は村民が水風呂桶を持参して湯治していました。藁宝殿を仕立てて温泉八幡を祀り、やがて山伏の阿権を近くに住まわせ祭祀を委ねました。阿権が還俗して百姓として認められてから湯守として働くことになりました。また、庄屋の大森左平次は藩から下賜された土地に総二階の店を造り湯治客を増やしてきました。左平次は料金を取って湯治用品を貸し出し、村の百姓には湯治客相手に食料品を販売させ、日帰り客に昼食を提供させていました。また、左平次は出店を設け村の百姓に（農産物などの）商品販売の機会を与えていました。こうした経過を考えますと、大洪水で経営が難しくなった温泉場を再建し、再び温泉が繁盛するようになれば薪や野菜や飲食の販売や村民の働き口が広がり村益を期待できます。

三、集客の見通しについて

那須温泉・塩原温泉同様に各種の制約を取り除いて下されば、小口村は他領の黒羽、大田原方面に向かう諸商人が馬頭方面へ通行する道筋にあるため（以前の様に）小口温泉に逗留します。それによって温泉が繁盛すれば、江戸から烏山に煙草紙の商売にやってくる多くの商人たちも小口温泉に心身を癒すために足を延ばす筈です。その他、那須や塩原温泉の湯治客の中に帰路、那珂川対岸の他領地、佐良土村で一泊して船で那珂川を下って行く人々が多くおります。小口温泉が制約自由になれば、那須、塩原などの湯治客も小口温泉で一泊して三河又河岸から船で下るようになり、これまで他領地に流出していた金銭を水戸藩領内に取り込むことが可能になって藩経済が潤うようになります。

四、小口村の損益について

穀物、煙草、楮《こうぞ》などを取り扱う問屋から庭銭（場所代）・口銭（手数料）を徴収し小口村の村益とします。

五、延亨二年の大洪水について

洪水では六十人が水死（行方不明含む）し、その探索に来た水戸藩役人の接待に関わる費用並びに人足全ての経費については、温泉は村の「共有資源」でありますので村全体で負担しました。

六、湯守・忠次郎（湯守・阿権の子孫の婿養子）と小口村の確執解決のために助力要請します。

湯守・忠次郎は大洪水以降も客一人につき一日銭十二文を徴収し、その内二文を（入浴）役銭として藩に納め残り十文を取得しています。他にも小屋賃を取り、塩、味噌、薪、白米などを売っていて、忠次郎の収入は湯治客一人当たり銭五十から六十文にも上っておりました。しかし、村の共有地（空地）に湧出する温泉より生み出される利益を独り占めするのは筋違いだと村人たちは反発しています。藩より、役銭を納めた残りの十文から三文ずつを「村益」として差し出すよう命じて頂きたい。

現状で湯治客は一年に二〜三〇〇〇人程度に減少しておりますが、村人たちは温泉の整備・拡大を図り周辺を美化して「物毎自由」になれば、湯治客は以前にも増して現在の十倍の三万人にも及ぶことが考えられます。そうなれば、湯守・忠次郎にとっても、水戸藩にとっても小口村にとっても三者全者にとって得となります』と、書かれていた。

この願書は、宝暦八年（一七五八年）に小口村農民の総意として水戸藩役人宛に提出されたものであるが、小口湯本温泉の歴史が、小口川の洪水による温泉の中断と再興の繰り返しであったことに加えて、こうした確執から、水戸藩まで巻き込んで村全体が温泉経営に関わろうとする意識改革と動きを生じることに繋がったと考えられるのである。

注目したいのは、これより約一七〇年後、旧馬頭町の広瀬地区の温泉を町興しの資源にする試みや、大洪水の被害により温泉が壊滅的な被害を何度も受けた後に温泉復興によって町興しを図る挑戦が幾重にも行われ、町に対する温泉払下げや入湯税減免申請の他、湯治客への販売・サービスやシステムなどが、時代差を超えて実によく似ていることが分かる。更に現代においても、栃木県北部の那須・塩原方面の温泉（硫黄泉）湯治客は湯治明けにアルカリ単純泉に浸かり、痛んだ皮膚や湯疲れした肉体を元気にして帰宅する人々が大勢いることも酷似しているのである。

また、視点を変えた資料では、温泉の不利益や悪影響として、昔、小口温泉が盛んだった頃、遠方の親戚縁者が入湯に来ると、もてなしのために却って無駄な出費が増えて困ったことなどが記されていた。そこには温泉場「湯本」付近の住人にとって入浴以外に、夜ごと友人仲間たちと親睦を深めるため金遣いが荒くなること、商売や農作業で骨を折っている人々は休息と気分転換のため入湯にきて金を遣い、きれいに着飾って遊興にふけること、他所から遊興や勝負事に長けた人がやってきて様々な芸能や遊戯で賑わい、心が浮かれ（それは良いこととしても）、仕事が手につかず農事の妨げになることなども憂慮されていた。しかし、湯本への村人の入場制限はできない。湯治客が少ない現状のままでは村の風儀が乱れ、農事を疎かにする風潮が強くなり村内不益の方が大きい。だからこそ、藩による「湯本取立」により温泉場の再建と整備が進み昔の様に繁盛すれば、湯治客相手の働き口が生まれ村益になるとして、整備と再建を目指した歴史がそこにあったことを示している。

天保十一年（一八四〇年）に三河又河岸が和見、向田、小口、大山田上・下郷の年貢米を取扱うことになり、商人などの行き来が多くなった。小口温泉を利用する者が増えて栄えたであろうことが思い浮かんでくる。しかしその後、何らかの事情により、温泉復興後の史料が乏しくなってしまい、小口村本郷の源泉が再建されてから以降の経過は定かでないまま時代は進むことになる。源泉が河原の中だったことからその後も洪水被害と復興を繰り返したことは確かだった。


温泉再興の願書から一〇〇年の歳月が流れた。すると同じ武茂郷の那珂川沿いの広瀬地区に新たな温泉湧出が発見されたのである。

その舞台となった武茂郷小口村広瀬の万延元年（一八六〇年）一月中旬のある日、この日は明け方から曇っていたが昼過ぎると急に雪に変わった。瞬く間に周囲が雪化粧に覆われる中で家路を急ぐ村内の百姓、加助の家族が河原を横切っていると、ほんの一畝ほどの平地だけが石畳のままであることに気付いた。

「お父っつぁん、なんでここだけ雪が積もらねぇのだべ」

「ほんだな。不思議なことがあるもんだ。あれ、少し温ったけぇな」

父親が辺りの川砂利に手を当ててみると温もりを感じた。そこで、妻と二人の子どもが足を止めて同じように悴む手を石と砂利にあててみた。そして、石をどけて手にしていた木鍬で砂利を掬ってみると微かに湯気らしい煙が漏れて揺らいで見えた。

「昔から小口川沿いの本郷では温泉が何カ所も湧出しておったげな。それが、今度は広瀬に出てきたちゅうことなんだべか。このことは、名主様に言上して沙汰を貰うまで誰にも喋っちゃなんねど。ここにこうして石を積んで目印にして温いお湯を溜めてみるだ。もしかして、ここに温泉風呂が出来ればおらたち百姓も湯治ができるかもしれねぇ」ということになった。後日、名主の柏平衛門立ち合いの下で十人ほどの百姓が砂利をどかしてみると、下から湧いてきて溜った水は温かった。

那珂川に箒川が合流する地点から下流の東側に浸食されている崖と丘陵地帯がある。ここが水戸藩武茂郷小口村の広瀬地区であった。広瀬地区の界隈には元々「湯」のつく地名が点在し、温泉が出る地域だったと見られていた。湯本、湯津上、湯沢、湯殿、湯の輪などである。新たに温泉が湧出した広瀬の地点は河川敷の中にあり那珂川を挟んで向かい合う(他藩の)小川村との共有地であったため、小口村名主、柏平衛門と小川村名主、儀助は互いに証文を交わし温泉利用の約束をした文書が小川村佐藤家文書に残されていた。その内、柏平衛門が小川村宛に提出した要旨は次の通りだった。

『この度、我が村（小口村）の上広瀬坪下の河原に温泉が噴き出した。この位置は、入会地（共有地）となっていたので、以前から殺生（川魚の漁獲）については熟談して定めてきた。この温泉についても共有物として、使用・管理し、湯役銭（入湯税）その他の上納金は半分ずつ収めることにする。その上で、場所について問題が生じた時はその都度相談したい。

今の川筋が殆ど我が村の地所にあり、崖の下まで突き出しているので、これを機に相談し温泉の湯口より北東と東にあたる我が村へ二十間、そして南西と西に小川村へ二十間の間は双方の共有地と定めたい。

もし今後この地に温泉が湧き出た場合は、それぞれその村のものとし、また、今後川筋が変わって小川村の方に突きだし後に川筋より東に温泉が湧き出した時は共有物として定める。そして、先ほどの数（二十間と二十間）のうちでは共有物としたい。

また、会所については双方の村にて調べてあり、宿屋、商店などの家造りに関して共有地内は窪地で建てる場所がないので共有地の外で高い場所に芝付きの土地を探し、双方の相互借地とする。そして、その土地内で会所から土地を借り受けて営業する者の屋敷地代は一軒につき一年間「一朱」を取り立てること。両村協議して決めた上は、これを以って取り決めとする』

ほぼこれと同じ内容で小川村名主儀助からも小口村名主宛の証文が出されていた。

この広瀬温泉の源泉も自噴による湧出であったため、河原の中にあったことから湯小屋を建てた記録がない。そして、これより二十八年後の明治二十一年（一八八八年）三月に同じ場所から新たに湧出した温泉について『鉱泉採酌願』が提出され残されていた。先の温泉は那珂川の洪水などで使用不能となり新たに湧出した温泉の成分分析を依頼したものと見られる。その後も同じように河川敷地内の源泉であったことで幾度も洪水に見舞われたからか、湯治場として安定した営業が定着することは無かった。が、広瀬温泉最初の発見から一〇〇年近くの間、この地において地域住民の健康維持と疲労回復のための隠れ温泉のような風情で細々と長く親しまれ受け継がれていた。

大正を経て昭和へと移り、先の大戦が終戦を迎えてからしばらくして昭和二十七年になると、地元有志二十二名が出資者となり広瀬地区那珂川河川敷地内で温泉開発が進められ摂氏四十度の温泉が湧き出し関係者を喜ばせた。この温泉は広瀬温泉の先駆けとなり、これを利用して『あづまや温泉ホテル』が温泉法の適用を受けて昭和三十四年四月より営業を開始した。その後も、昭和三十六年五月二十五日付の那須新聞に、『馬頭温泉ヘルスセンター計画を新那珂川温泉株式会社が立ち上げ、新那珂川橋東岸にロータリーボーリングを以って口径十センチ、深度二〇〇メートルの温泉掘削を着手した』と、期待を込めて報じられている。六月二十七日には、二十八度の温泉が湧出し更に期待が高まったが、その翌六月二十八日に台風六号による那珂川の大洪水が発生し、ボーリング機械や発動機など全てが流失し、計画は挫折してしまった。

それから九年後の、昭和四十五年には、栃木県が策定した八溝地域開発計画の一環として、観光資源開発と県民保養地の造成を目的に小口・和見地区の温泉地質調査を実施した。その結果、広瀬地区から二十八・三度の温泉が湧出した。この温泉は、その後、昭和五十年に栃木県から当時の馬頭町に払下げされた。それまで広瀬地区の旅館と民宿は八軒が営業していたが、温泉を保有していたのは『あづまや温泉ホテル』のみだった。残りの七軒は「広瀬温泉利用組合」を結成し馬頭町と温泉分湯貸与契約を締結し同年末から広瀬温泉の全ての旅館民宿が温泉旅館となり今日の馬頭温泉郷の基となった。

同じ頃、馬頭町出身の一人の事業家が故郷の町興しのために浅井戸掘削によって新たに低温温泉を単独で湧出させることに成功した。その男とは小川町に自ら開発してオープンしたゴルフ場の泊り客と那珂川の釣り客用の宿として『南平台温泉ホテル』を開業した山中幸次郎である。これにより、絶景を誇る小口地区の高台、南平《みなみだいら》から北の那珂川沿いに八軒の温泉宿の他、県営福利厚生施設並びに町（当時馬頭町、現那珂川町）営『ゆりがねの湯』が開業し、馬頭温泉郷が形成された。その後、近代的な石油掘削用に開発された深掘用の機械掘削による一〇〇〇メートルを超える掘削により、初めて丘陵地から類いまれな良質の弱アルカリ単純泉の湧出に成功した山中幸次郎が馬頭温泉郷の歴史を変えることになる。この高台の丘陵に温泉を湧出させたことは、徳川光圀が大金重貞に示唆した「洪水によって流出する被害を受けない源泉」を実現したことになる。そして、地元旅館組合は山中幸次郎の先導により県と町の出資を得て、南平台の北一キロメートルの地点に同様の温泉の湧出に成功し、これを町から払い下げられ、新しい馬頭温泉管理組合が設立された。馬頭温泉郷は寛永時代に小口村本郷に初めて自然湧出しているのが発見されて以来、実に三五〇〇年の歴史の上に誕生したのである。

（三）

「社長、お久しぶりです。今日は本業と少し離れた話を持って来ました」。大柄で温厚な顔立ちは以前と少しも変わっていない。野原好明氏は栃木県東部、旧馬頭町の環境生物化学研究所という会社の社長である。その名の通り環境アセスメントや生物、薬物などの調査や分析、コンサルタントなどを幅広く生業にしている。

私が、義父から継承したまほろばゴルフクラブは喜連川丘陵地東端の旧小川町にある。現在は合併して那珂川町になっている。ゴルフコースを増設する際に環境アセスメントを依頼してから私は、何度となく野原氏に会っていた。最後に会った時から恐らく四～五年は経っていただろうと思う。

「野原さん、何か儲け話なら嬉しいですね」と、切り出すと、

「お金儲けになるかどうかまだ約束できませんけど、成功すれば日本で初の、ひょっとす

ると世界でも初めてのことかも知れません」。笑顔のままだが迫るものを感じた私は、

「分かりました。承りましょう」と、応じた。

「結論から申し上げますと、こちらのゴルフ場の西コース五番近くで湧出している塩分を含んだ温泉を実験に使わせていただきたいのです」

「どのくらいの量が必要ですか？」

「最初は二十リットルのタンク十本程度ですが、成功すると一トンタンク車で毎週一〜二回引き取りに伺うことになります」

「いったい何の実験をするのですか？」と、私は話によっては断ることになるかもしれないことを意識しながら尋ねた。すると野原氏は、

「説明が後先になってしまいました。実はこの近辺の源泉でナトリウム系の温泉を五社から提供してもらい、トラフグの養殖を実験することになりました」

「えっ、トラフグですか？」あまりにも唐突と思える話に、私は野原氏の顔をまじまじと見た。海洋魚のトラフグと温泉とが直ぐには結び付かず、妙なことに思えたのだった。

「実験が成功すれば、県内の宇都宮大学やこの町の馬頭高校の水産科にも協力を得て里山温泉トラフグ研究会を設立します。県や町からも補助して頂き本格的な養殖を実現して那

珂川町の特産品ブランドにする計画です」と、野原氏の言葉に力が加わってきた。

私はこの提案に初めやや間を置いていた。考えもよらない話であったが徐々に協力してみる価値はあると思い直し、その提案を受け入れることにした。それから温泉の引き取りが始まり半年が過ぎた平成二十年十月のある日、再び野原氏が私の所にやってきた。

「実験結果が出ました。塩分濃度や成分の適合性の面でもこちらの温泉が最適と分かりました。改めてこのプロジェクトの幹事会社として協力して下さい」と、正式に依頼してきたのである。


私が社長を務める『まほろばゴルフクラブ』は、本社ゴルフ場の他に那珂川町小口南平の高台に那珂川の清流を包み込むように建てられた南平台温泉ホテルと日帰り温泉を併設した施設を持っている。ホテルは当初、ゴルファーや釣り客向けの木造二階建ての小さなロッジ風建物でのスタートだった。温泉にしても最初は義父が三〇〇メートル掘削して湧出した三十五度そこそこの低温泉にすぎなかった。それでも当時は近隣に良質な温泉が無かったため隣接する茨城や埼玉方面からの来館客を中心に希少価値が評価され好評を博していた。オーナー社長の義父、山中幸次郎は昭和四十四年、艱難辛苦の末にゴルフ場を開場し軌道に乗せた後、自身初の温泉掘削を成功させてホテルをオープンした。字地名の南平の高台を表わして『南平台温泉ホテル』と命名し、ゴルフ場とともに自らの『那珂川グリーンランド構想』実現の核としたのである。

それからの十年間で、温泉掘削の技術と機械力は革新的な進歩を遂げていた。温泉掘削はそれまで井戸掘り技術の延長線上でしかなかったが、その後、石油掘削の機械が導入されて一変した。一〇〇〇メートル以上の掘削がいとも簡単にできるようになったのである。しかし、そうなってからも良泉質で豊富な湯量をあわせ持つ優良温泉を掘り当てる確率は十本に一本あるかないかと言われていた。

幸次郎は、いち早く最新の機械と技術力を活用して、昭和六十二年から五年の間に三本の源泉を本格的に掘削し全て湧出に成功した。しかもその三本の温泉は数キロの範囲に存在するにもかかわらずそれぞれ異なる見事な泉質を有していたのである。

最新技術を駆使した本格的源泉の第一号は小口温泉及び広瀬温泉の歴史上で初めて高台のホテルの敷地内で掘削され人工的湧出に成功した。眼下に那珂川の清流を見渡し西北には男体山、鶏頂山、少し目を右に移すと那須岳が聳える絶景を望む位置が掘削点として選ばれた。その地下一〇二〇メートルで静かに太古の時代から脈々と息づいてきたと考えられる温泉は、泉質アルカリ性低張性高温泉、一般的には弱アルカリ単純泉と呼ばれる比類なきすべすべ感とぬめり感を持つミネラルを大量に含んだ奇跡の名湯として湧出し、馬頭温泉郷のいわゆる「元祖美人の湯」として目覚めたのである。

ＰＨ（ペーハー）値九・六で湧出量毎分三五〇リットルの最高の美人の湯である。私は、今は亡き義父から生前、この温泉を掘削する際に掘削点決定の決め手となった不思議な夢のお告げについて聞かされたことがあった。若い時から何度も見たという夢の景色だ。

『八溝嶺南平の高台に自分が立ち、見下ろせば那珂川らしき大河に鯨と鮫のように見える無数の巨大魚が時々飛び跳ねて颯爽と泳いでいる。正面には白亜の殿堂のような建物が見えた。そのはるか後方には男体山と鶏頂山と見られる山並が聳える光景。その足下からは熱湯が噴出し湯煙がもうもうと立ち上っていた』

「幾度も夢に見たこの場所は子どもの頃、釣りの帰りに親父に連れられて上った南平の高台に違いないが不思議な情景だった」と語った。幸次郎は初めて低温泉を掘削した時も、その後に一〇〇〇メートル以上の掘削に挑戦した時にもこの夢に導かれるように意思が働いたと語るのだった。

温泉掘削を開始する際には、業者が電波探査をするのが普通だが、最終的な掘削点を決める場合にはオーナーの感で「ここだ」と、指定することが多いと言われていた。南平の高台のホテル敷地内で初めての掘削の際に幸次郎が指示した掘削点はいずれも夢の中で熱湯が噴出し湯煙が立ち上っていた場所だったというのである。

本格的掘削による美人の湯の出現により、翌昭和六十三年には日帰り温泉施設がホテルの隣に建設されオープンするに至った。マスコミの取材もひっきりなしにやって来たが、中でも『月刊温泉の宿』の林田編集長は知る人ぞ知る温泉博士と呼ばれる温泉通だった。その林田編集長が取材入浴後の記者会見で、

「私は全国津々浦々の名湯と呼ばれる温泉を六五〇以上入り、肌で感じてきた。この南平の美人の湯はその中で五指に入るという証明書を書き残し著書で紹介することにしました。私の証明書に異論を言う人はいないはずです」と、にやりと笑って見せた。

噂が噂を呼び好景気と相俟って土日祝日には入場制限するほどの賑わいとなり、幸次郎は間もなく日帰り温泉とホテルの増築を計画すると共に第二、第三の温泉掘削を実行したのである。

温泉掘削第二弾は地元馬頭町の温泉旅館組合の要望に応える形で、栃木県と馬頭町それに「まほろばゴルフクラブ」の母体会社が資本参加して共同掘削することになった。湧出

した温泉は組合管理として有料で分湯することになった。この時にも、発案者であり温泉掘削の名人として幸次郎は組合員の総意で掘削位置決定の役割を依頼されていた。幸次郎が南平台温泉ホテルから一キロメートル北方の国有地に掘削点を決めて工事が開始されてから五カ月後、またしても南平台の美人の湯によく似ているが、ラジウムを含有する弱アルカリ単純泉を湧出し、関係者から「山中さんは神懸っている」と、称賛を浴びた。

勢いに乗るということがある。幸次郎は平成三年にはゴルフ場を更に九ホール増設して県内で六番目となる三十六ホールコースにした。休むことなく翌年にはホテル新館をオープンし、二年後、ゴルフコースの隣接敷地内に三本目の温泉掘削を果たしたのだ。この時も最新の機械と技術を駆使し、地下一五五〇メートルを短期間に掘り下げ、五十四度の十分な泉温と毎分四〇〇リットルを湧出する塩化物泉の優良源泉を手にしたのである。

三本の異なる泉質の温泉を保有すると間もなく日帰り温泉に『新館はなれの湯　三種の源泉露天風呂』を増設することを決めて着工した。しかし、この頃になるとバブルが崩壊して歯車が狂いだした。この画期的な『はなれの湯』にしても動線に無理があったためか、オープン後に以前のような人気になることはなかった。それまでの十年の間に最新の技術と機械力を売りにする温泉掘削業者が、「日本中のどこでも温泉を出せる」という振れ込みで売り込む一方で、竹下内閣がふるさと創生資金一億円を全国の市町村にばらまいたことが異常な温泉掘削に火をつけ日帰り温泉ブームを巻き起こし、日本中の至る所に官民入り乱れて温泉センターやスーパー銭湯を誕生させてしまったのだ。

幸次郎は懇意のスーパー銭湯業者に依頼され湯量豊富な塩化物泉を提供していたが、数年経った頃、その経営者たちから相談と懇請が相次いできた。

「山中社長、どうやら塩の湯の塩分が機械設備や運搬トラックの重要金属部分を腐蝕させてしまい、修繕の大きな原因になっています。ご協力頂いておいて申し訳ありませんが今後は南平台温泉ホテルの美人の湯を提供して貰えませんか」と、言うのだ。

元より大らかで頼まれれば何事にも応じる生き方を通してきた幸次郎だから、この時も快く応じた。三本の優良温泉のうち、思わぬ方向から塩化物泉が敬遠されることになり、社内でもそれに同調する者が増えて、これまでのようには塩化物泉の利用が増えることはなかった。

その後、平成七年二月に七十八歳になった幸次郎が、自分を癌と思い込んだことから娘婿の私に社長を引き受けて欲しいということになった。こうして義父は会長になり、私は、それまでの建設会社の役員を早期退職して二代目社長に就任した。新社長として私が腐心したのは、オーナー会長の義父が成功を収め拡大し広げてきた事業を、如何に迅速にコンパクトにまとめ縮小し効率を高めるかであった。同時にその偉大な功績の一つひとつに磨きを掛け直し、付加価値を高めることを当面の目標にした。

特に、温泉については担当の従業員さえ本当の価値と歴史を殆ど知らないということが分かってきた。那珂川を挟んで太平洋に向かって右側、つまり旧小川町から宇都宮方面で湧出した温泉は昔から全てナトリウム塩化物泉であることに対し、南平台温泉ホテルの台地を含めた那珂川の左側、つまり旧馬頭町小口に当たる八溝山地側に湧出している源泉は全て弱アルカリ単純泉で無臭無色透明であることだった。美人の湯温泉で取得した「県内初の飲泉許可」が証明するように、不純物が殆ど含まれていないのである。

直ぐ近くにありながら川を挟んでまるで異質の源泉が存在する不思議、私はこの身近な謎に興味を持ち、明らかにすることで価値を再発見することにした。そして遂に、義父の話と義祖父や昔からの言い伝えにある「那珂川を境に塩の温泉と弱アルカリ単純泉に分かれることの起源」を旧南那須町の郷土資料館の片隅で発見したのである。

（四）

義父、山中幸次郎は、大正六年四月十八日に栃木県東部の馬頭町で豆腐屋を営む父、源吉と母、ミツの一粒種の長男として誕生した。父親は無学であったが、信心篤く森羅万象をそのまま受け入れる人間性を持っていて、長男の誕生日が観音様の縁日と同じ日であることを知り、ことのほか喜んだという。その人柄から富士浅間神社の先達を受け持ち、五年に一度は富士登山講の案内役を引き受けて信望が厚かった。

母は、大柄で目が大きく、頭脳明晰の女傑で、親戚中のもめ事や争い事、重要な事柄は彼女が紋付を着て出て行くと丸く収まったという。それほどに、人徳と器量度量を兼ね備えた大物だったのである。幸次郎が成長し尋常小学校の高学年になったある日、

「お母ちゃん、俺、烏山町の県立中学に進学したいのだけど、どうだろう？」と、相談を持ちかけると母は、

「コウ（両親はそう呼んでいた）は、勉強好きの上に成績も一番で小学校の先生からも何とか中学校に進学させたい、と推薦があったよ。町長さん家の坊ちゃんの他に四人が試験を受けることになるようだけど、お母ちゃんに任せておきな」と、胸を叩くと、父にも何も言わずに金の工面もやりくりして、あっという間に準備が整った。

この時代、旧制中学校は県内には四校しかなくて、県東部の馬頭町から烏山町の中学校には、毎年一人か二人進学できるかどうかというほどに限られていた。ミツは、幸次郎が幼い時から事あるごとに、

「豆腐屋はお父ちゃんの代で終わってもいいんだよ。コウはうんと勉強して好きな本をいっぱい読んで、中学に行けばいい」と、当時の豆腐屋の女房としては極めて珍しく広い視野と先を見る目を持って息子の成長を促していた。

受験に合格すると、馬頭町から烏山町までの自転車通学が始まり、途中、渡し船に乗っても片道一時間半ほど掛ったが、「船と自転車に乗りながら常に本を読んでいる中学生」として話題になったくらいに本を読み漁り、勉学に励むとともに柔道部で身体を鍛えていた。両親は文武両道に長けた一人息子の成長が、何よりも嬉しく楽しみだった。父の源吉は豆腐作りの名人と呼ばれ、豆腐の材料だけであらゆる食材、たとえば肉や魚、野菜など

にそっくりに作り上げて地元で精進料理として重宝がられていた。内心では一人息子に家業を継いでもらいたいと思っていたが、妻の方針に賛成して一人息子を豆腐屋の後継者にすることは諦めていた。そうした両親の愛情と理解を支えとして、中学校をトップで卒業した幸次郎はまたしても母の卓越した英断により、宇都宮大学の前身である宇都宮高等農林学校の農政経済科に駒を進めることになった。あの母なればこそ、学問の勧めを実現させ商売と家計の切り盛りをして一人息子の未来への展望を切り拓いたと言って過言ではない。

「コウは、高等農林で勉学に励み、世の中を広く見て、いつかはこの地域の人々に夢と希望を与える人になっておくれ」と、口癖のように言っていた。幸次郎も大好きな母に時々手紙を書いて近況報告をしていた。そして、母の願い通りに勉学に勤しむ一方で、郷里の馬頭町の小学校の臨時教師を引受けたり、満州国視察に参加しソ連との国境まで見て回ったりして視野を広げて行った。あと二年もすれば農林省に入って、将来は栃木県を変えるような大きな仕事をすると思い描いていた頃だった。ある日、下宿に一通の電報が届いた。それは、予想もしなかった母ミツの訃報だった。取るものも取りあえず東野バスを乗り継いで実家に帰ると、待っていたのは変わり果てた母の姿だった。元々、恰幅の良い母だったが、四十二歳の若さで脳出血に倒れ逝ってしまうほど血圧が高いことなど知らずにいたことが悔やまれた。

「お母ちゃん、俺が卒業する日をあれほど楽しみにしていたのにさぞかし残念だったろうね。卒業したらお母ちゃんが望んでいた通り農林省に入って、将来この地域の発展に繋がる仕事をするから極楽浄土から見守っていてください」と、霊前に誓った。

幸次郎はこの約束通りに昭和十六年三月、宇都宮高等農林を卒業すると農林省統計課に入省を果たした。夢と希望を持って国家公務員になったのも束の間、国情は軍事色が強まっていた。日ソ中立条約成立後、その年の六月にはヨーロッパで同盟国のドイツがソ連と開戦し、八月にはアメリカによる対日石油輸出全面停止が打ち出された。十月になると、陸軍大将東條英機内閣が初の現役軍人首相の下で成立して一気に好戦気運が高まってきた。そして、遂に十二月八日、大本営陸海軍部は、「帝国陸海軍は本八日未明、西太平洋において米英軍と戦闘状態に入れり」と、大東亜戦争の開戦と真珠湾攻撃の大勝利をラジオ放送で全国民に発表し、暗黒の迷路に突入して行ったのである。

ようやく役所の仕事や書類が少し分かってきたばかりの幸次郎にとっては、めまぐるしく過ぎる出来事の連続だった。そんなある日、上司の高松係長から呼ばれて行ってみると、

「山中君、今度インドネシアのスマトラに陸軍省軍政公務官を各省から選抜して出向させることが決まったんだが、うちの省でも十名募集することになってね。もし君が希望するなら推薦するがどうかね？」と、尋ねられた。

「向こうではどういう仕事をするのですか？」

「大東亜共栄圏構想での現地における農業指導と食糧増産が主な仕事だ。一応、陸軍下士官を拝命するが軍事要員ではない。それに情報では戦闘の危険性は殆どないということだ。よく考えて二月一日までに返事してもらいたい」

「分かりました。なるべく早く返事します」と、答えたが内心では、（おふくろがいない今となっては、相談する人もいないし、俸給の半分を実家に送れるのだから悪い話でもない。行ってみるか）と、ほぼ決めていた。母のミツが亡くなった後、父の源吉は世話があって再婚し、既に自分にとって異母弟にあたる進次が誕生していた。

こうして、実家の変化も後押しする格好で結論が出て、十七年四月には航路スマトラに向かった。現地では係長が説明してくれたこととほぼ同じ内容の仕事と生活だった。月に一度行われる陸軍司令官の訓辞と演習以外には戦争をしているという実感がない毎日だった。その後のミッドウェーやガダルカナル、アッツ島の惨敗などの悲劇情報も殆ど入らず、ドイツ軍の将校や公務員たちと交流したり、農業指導している現地人に感謝されたりしていると戦争していることさえ忘れてしまうほどで、遂に終戦まで戦闘には一度も遭遇しない好運に恵まれた。このスマトラの軍政公務官の時代に五年間を共にした、通商産業省出身の大澤一郎たちが終戦後帰国してから幸次郎を事業家に転身させる大きな存在になると共に、後に妻となる佐久間壽子との出逢いにも通じるのだがこの時点ではお互いに知る由もなかった。

昭和二十年八月の敗戦後も一応、捕虜ということになるものの拘束されることもなく食糧に不自由することもなく、いつ帰国できるのかという不安と、祖国が敗戦によってどう変わったか、それだけが心配の毎日だった。結局、終戦の翌年の暮れに復員し、翌二十二年四月、三十歳になった幸次郎は農林省に復省した。スマトラ時代の友人も、それぞれ自分が元勤務していた各省に戻っていたので、時々会って旧交を温めるとともに情報交換をした。大澤一郎は通商産業省に復省していたが、いずれ大きな転進を図るつもりでチャンスを狙っているらしく、日本の将来はかくあるべしというビジョンを持ち、政界の動きを常に分析していた。ある日、その大澤から、

「山中さんは、嫁さんをもらったらどうかね。私の家はご存知のとおり落合にあるのだけ

れど、隣組の娘さんで身元のしっかりした人がいるので紹介するから会ってみるといいよ」と、縁談の薦めがあった。

「ありがたい話ですが、相手の人はどういう方ですか？」

「終戦まではお父さんが内務省の地方局次長まで務めた人で、四人姉妹の二番目。戦争中に親が進めた話があったらしいが、その相手が婚約前に海軍将校として出撃してミッドウエーで戦死してね。その後、空襲で落合の屋敷を焼かれて今は仮住まいをしている。元々は会津藩の家臣で、お祖父さんの兄上は白虎隊で戦死している元士族の家柄です。小柄だけど相当な美人で、近所では佐久間家の姫と呼んでいる。いい話だと思うよ。もし、良ければ今度の日曜日に私の家に来て下さい。ご本人を紹介しますから」と、強く薦められた。

幸次郎も、

「ありがとうございます。折角のお話ですから、お伺いします」と答えた。

こうして、運命の糸を手繰り寄せるように出逢いの瞬間を迎えることになった。次の日曜日、見合いの当日である。

「山中さん、こちらがこの前お話しした佐久間壽子さんです」

「初めまして。私は山中と申します」と、かなり緊張していたが、幸次郎は会った瞬間に結婚を申し込もうと、内心で決めていた。一方、紹介された佐久間壽子の方は、初め全くその気はなかったのだが、両親に先立たれ、姉は既に嫁いでいて、父が残してくれた屋敷を妹たちと三人で分割して相続したものの家は空襲で焼かれてバラックを建てて凌いでいた。二人の妹のことを考えるにつけ大澤の説得に傾いて行くのだった。

翌、二十三年春、山中幸次郎と佐久間壽子は大澤一郎夫妻の媒酌によりめでたく結婚した。壽子は身内だけの写真撮影と食事会による結婚式の夜、一生忘れることのできないような夢を見た。

（白馬の群れが自分に向かって雲間から飛ぶように走ってくる。何か、心地よい幸せな気分に浸っていると、美しい白馬の群れは自分の中に吸い込まれるように入ってきたかに思えた）

何はなくても壽子たちの亡父が残してくれた落合の屋敷跡地に、かき集めた材木で知り合いの大工の好意で小さな新居を建てて新しい生活をスタートさせることができた。妹の良子が、東宝映画の撮影技師をしている堀田雄三という男性と結婚して隣で暮らすようになっていた。

翌年三月には、幸次郎と壽子に長女由利子が誕生した。壽子は不思議なことに、この時も又、結婚した日に見たあの白馬の群れが自分に向かって飛んでくる夢を見たと言う。夫の幸次郎は男児を強く待望していたので嬉しいというよりむしろがっかりしたのが本音だったが、それでも幸せな新婚生活だった。

この年の一月二十三日、戦後二回目の第二十四回衆議院選挙に幸次郎のスマトラ時代からの朋友であり、仲人である大澤一郎が郷里長崎県選挙区から出馬して初当選を飾っていた。戦後の混乱から立ち直ろうとしている時代背景と、民主主義が曲がりなりにも定着しようかという頃で、政治的には、混乱から激動の時代に移っていた。通産省の先輩の推薦と旧九州帝大の同窓生の強力な支援が功を奏した勝利だった。そして、大澤の代議士当選が山中幸次郎のその後の人生に大きな影響を与えることになったのである。

壽子は、夫が農林省の公務員として定年まで勤めるものと信じていたし、このまま身近に妹たちがいる東京での生活が終生続くものと考えていた。それが自分にとって最も幸せなことであり幸次郎との結婚を決意した一番の理由だったかもしれない。ところが、仲人である夫の友人が代議士になったことから壽子の描いていた人生が根底からひっくり返るほどに変わりだした。代議士になった大澤は、時々幸次郎を自宅に招き刺激的な話で魅了したのである。

「山中さん、敗戦のどん底から立ち上がろうとしている日本には、今チャンスが満ち溢れています。あなたも地元出身地で町長か県議に打って出て、あまり時間を置かずに代議士に立候補するのも一つの選択肢だ。それとも私が現職でいる間に、大いに利用して将来への道を拓くのも結構。どちらにしても協力しますから、お互いにこのチャンスを日本の復興と郷里の発展に役立てましょう」と、夜が更けるのも忘れて語り合ったのである。

幸次郎にとって友人である仲人がいきなり代議士になるという夢のような現実が目の前にある同じ頃、妻の壽子が熱を出して床に伏していた。間もなくして末妹の須美子が同じ症状で倒れた。診察の結果は二人とも家族が心配し恐れていた結核だった。しかも壽子は手遅れで助からないかもしれないという。幸次郎は悪い夢であって欲しいと思いたいほど落胆し憔悴していた。この頃は、一部の農家を除き戦後の日本国民の殆どが食糧不足と栄養失調に見舞われる中で、結核が猛威を振るい多くの人々が命を失った時代である。

「大澤代議士に頼んで国立病院の結核病棟に入院することになったが幼い由利子は連れて行けない。壽子が治るまで、馬頭町の叔母さんと従兄弟の嫁さんに由利子を預かって貰うことにしたよ。辛いだろうが病気を治して元気になって帰ってきてくれ」と、涙ながらに話す夫に壽子は、

「あなたには苦労を掛けてごめんなさい。私は大丈夫です。でも、あなたと由利子を残して先に逝くのは辛い」と、最悪の場合の覚悟を伝えた。

「何を言うんだ。俺は大澤代議士の紹介で、日本一の榊原先生の手術を受けられるように手配したんだ。今までの医者は全員が手遅れだと言って投げ出したけれど、榊原先生だけは必ず助けてみせると言ってくれた。それを信じて手術を受けて俺たちの家に戻ってきてくれよ。頼む」

幸次郎はいつしか号泣していた。

(私は恐らく助からない。でも、この人がこれほど憔悴していては、由利子の成長も危うくなる。何としても生きながらえる姿勢を貫かねば、夫と幼い娘のために)

壽子は心の中で、最後まで希望を捨てないという約束だけは守ろうと誓っていた。

幸次郎は、故郷で従兄弟の妻が由利子より一つ年上の子どもを出産してお乳もよく出ていることを聞いていたので、養育費を預けて叔母と従兄弟夫婦に一歳の由利子を託すことにした。その一方で大澤代議士と厚生省の知り合いを動かして、米軍病院にあるという噂の特効薬を求めて走り回ったのである。伝説の名医と言われる榊原教授の執刀により手術は成功した。その直前にアメリカから持ち込まれた抗生物質がすんでのところで間に合い、壽子のか弱い命を助けたのだ。しかし、克服したとはいえ、生死を分ける重い病気との闘いに壽子は二人目の出産はおろか、一生病弱の人生を余儀なくされたのだった。そして、この妻の奇跡的な生還は夫、幸次郎の人生観をも変えて行ったのである。

ともあれ、一度は複数の医師から見放された最愛の妻が、一命を取り留めてくれたことで幸次郎は元気を取り戻していた。月に一度か二度、郷里の栃木県馬頭町の叔母の家を訪れ、従兄弟夫婦に預けている我が子の成長を見るのが楽しみになっていた。その度毎に、次の日曜には東村山の国立結核療養所に足を運び、妻に由利子の成長ぶりを報告した。

「由利ちゃん、お母ちゃんが元気になって退院できたら、東京の家に帰れるから、それまではいい子にして、藤田の家の皆さんに可愛がって貰うんだよ」と、父は来る度に幼い我が子に話しかけた。まだ、二歳にもならない由利子は、この半年余りの田舎暮らしで見違えるほどに逞しく成長して、一つ年上のはとこの京子と姉妹のように遊んでいた。物心がつく前に預けられた赤ん坊にしてみれば、お乳をくれるその人こそ母親と思うのは至極当然のことで、「田んぼ母ちゃん」と呼んで育ての親を慕っていた。月に一度、自分に会いに来る人が、「ほんとの父ちゃんだよ」と、皆から言われても認識できる訳がない。言われるままに、「ほんとの父ちゃん」と呼んで膝に座るが、すぐに、田んぼ母ちゃんの胸の中に戻ってしまう。そんな仕草が却って藤田家の人々から可愛がられることに繋がっていた。

幸次郎は由利子に会いに来ると必ず寄る場所があった。子どもの頃、亡父と釣りの帰りによく上った小口南平の高台だ。そこから遠く聳える男体山と鶏頂山、那須岳に繋がる景色を眺めたのである。そして、何度も夢の中で見た光景を思い出していた。現実の眼下の那珂川の位置に、夢の中では海のような荒波を立てながら鮫と鯨に似た巨大魚が躍動し飛び跳ねて泳いでいた。足下からはもうもうと立ち上る、湯煙と呼ぶにはあまりに猛烈な噴煙が甦ってくる。いつもここに立つ時は、夢に現れる情景を目前の現実の景色に重ねて見ていた。何かが自分を呼び寄せているかのように思えたのである。

一年後、幸次郎は完治した妻の壽子を連れだって馬頭町の叔母の藤田家を訪問していた。「長いこと由利子を実の子どものように育てて貰いありがとうございました。お陰様でこれから親子三人水入らずの生活に戻れます。由利子は私を覚えていてくれたでしょうか、それればかりが気になってね」と、壽子は奥で、はとこの京子と遊んではしゃいでいるらしい我が子の声を聞きながら、夫の従兄弟の嫁である田んぼ母ちゃんに尋ねた。

「少し時間は掛かるでしょうが、徐々にほんとの母ちゃんのことが分かるようになるでしょうから心配ないですよ」と、言いながらも、一年半の間お乳を与えて寝起きを共にしてきた育ての母には由利子との別れが寂しく思えるのだった。

これまでの一年半の間に、幸次郎にとって様々な転機が訪れていた。ある時、幼い娘に会うために叔母の家と実家に立ち寄った際、思わぬ話が舞い込んだのだ。

「幸次郎さん、来年四月の町長選挙に現職の橋本さんが健康の都合で出馬しないことになって、後継者を探していてね。一度幸次郎さんと会いたいと言って来たんですよ」と、田んぼ母ちゃんの夫である従兄弟から告げられた。町長は幸次郎の母方の遠縁に当たることから父の源吉も支援してきた間柄であった。早速、町役場に橋本町長を訪ねると、

「山中さんが毎月、藤田さんのお宅に来る話は聞いていました。奥さんも快方に向かっているようで良かったですね。ところで農林省を辞めて故郷に戻り、来年の町長選挙に私の代わりに出馬してくれませんか」と、唐突に切り出されたのである。

壽子の病気と手術がなければ、子どもを親戚に預けることもなかったし、こうして頻繁に故郷に来ることもなかった。まして町長選挙に推されることなどあり得なかったが、大澤代議士の話が急に現実味を帯びてきたのだ。

幸次郎はこの時、政治的野心というより、幼い頃から亡き母と約束していた、『この地域の人々が夢と希望を持てる故郷を実現する』ためのチャンスに繋がるかもしれないと考えたのだ。友人の大澤代議士の薦めも影響していたが、もう一つ心を動かしたのは、毎月由利子の様子を見に来る度に上った、南平の高台からの絶景だった。何度もその情景を見るにつけ、自分が何かに呼び寄せられる感覚になり、『いつかここに夢のある事業を興す』という思いが募り始めていた。

翌年三月、母校烏山高校（旧烏山中学校）と宇都宮大学（旧宇都宮高等農林学校）の同窓会の推薦を取り付けた幸次郎は、遂に町長選に立候補する決意をして農林省に辞表を提出した。ところが幸次郎が選挙運動を開始して間もなく、信頼していた橋本町長の妻の従兄弟に当たる町会議員が急遽立候補することになり、頼みの町長から、

「妻の親族から泣きつかれどうしても応援できなくなった」と、土壇場で土下座して謝罪されてしまったのだ。

（橋本町長に頼まれて立候補を決意したが、肝心の町長に寝がえられては勝ち目がない。かといって今さら役所に辞表撤回もできない。ここは思案のしどころだな）と、東京にとって返すと、これまで何事に付け相談に乗って貰ってきた大澤代議士に事情を説明した。

すると大澤は、

「山中さん、スマトラ以来私たちは何があっても前向きに捉えてきたではありませんか。今度の町長選挙断念にしても、却ってそれで役所を辞めるきっかけになった訳だし、人生目標の近道ができたと、そう考えることにしましょうよ」と、笑って見せた。そして、

「私が理事をしている自転車振興会に嘱託で来て貰うように手配しておきましたから、少し落ちついてから今後の転進の方向をじっくり相談しましょう」と、ありがたい激励とチャンスをくれた親友に改めて感謝した。そしてこれが事業家山中幸次郎の誕生に繋がることになって行ったのである。この直後に、大澤から三角マッチのパテントを安く売る人がいるという話を勧められ飛びついた。山中家の菩提寺である馬頭町の乾徳寺山門前を借り受け、マッチ工場を創業した。苦労の甲斐があって一年後には大手銀行をはじめ大口の注文が入り、初の事業が成功し軌道に乗って行った。大澤は次の総選挙で落選したが持ち前の前向きな性格で各方面から要職で迎えられ、相変わらず情報と提案を幸次郎に運んできてくれていた。その後、日本電信電話公社の電話帳の広告代理店を勧められた時も幸次郎は飛びついた。この頃の日本は朝鮮動乱の特需景気から高度成長への道を歩き始めていた。その一方で都内と千葉、茨城県で不動産投資による利益を手にすると、念願の故郷の南平

付近と、そこから見続けてきた正面の丘陵地帯を買収し、将来の事業計画を膨らませて行った。

幸次郎は故郷の隣町である小川町で栃木県内で十五番目となるゴルフ場開発に着手し、馬頭町小口で温泉開発を手掛けて始動すると、妻の壽子と共に烏山町に住居を移した。そして遂に、昭和四十四年、何度も夢の中で見た丘陵地にゴルフ場をオープンした。更にその二年後、幼い時から夢の中で湯煙がもうもうと立ち上っていた地点を「ここだ」と特定して源泉を掘り当て、その後温泉ホテルをオープンしたのである。

それから十数年後、深井戸の掘削に続けて成功した源泉二本から稀代の名湯となる温泉を湧出させた。県内随一と言われる湧出量を活かし南平台温泉ホテルで運用すると共に、栃木県の草分け的な日帰り温泉『観音湯』をオープンさせて行った。その一年後、幸次郎は、小口温泉宿の同業者を集め、自社の温泉に浸かってもらった後に同業者として有り得ないような壮大な提案をしたのだった。

「皆さんの旅館で使用されている低温泉も成分的にはうちの美人の湯に近い筈です。入浴した感想は如何ですか？」

「確かに成分表の上では似ていますが、実際に入浴した後のすべすべ感と爽快感は全然違いますね。やはり、一〇三〇メートルも深くから湧出する源泉は古代から地下の豊富なミネラルを満々と蓄えているのが分かりますね」

「そう気づいてもらえると話が早いです。今日、集まってもらったのは外でもない。私が内々に県と薄井町長に相談して、うちの源泉から一キロメートル離れた小口地区内に県と町と私どもの会社が三者で資金を出し合い、もう一本温泉を掘削し湧出した源泉は馬頭町から新しい温泉組合に払い下げしてもらう。これによって馬頭温泉郷の名声を高め、広く観光や釣り、スポーツ客に名湯を味わってもらいこれまでの何倍もの温泉客集客に繋げようと考えたのです。いかがでしょう」

「南平台さんの単純泉は弱アルカリ性で温度は四十四度ですね。すべすべの文字通り元祖美人の湯そのものです。近くにもう一本掘って、同じような良好な温泉に出会えるものでしょうか?」

「それは掘ってみて湧出してみなければ誰にも分からないし保証はない。しかし、私が掘り当てた時と比べれば遥かに確率が高い筈です。それに、万一、期待ほどでなかったとしても、皆さんには何も損害は無いし、きっと今よりもずっと良好な深みのある温泉が出ることは間違いありません。それに、湧出したら、温泉利用は県の施設と町の施設、それに皆さんとで公平に利用する仕組みを立てています」

「山中さんが三分の一もお金を出して、我々と同じように共同で公平に温泉利用することでよろしいのですか？」

「はい、私は幼い時分から亡くなった父に連れられてこの地域を何度も歩いてきました。こんな良い眺めの場所はめったにありません。それに河川敷でなく、この高台にある二本の源泉は台風や洪水などの自然災害で流失することもなく半永久的に維持できる筈です。昔から夢に出てきたお告げのような導きによって、太古の昔から地下で脈々と生きづいてきた温泉に巡り合えたことは、私一人の財産でなく広く大勢の方々の癒しに役立てるべきと考えたのです」

「山中さんの提案はとてもありがたいことです。みなさん、是非ともこれを実現し、県内の他の温泉地に無い素晴らしい温泉郷をつくりましょう」

この時点において馬頭町小口地区の温泉宿は八施設に増えていた。その内、古くは昭和の初期から釣り宿として沸かし湯で営業を続けてきた宿が三軒あった。それが、小口地区で二本目となる源泉から高温アルカリ単純泉が湧出したことにより、年間に十五万人を超える温泉客を迎えるに至ったのである。

この結果、県の主導により、馬頭温泉管理組合が組織され、保護管理組合を設立して町から源泉を払い下げされたのである。そして、湧出に成功した源泉の成分の結果に期待が集まっていた。

「山中社長、分析の結果、今度の温泉は、南平台と同じ弱アルカリ単純泉でPHもやや近いことが分かりました。それに、ラジウムが含まれているので秋田の玉川温泉のような健康に良い温泉とお墨付きを頂きました。これも、組合員が『温泉の神様』と、崇拝している山中社長が源泉位置を決めてくれたおかげと、皆、喜んでいます」

そして、幸次郎が実行した三本目は那珂川の西側に位置するまほろばゴルフ場西コース敷地で掘削されたのである。小川町で以前から湧出していた塩の湯であろうことは予め予想されていた。その通りに、地下一五五〇メートルから五十四度の温泉が高温の湯けむりと共に地上に迸るように湧出した。それこそが二十余年後に、世界で初めてトラフグ養殖に最適な温泉として脚光を浴びることになる塩化物泉だったのである。

事業家として大成功した山中幸次郎は、過疎地と言われ続けた当時の馬頭町、小川町の両町を活性化し雇用を創出した。更にこの成功は後に他社五コースのゴルフ場の増設へと繋がり、その後、なかがわ水遊園や馬頭広重美術館を公費で実現する引き金にもなって行った。近隣には他にも自然を美しく保ちながら地域の発展に貢献をする民間のキャンプ場や絵本の美術館、乗馬クラブ、陶芸館などの施設が後に続いた。

バブル崩壊後、七十八歳で会長に退いた後も幸次郎はスポーツ財団を設立し、女子プロゴルフトーナメントをはじめ、広範囲にアマチュアゴルフ大会を開催した。また、五十メートル公認プールを社内に設け、栃木県年齢別水泳競技選手権大会を実行して健全な青少年の育成に大きな足跡を残した。さらに、地域の神社仏閣や母校にも寄付を続けていた。自ら四〇〇〇冊に及ぶ仏書を読破して充実した人生を過ごしていた。

元気に米寿を迎えた義父は倒れる直前まで毎日のように出社して元気にしていた。が、翌年八月、心不全により済生会宇都宮病院に緊急入院した。ところがその原因の冠動脈の詰まりを取り除くカテーテルをしようにも、動脈硬化が進んでいて薬に頼るしかなかったのだ。

亡くなる二日前に病室で私と二人きりになると、義父は、

「僕の人生は、いつも何かに呼び寄せられていたような気がするよ」

「お義父さんの一番の思い出は何ですか」

「いろいろあるけど、由利子を親戚の藤田家に預けていた時に何度も上った小口南平の台地で、初めて温泉掘削に成功した時のことかな」

「お義父さんは三本の源泉掘削に成功しましたが、最初のアルカリ泉は、ホテル前の那珂川沿いのあの場所にこだわったそうですね」と尋ねると、瞑っていた目を見開いて私を見据えた。

「あの場所は、夢の中で湯煙を噴き上げていた所に違いないと思ったよ。そして、その前方に荒涼と広がる大河は、海だったように思えるんだ」と、しっかりとした口調で応えた。

私は、以前から不思議に思っていたことを訊くことにした。

「今さら何だと言われそうですが、那珂川の北東へと続く小口の八溝山系に湧出している温泉は全て弱アルカリ単純泉ですね」

「ああ、そうだよ」

「なのに、那珂川の西側は、小川町も烏山、南那須町にしても宇都宮にしても全て塩化物の温泉ですね」

「うん、その通りだ」

「この塩の温泉の塩分は太古の海水でしょうか？」と尋ねると、義父は、

「死んだ親父から昔聞いたことがあるが、間違いなく有史以前は海だったようだ」

「と言うことは、お義父さんは何百万年か前に海水が閉じこめられて眠り続けてきた温泉を目覚めさせた訳ですね」と、握っている手をもう片方でぽんぽんとたたくと嬉しそうに笑い、

「南平台温泉ホテルの台地に、もうもうと立ち上っていた湯煙や眼下の海のような大河も、夢に現れた景色は、きっと地球の生命力が、ここに温泉を掘れとお告げをして導いてくれたのかもしれないな……」

　気がつくと義父は私に手を預けたまま眠っていた。そして、これが私との最後の会話になったのである。

（五）

　義父が亡くなって二年半が過ぎた平成二十一年一月下旬のある朝、私はトラフグ養殖を続けている那珂川町の研究所の現場を訪ねてみた。

「野原さん、今日は成長したトラフグと初対面させてください」

「よく来てくれました。養殖開始から約二〇〇日経過した一月六日現在の計測で二十センチでしたから、今では二十三センチくらいで一キログラムになっていると思います」と、説明してくれた。この日はトラフグと、我が社が提供している塩化物泉について様々な質疑応答が交わされて多くのことを学ぶと共に新たな発見をした気分だった。

　野原好明氏は話しているうちにいつしか、環境生物学者の表情になっていた。

「塩分は人間をはじめ全ての動物にも魚にとっても同じように必要不可欠です。体液の中の適正な塩分濃度は生理食塩水濃度〇・九%と一致します。ところが海水の塩分濃度は三・六％と濃すぎるため、トラフグはエラなどでこれを薄くするためにかなりのエネルギーを消耗しているのです」

(えー、トラフグも他の海水魚も天然の海塩水が最適ではないのか。海水塩分三・六％を薄めて体液にしているというのか) と、内心驚く私にかまわず野原氏は、

「逆に、淡水魚たとえば鮎は塩分の少ない河川に生息していて体液を確保するため、河川の水から微量の塩分を圧縮して吸収しているのです。この場合も相当のエネルギーを消耗しています。つまり、海水魚も淡水魚も〇・九％程度に体液の塩分濃度を調整して生きているのです。」

(そういえば、人間も塩分がなくては生きて行けない。塩分を摂りすぎても不足しても健康に支障をきたすものだ) と、私はよく考えれば当たり前のことに改めて感心していた。

「ところで野原さん、うちの温泉の塩分濃度は何％なんですか?」

「まほろばゴルフクラブさんの温泉は、一・二％です。生理食塩水に極めて近いので薄めるためのエネルギーを殆ど消耗しない。その分、発育が早いと言えます。海水と比べてもPHは殆ど同じで、マグネシウム〇・〇〇三％、カリウムは〇・〇四％、ヒ素や金属は〇％です。必要な成分は必要な分だけ含有し、海水成分の不要な、むしろ無い方がベターなも

のは含まれていない。ほぼ理想的です」

いつしか、聞き惚れている自分がいた。

「参考に伺いますが、昨年春、野原さんがテストを始めた時に五カ所の塩化物泉を実験に使用するとおっしゃいました。その五種類はそれぞれかなり違いがあるのですか？」と、つい、先日まで塩化物泉は皆均一だと思いこんでいたことを思い出して訊いてみた。

「塩分濃度では『南那須の湯』の温泉は〇・二％しかなくて薄すぎます。逆に『烏山温泉』は二・〇％と高い。その他の所では塩分以外の金属含有などでトラフグが育たないのでこの近隣の塩化物泉の中では社長の所の温泉だけが適合します」と、聞かされて理解することができた。

「今後のスケジュールはどうなりますか？」と尋ねると、

「現在飼育中が四十尾です。三月には南平台温泉ホテルで天然トラフグと温泉トラフグを同じ調理をして食べ比べる試食会を行う予定です」

説明を終えていよいよ飼育中のトラフグと面会ということになった。実験室に入ると思ったより小さな水槽に酸素が送られる音だけが聞こえる。そこで泳いでいるトラフグが想像していたよりも小さく可愛く見えたのはそれまで猛毒のイメージが強すぎたからかもしれない。何故か、とても愛おしく感じられたのである。

私は二月のある朝、嘗て亡き義父から聞いていた夢の光景を想像しながら、ホテルの前方に位置する第一号源泉井戸の前に立ち、そこからの冬景色を眺めていた。

正面には、直線距離で約七キロメートルの位置に同じくらいの高さで本社の『まほろばゴルフクラブ』のハウスが白く聳え立っている。そのはるか後方に僅かに雪を被って鎮座している男体山と鶏頂山の勇姿を背景に従えたこの光景をまじまじと見つめたのは、義父に連れてこられたオープン直後の南平台温泉ホテルに来た時以来三十五年ぶりのことだった。

暫くして、ホテル脇にある那珂川リゾートマンションの屋上に上ると三六〇度パノラマの絶景を目の当たりにして、見慣れている筈なのに息を呑むような感動を覚えた。ここでも改めて、義父の夢の光景を、思い出しながら目を瞑って思い描いてみた。夢の中で、『足下からもうもうと立ち上る湯煙とその前方に広がる海のように見える大河の荒波。そこには鯨に似た巨大魚たちが悠然と泳ぎ時折跳躍して力を誇示して見せている』という光景だ。

その後、私はホテルを出て本社に帰る前に現在那須烏山市に合併された旧南那須町の『大金クジラ発見の地』に車を向けることにした。

　義父が掘削した第三号源泉は、太古の昔、この付近一帯が大海であった頃の海水を融合して生まれたに間違いなかった。何百万年もの気が遠くなるような永い間、外気から遮断され奥深い地底の様々な成分を吸収して蓄え、温泉という新しい命に姿を変えて時空を超えこの世に現れるのを待つように眠り続けていたことに思いを馳せてみた。それでも尚、直ぐ近くの丘陵の弱アルカリ温泉とまるで異なる泉質の違いの謎を解くにはまだ十分ではなかった。

　私は、この時、なにか手掛かりを得られるような予感にかられ、旧南那須町の『大金クジラ発見の地』の看板の場所に車を停車した。付近を歩いても看板以外には何も見つからなかった。通りがかりの老人に尋ねると、近くにある資料館に「大金クジラコーナー」があるというので、早速足を延ばしてみた。

　一〇〇年以上前に建てられたと書かれた古い民家を保存した資料館にはボランティアの女性がいて親切に案内してくれた。そこには一世紀前からの、この地域住民の生活と産業に関する資料と手芸工芸品などが所狭しと陳列されていた。その一番奥の一角に大金クジラのコーナーがひっそりと設けられていた。その僅か一坪程度の展示コーナーに、これまで三十五年もの間不思議にしてきた私の疑問を一挙に解明する貴重な答えが書かれていたのである。

それによると大金クジラは、約一〇〇〇万年前、東日本が殆ど海であった時代、大小の島々が散らばるように点在していた頃に生息していたと見られることが分かってきた。その頃、栃木県内は今の足尾山地と八溝山地のみが陸地として存在していたが、それ以外は太古の海だったことが証明されていたのだ。私は初めて目から鱗が落ちる、という感覚を知った思いがした。

二十一世紀の今から遡ると、地球上に古代原人が誕生してからの人類の歴史は約二〇〇万年だと言う。文明の発祥からではせいぜい一万年と言われている。ところが、私たちが知っている郷土の大地は、それよりもはるか遠い歴史で形成されてきたことをトラフグの養殖でようやく知ることになったのである。資料館の職員の女性が資料を指差しながら解説してくれた。

「栃木県は、二億二〇〇〇万年前の古生代には全県が海底にあり、化石は現在、合併で佐野市になった葛生地区で出土したフズリナとウミユリがあります」

「私は佐野市の出身なので葛生のフズリナのことは知っています」

初めて会う私たちにとって共通の話題が見つかり、笑顔で会話が続いた。

「七〇〇〇万年前は足尾山地以外の県内全域が海で、化石はアンモナイトが見つかっています。二三〇〇万年前頃になると古第三紀漸新世となり全県が陸地となり、この時代に大谷石が形成されたらしいことが分かってきました。そして、一〇〇〇万年前は小島国時代で県内はわずかに足尾山地と八溝山地以外は全域が海の時代だったのです」

太古の陸海図を見ながら最も知りたい核心に近づいた感じがして、私は少し興奮していた。

「その時代、このあたりの海にはヒゲクジラやサメが多数生息していて大金クジラもその中の一頭ということになります。一〇〇万年前になると全県が陸地になり火山活動の時代になり、日光火山が活動。中間期の五十万年前頃は最後の大陸時代を迎え、那須火山が活動し県内には湖や塩原盆地が出現したのです。そして現代では陸地となり関東ローム層の赤土と段丘で形成される河岸低地と呼ばれるようになりました」

説明を聞き終えてから、その脇に展示された一〇〇〇万年前の大金地区から北東方面への断面図に再び目をやると、深い海が南西部に向かっていて、宇都宮方面から八溝山地に近づくにつれて徐々に海が浅くなっていた。烏山地区で下層部と呼ばれる陸地が顔を出し、那珂川から北東部に向かう八溝山地に向かって陸地が島となって続いている。現在の栃木県に限ってみると八溝山地と足尾山地を除く殆どの地域が海の時代だったことが一目瞭然に分かってきた。ここから想像しても、那珂川から西南地域に湧出する塩化物泉は太古の海水が地中に閉じ込められて生成されたということになるのだ。小口南平に立ち、荒涼たる大海原を目前にして足下からもうもうと立ち上る湯煙を何度も夢に見た亡き義父は、二三〇〇万年前に既に陸地だった場所で何かに導かれるように、その時代に生成されたかもしれない温泉を掘削したことになる。一〇〇〇万年前まで海だった眼下を見渡していたことにもなる。まさに古代の海水により生成された温泉を眠りからさまして現世に甦らせたと考えられるではないか。

里山温泉トラフグ研究会の町おこし応援隊の旗が南平台の源泉に翻ったその日、那珂川の上空にクジラとトラフグによく似た雲が浮かび、やがて繋がって一つになった。

（六）

世界初の快挙により町興しの温泉トラフグ養殖が始まった。このニュースは、殆どのテレビ局の取材を受けて広く日本中に届けられて行った。養殖は廃校になった旧小学校校舎を利用して行われていた。これが、町興しの精神の原点を示すことに繋がり好感を持たれていた。さらに、廃業したスイミングクラブの温水プールを借り受けて養殖事業の拡大を図ることになって行ったのである。二年後、里山温泉トラフグ研究会は発展的に解散し、代わって野原好明氏が社長となり地元有志の出資を募り『株式会社二十一世紀』が設立された。

「これまで、私どもの温泉がお役に立てて本当に良かった。これからは、養殖事業の発展が那珂川町の町興しを支えて行きますね」

「ありがとうございます。これからも温泉供給とトラフグの販売の両面でまほろばゴルフさんと南平台温泉ホテルさんのご協力をお願いします」

「もちろんです。これからもできる協力を惜しみません。但し、この際、研究会の発展的解散を機に私の役割を返上させてください。そして、温泉トラフグをホテルとゴルフ場から発信し、幅広く販売することに専念させて下さい」

私は、『栃木県ふるさと大賞』受賞式を最後に、この素晴らしい町興しを成し遂げる一端を果たせたことを誇りに思いつつ静かにその役割を終えたのである。


その三か月後である。温泉トラフグの養殖と販売は予定を上回り順調に推移していた。

その日、平成二十三年三月十一日金曜日は朝からどんよりと曇っていた。私は南平台温泉ホテルの会議を終えたところだった。午後二時四十六分を回るまで、なんでもない普通の金曜日だった。ホテルでは客室係が清掃を終えて備品のチェックをしていた。厨房では夕食と宴会の料理を作り、サービス係の仲居は早番が宴席の並び替えを終え遅番の従業員が出社してくるところだった。日帰り温泉では、『みなみ座』の芝居が昼の第一部が終わり、座長口上後の休憩から第二部の舞踊ショーが始まったところだった。週末の金曜日だが座席には七十名ほどの観劇客が舞台を見ながら寛いで楽しんでいた。なにげない、いつも通りに時間はゆったりと穏やかに過ぎていた。南平台のスタッフと日帰り温泉並びにみなみ座の観劇客のみならず栃木県内、いや、東日本の全ての人々が、一分後も一時間後も翌日も、この瞬間と同様に穏やかな時間が流れていることを信じて疑わなかった。が、そのすべての人々が次の瞬間、これまでの人生で誰しも経験したことのない恐怖と不安に襲われた。異常な激震と地下から突き上げてくる轟音、生木を裂くような軋みと悲鳴が森林から押し寄せてきた。誰しも最初は、いつも通り「もう止むだろう」と高を括っていたが、三分、五分経っても揺れは止まるどころか益々激しくなってきた。パニックになった頭に「このまま、揺れ続くのではないか、そうなれば全ての建物が倒壊しこの世の終わりがくるのではないか」という有り得ない恐怖までが浮かんできて全身を貫いた。慄いて逃げ惑う人々を外の駐車場に避難誘導しても尚、「まだまだこれからだよ」と、嘲笑うように大地を揺るがす巨大地震は、意思を持ったある種の生命体になったかのようにあらゆる建造物を倒壊させようとしている。不気味な地響きは戦慄となって人々を押し潰してゆく。この時、後に一〇〇〇年に一度と言われる巨大地震が宮城県牡鹿半島の東南東沖一三〇キロメートル、仙台市の東方沖七十キロメートルの海底で発生したのである。

地震の規模はマグニチュード九・〇、震源は岩手県沖から茨城県沖までの南北約五〇〇キロメートルと東西約二〇〇キロメートルの広範囲全てが震源域とされた。最も近い震源域から一〇〇キロメートル離れているここ那珂川町でも震度六強を観測し、五〇〇棟を超える建物が全壊もしくは半壊状態となった。そして、三五〇年以前から自噴によって湧出し、小口温泉に始まって広瀬温泉へと移ってきた馬頭温泉郷は想像をはるかに超えた新たな大災害によって存亡の危機を迎えたのである。

河川敷の源泉は時々見舞われた洪水とその後の復興によって断続的に、再開されては再び洪水で流失されるという繰り返しの歴史から脱皮し、丘陵地に深堀の源泉を設けてようやく永続できる温泉郷として盛況を分かち合える体制が整った筈だった。しかし、僅か三十年にして、今度は桁違いの自然災害によって、自前で所有していた温泉が出なくなり営業を断念し廃業に追い込まれる温泉宿が二軒出てしまった。不幸中の幸いで南平台温泉ホテルと馬頭温泉管理組合の源泉は、源泉ポンプ交換と湧出後の配管修理が必要となったものの奇跡的に守ることができた。しかし、温泉が復活した旅館においても経営の復興までにはそれ以外の大きな試練を乗り越えねばならなかった。それは、巨大地震によって派生した巨大津波が福島第一原子力発電所を襲い破壊したことによって始まった新たな困難だった。津波が全電源を喪失させたことから原子炉の冷却不能が生じ一号機、二号機、三号機で起きた炉心溶融（メルトダウン）によって大量の放射性物質が漏洩したことによる風評被害から派生した客離れによる営業不振だった。

「従業員の皆さん、小口の温泉は、今から四〇〇年以前、小口川河川敷から湧出し、水戸黄門様の発想とアイデアにより地元住民の努力で温泉場として開業して潤ったものの、その後、断続的に発生した小口川の洪水で流失しては復興してきた歴史があります。その後、万延元年（一八六〇年）に広瀬地区の那珂川河川敷地内で自噴温泉が湧出しているのが発見され、湯治場として期待されました。こちらも明治、大正、そして昭和の戦前戦後に洪水によって流失して永続には至りませんでした。我が社の創業オーナー山中会長が昭和四十六年に初めて南平の高台の麓に低温泉の湧出に成功し、続いて昭和六十二年七月に石油掘削機を改良した新式掘削機により掘削開始し、九月十日、遂に念願の最良質泉（四十四度で毎分三五〇リットルの弱アルカリ単純泉）の湧出に成功したのです。その後、県の補助を受け町が主体となり、那須八溝物産が出資者となって同質のラジウム系の温泉を湧出し、それを町から旅館組合が払下げしてもらい新たに馬頭温泉管理組合が設立され、今日の馬頭温泉郷が誕生しました」

全社員を対象に毎月開催しているミーティングで私の説明を真剣な眼差しで聞いていた従業員は、小口地区の温泉の歴史は洪水との闘いの歴史であったことを知り感慨深そうに頷いていた。そして、洪水被害の影響から脱皮するため高台に掘削した源泉からの最良質の温泉湧出に恵まれたことを心から満足していた。これからは、安定した温泉旅館経営ができることを心底から喜んでいた。ところが、今回の東日本大震災と、それによって派生した原発事故が丘陵地帯の数カ所の温泉を湧出不能に陥らせた他、風評被害で経営存続危機に貶めたのである。

ありがたかったのは、大震災直後、まだ大揺れに揺れる中でホテルの従業員が自主的に全施設を点検して歩いた折に、台地の源泉棟建屋が今にも倒壊するほど危うい状況であるところを発見してくれたことだった。そして、私の呼びかけに全員が反応した。

「源泉を守るため、倒れそうな建屋を復興させるだけの時間を稼ぐためサポート資材らしきものを見つけてきて欲しい」と呼びかけると、

「うちの人が勤めている建設会社の資材置き場から足場に使う鋼製サポートを借りてくる」と、飛び出した清掃担当の女性と応援の男性二人は二時間後、リヤカーで二十本の足場を運んできてくれた。

「私の亭主が大工をしていて、古い角材を二〜三十本持っています。多分、トラックが空いていると思いますので家に行ってきます」と、厨房の調理補助の女性が車で向かってくれた。従業員の中に元大工が三人と電気屋だった社員が一人、土木工事の現場員だったことのある営繕担当が一人いたことも幸いだった。運ばれてきた材料で、大震災の翌日、まだ震度五程度の余震が頻発している最中に建屋を頑丈にサポートするに十分な支柱が備えられたのである。その後は、近所の鉄工所に依頼してこの建屋を二週間で鉄骨構造に強化することに成功し、南平台温泉ホテルの宝である『元祖美人の湯』の源泉が奇跡的に守られ、ホテルの再建に向け明るい見通しが立った。ホテルの向かい側の那珂川沿いに建てられ絶景を誇った日帰り温泉『観音湯本館と大浴場、岩盤浴』の大半は、天井と壁が崩落した。パントリーや二階大広間の演劇場『みなみ座』は使用禁止となりいずれ解体を余儀なくされてしまったが、この従業員リレーがきっかけとなり、ホテルの全室と宴会場、日帰り温泉のうちで再開に耐えられそうな『はなれの湯』の修理が全従業員により買い集められた資材と機材で自主的に進められた。最寄りの取引業者は、土建業者も、工務店も、電気工事や設備工事業者も引っ張りだこの体で、いつ来てくれるか見当もつかない状況だった。二週間後、ホテルの客室三十三室のうちで約半分の十七室がどうにか宿泊可能となり営業を再開した。温泉は一部の配管を塩化ビニール管で仮に繋いで間に合わせた。日帰り温泉『観音湯』は、ホテル『はなれの湯』とレストランだったフロアを繋いで美人の湯のみで四月一日より再開し、県内外の大震災罹災者を無料入浴で歓迎し喜ばれていた。そして、使用不能となった旧みなみ座から急遽ホテルの大広間に移されて改装した『新みなみ座』は五月一日、晴れて柿落としを迎えたのである。

私も従業員もこの間、ひたすら夢中で仕事をして再開を果たしたが、思わぬ事態が現実として立ちはだかった。トラフグの湯として広く認知されマスコミにも再三紹介されてきた『まほろばゴルフクラブ内の塩の湯』源泉の塩分が何度計ってみても一定しなくなっていたのである。

「社長、今度も又ダメでした。塩分が以前の約半分です」

野原氏は悲壮な顔で報告してきた。

「そうですか、大震災以来、しばらく源泉を止めていたためと思い、丸二日間、出しっぱなしにしてみたら、温度は四十四度まで上がってきましたので、もしや塩分も元に近づいたかと期待したのですが、だめでしたか。残念ですが、これ以上、待たせては養殖に障ります。野原社長、昔から出ている浅井戸の塩の湯なら大震災の影響が少ないと見られます。背に腹は代えられません。どうか、昔、亡き義父が借りて使用していた『塩の湯』で温泉トラフグ養殖を継続して下さい」

「残念ですが、そうさせてもらいます。しかし、世界初の温泉トラフグテスト成功は、まほろばゴルフクラブのチャレンジコース五番ホール脇のナトリウム泉によって成し遂げられた事実を忘れることはありません」

「ありがとうございます。私は会社の再生を果たし、いつか、真正『温泉トラフグの湯』が復活できるよう源泉の鋼管内側にもう一本の鋼管を打ち込む再生方法を検討していきます。膨大な予算が必要ですので時間はかかりますが、三五〇年もの間に何十回もの洪水による被害の度に知恵を絞り工夫を重ねてきた先人たちを思い、亡き義父のパイオニア精神に思いを馳せてみせます。それまではホテルとゴルフ場で『那珂川町の温泉トラフグ』をお客様にご賞味頂いて宣伝に努めますよ」


三年後。

「スワローバスのお客様が二〇〇名様。ＪＲＴバスの日帰り昼食が約六〇〇名様、その他にも、ホテル宿泊客の温泉トラフグ指定は昨年までの二倍に増えました」

ホテル支配人から明るい声で報告を受けた私に、息子である専務から、

「実は携帯電話の大手ＪＴＴのサービスポイント引き換え商品として、うちのホテルの真空パック温泉トラフグを提案しておいたところ、面白いということになり採用されました。新しい需要が期待できます」と、広がりに自信を見せたのである。


江戸時代、下野国武茂郷小口村湯本、本郷に湧出し、徳川光圀の提言によって湯治場として親しまれ、その後同じ小口村広瀬に湧出して、四百年近い歴史の上に断続的に継承されてきた小口温泉であった。その間に、幾度もの大洪水により流失と損壊の苦境を乗り越えて再び自噴して甦った温泉であった。そして、昭和三十年代になって掘削による湧出が繰り返されて馬頭温泉郷が形成されたのである。掘削技術と温泉ポンプが革新的に改良されて丘陵高台に深井戸の源泉が出現して黄門様が提言した『高台に温泉を引き込み、洪水があっても流失損壊を免れる温泉』を実現し、嘗てなかった高泉質の名湯が広く知られることになった。しかし、大自然の理は常に人間の知恵と科学的進歩の前に大きく立ちはだかった。

それでも尚、馬頭温泉郷は東日本大震災罹災と福島第一原子力発電所事故風評被害による未曾有の危機に晒されながらそれを乗り切り、これまでの歴史を呼び起こすかのように見事に復活した。

そして、平成二十八年六月二十一日、その馬頭温泉郷に奇跡的な慶事が舞い降りたのである。

那須の御用邸にてご静養中の天皇皇后両陛下は、前日、御料牧場にてご宿泊されて、この日の十一時に初めて那珂川町に入られた。ことの発端は、那珂川町の『ばとうハム』が平成二十七年度農林水産分野で天皇杯を受賞したことに由来する。明けて二十八年一月、両陛下は農業畜産分野で天皇杯を受賞した団体や法人関係者を皇居・宮殿に招き、面会された際にばとうハムの製造・販売施設を訪問したい意向を示された。養豚会社「星種豚場」直営店の『ばとう手づくりハム工房　田舎レストラン巴夢《はむ》』は那珂川町小口にあり馬頭温泉郷の入り口にある。両陛下はご視察の際、星社長の説明に耳を傾け、「一番苦心されたことはどういうことですか?」と、質問を交えて暫し懇談された。ロースハムとウインナーを召し上がられて、「とてもおいしいですね」と、お褒めの言葉を頂いたのである。

そして、正午少し前に巴夢を出立し、そこから馬頭温泉郷の高台に位置する南平台温泉ホテルへと向かわれた。ご公務でないことから、内々でお迎えの準備をしていたにも関わらず、集まった約二〇〇名に及ぶ歓迎の人々に向けてお召車の窓を開け笑顔でお手を振られてホテル玄関に入って来られた。私は玄関前にて低頭でお出迎えし、皇后陛下に続いて天皇陛下が下車されてから顔を上げたご様子を拝見した。すると、五十メートルほど離れた所に拍手と歓声でお出迎えしていた人々に向けて、またしてもお二人でお辞儀をしてお手を振られたのである。

「南平台温泉ホテルの社長でございます。本日は天皇皇后両陛下のご来駕を賜りまことにありがとうございます。これより、お部屋にご案内致します」

「ありがとう」

「ここにおりますのは、私の長男で、当ホテル副社長でございます」

「ありがとう」

お休所の部屋にて暫くご休憩の後、隣室にて侍従の方や女官の方々とご昼食を召し上がられてからしばらくすると、フロントに侍従の方が来られた。

「陛下より、馬頭温泉と南平台温泉ホテルの由来をお聞きしたいと、お尋ねがありました」

私は両陛下がこの地を、そして馬頭温泉郷を初めて行幸されるという連絡を受けてからずっと考えていたことがあった。有史以来初の慶事であるご来駕が、今回の天皇陛下のご意向で決まったと伺ってある思いが浮かんだのである。

水戸光圀の正室であった泰姫は、朝廷の後水尾法皇の姪で後光明天皇の従妹であり、関白・近衛信尋の娘であった（『光圀伝』より）。光圀は詩歌（漢詩）の文事にすぐれていた縁で冷泉為景と親交があり、泰姫との婚姻により朝廷との縁筋となってより朝廷と帝に尊崇の念を深くして行ったことが明らかにされている。その歴史的事実は今日の皇室におかれても熟知されているに違いないと考えたのである。

私は、陛下のお尋ねに、簡潔に事実をお伝えするよう言葉を選んでいた。

「この地は、水戸光圀公が水戸藩第二代藩主となられた寛文元年（一六六一年）の頃には、水戸藩武茂郡小口村でありました。この台地は小口村南平という地域でありました。丁度その当時、小口川河原に温泉が自噴しました。その後、水戸光圀公の導きにより温泉や砂金、そして河川河岸改良などが継承されて参りました。以来、四〇〇年近い歴史が様々な書物に残されています。江戸後期に同じ小口村広瀬地区に新たな温泉が自噴して地元民に利用されてきました。そして、河川敷の温泉を昭和四十年代に、その昔、光圀公が示唆したと思われる発想で、この高台に深井戸の源泉を掘削し今日の馬頭温泉郷に繋がる稀代の名湯を湧出したのが、私の義父でこの南平台温泉ホテル創業者山中幸次郎でございます。以来、馬頭温泉郷は自然災害を乗り越えて今日に至っております」

「貴重なお話をありがとうございます。お伝え致します」。侍従の方は丁寧にお辞儀してお休所に入られた。

暫くして、私は、お休所前からお召車まで両陛下を御先導した。途中、お見送りの調理と給仕を担当した従業員の前で歩みを止められた両陛下は、

「美味しい食事をありがとう」と、お声を掛けられ、お見送りするためにロビーに整列していた二十名の従業員のところでも再び立ち止まられ、

「今日は、ありがとう」と、お声を掛けられた。

さらにお召車に乗られる際に、私は、

「貴重な話をありがとう」と、天皇陛下より笑顔でお言葉を賜ったのである。

その瞬間、四〇〇年の時空を超えて水戸光圀の思いが、しかるべき方に届いたように、私には思えた。

〈参考・引用文献〉

・那珂川町馬頭郷土資料館　編集・発行『資料から見た那珂川町の温泉』
・栃木県教育委員会
　　栃木県立なす風土記の丘資料館第十二回企画展『水戸光圀公の考古学』
・那珂川町教育委員会　編集・発行『佐々介三郎宗淳書簡集』
・大田原市なす風土記の丘湯津上資料館第二回企画展『那須国造碑』
・光文社新書　松田忠徳　著『温泉教授の温泉ゼミナール』

下天《げてん》の舞《まい》

（一）

仰向けになって見上げると、ミッドナイトブルーの宇宙空間は瞬きを忘れた無数の星たちによって飾られていた。栃木県東部にあるこのリゾートホテルの屋上から見上げている間にも、流れ星はまた一つ音もなく白い光の線を描いて北方に消えて行った。その方角の先にある街は、「全国で五番目に星がきれいに見える街」と、観光ガイドに紹介されていたことが一瞬頭を過ぎったが、消えた流星と共に既に過去のものになっていた。

ここから夜空を眺めていると、辺り一面の洋風の趣によって、まるで外国のどこかで癒やされているような気にさせられる。つい数時間前、『リンクス・もてぎ』で開催された、日本カーレース選手権のデッドヒートによるエンジン音の喧騒から解放されてきたことで尚更なのかもしれない。車で僅か十五分ばかりのところとは思えない静けさが、厳しい現実を忘れさせてくれようとしていた。浩二はふと、自分が目の当たりにしている星たちの中で、あるものは、その役割を終えて既に存在していないのかもしれないと考えていた。

（しかし、俺は今、過去の幻影を見ている訳ではない。星は、寿命を終えて超新星に生まれ変わるその時、大爆発によってそれまでの何千倍も輝くというじゃないか。宇宙における事の起こりと終焉は、全て次の新しい星の命の始まりを物語っているに違いない）

自らにそう答えると、浩二は、天上界から下りてきた星々の運命を、ある人々との出逢いに重ねていた。彼らはその数奇な運命に流されることなく、人生ドラマの筋書きを自らのステージで書き換えて演じきり、苦難を乗り越えて輝いた人々であった。


藤末浩二は鬼怒川の『ホテル大川』本館の元営業部長だった。三代目オーナー会長、大川隆雄の妻の甥であることから、それまで五年間勤務していた自動車ディーラーの営業職を退職して二十八歳の時に請われて迎えられた。時代はバブルの崩壊が、あらゆる企業の経済活動に暗雲となって覆い被さり、後に「空白の二十年」と呼ばれるデフレ大不況に突入したところだった。本館が低迷してから一年も経たないうちに、今度は、将来インディ500やル・マン24時間レースが開催される見込みの『リンクス・もてぎ』に程近いこの地にオープンした子会社の『リゾートホテル大川』も稼働率が五十パーセントに届かなくなっていた。地元栃木県吉川町の町長から推薦があって、町の観光課長を定年退職した男を支配人に採用していたが、集客企画などはとても期待できないまま、さらに業績が低迷した。本社本館が火の車なのだから経営トップが子会社の業績改善に全力を挙げる余裕はなかった。そこで、会長と、その息子である社長並びに常務を兼ねる総支配人から特命が下り、浩二がリゾートホテル大川の梃入れを引受けることになった。間もなくして、本社首脳から支配人更迭の了承を取り付けると直ちに実行した。浩二はそれまで遊んでいたホテル内の離れの湯を、外部から直接入館できるように導線とエントランスを改装、それに多目的ホールと大広間を食堂と休憩室に活用し、最小限の予算で日帰り温泉開業に向けて始動したのである。

半年後、『美肌の湯　吉川温泉センター』は、浩二が本社営業部長時代の部下の中で最も信頼できる花田を支配人として呼び寄せ、若いコンビによってオープンした。昔から茨城県では温泉の湧出が難しいと言われていた。事実、これまで茨城方面からの温泉客は鬼怒川、塩原、那須温泉へと毎年延べ数万人規模で栃木県に流れてきた。ところが吉川温泉センターは、栃木県内の大観光地の温泉郷よりもはるかに質の高い弱アルカリ性単純泉を保有していたため、テレビや温泉紹介誌などのマスコミによって隠れた名泉として紹介され大ブレークした。森林リゾートがオープンして評判となり、この平成七年の頃としては数少ない日帰り温泉企画と相俟って実にタイムリーだったのである。

それから五年の間に、不況のあおりで赤字続きだった鬼怒川の本社・本館は遂に再生を断念し倒産に追い込まれた。しかし、幸い吉川町の子会社リゾートホテル大川だけは新会社として生き残った。この間、藤末浩二が新たに社長となって辣腕をふるい、良質な温泉と湯治プランや自炊型長期滞在プランが大当たりして、首都圏の大手観光バス会社との提携で実績を大きく伸ばし、営業利益を押し上げたことが救いだった。リゾートホテル大川の人気の第一は、オープンに先立って掘削した良質な温泉にあった。この掘削は、中東などで油田を掘る目的で開発された最先端の機械によって施工されたものだった。このため地下一三〇〇メートルを短期間に掘り進み、かつて例のないほどすべすべトロトロの名湯が湧出したのだ。ところが、暫くするとこの油田掘削機械が、日本中至る所で温泉を掘り尽くすことになって行ったのである。きっかけは、政府がふるさと創生資金一億円を全国の市町村にばらまいたことが始まりだった。全国の市町村長が、貰った一億円を有効に無難に使う手立ては限られていた。その金額は、温泉掘削予算にぴったり当てはまった。加えてデフレに強い安近短の代名詞と言われたスーパー銭湯が市街地に登場し、既存の施設を追い抜いて、しまいには公共と民間施設が競合し全国至る所に日帰り温泉が誕生するという異様な結果となったのである。僅か五、六年の間にリゾートホテル大川の周辺だけでも、官民合わせて十五カ所の日帰り温泉が乱立気味に開業した。それまで温泉が出ないと言われていた茨城県の西北部に温泉が湧出したことも競合に拍車を掛けていた。

「社長、今月も昨年対比の売り上げは十五パーセントダウンです。近くに『豊楽の湯』と『優湯タウン』が同時オープンしたのが直接の原因です」と、支配人の花田はこの一年、様々なプランとイベントをやり尽くしていてお手上げの状態で浩二の言葉を待っていた。

「うーん、やはりそうか。実はずっと考えていたのだが、県内の大型温泉センターの草分けとも言える栃南温泉ワールドが、うちと同じように周りのスーパー銭湯の開店で来店客が半減してね。それを取り戻すために半年ほど前に大衆演劇を始めたんだ」

「ええ、その話なら知っています」

「それから俺は、その後の業績を、あそこに出入りしている業者やテナントに訊いてみたのさ。そしたら何と、今は元通りの客数に戻ったというんだ」

「本当ですか。社長、それだったら早速見に行って確かめてみましょう」と、話が纏まり、二人は翌週に掛けて他の温泉センターのうちで大衆演劇を導入して成功したと見られる栃南温泉ワールドをはじめ、水戸、郡山、柏の同業施設を視察して歩いた。

「社長、こうしてみると、うちで大衆演劇を開始した場合でも新しい客層や団体の来場が期待できて業績を押し上げると思いますね」

「俺もそう思うが、マイナス面はどうだ？」

「敢えて言えば、この洋風リゾートホテルの中に時代劇の超アナログの雰囲気が現れると違和感を感じる人がいるかもしれないところでしょうか」

「うん、劇団関係者にも入浴や食事、宿舎と楽屋の通路での往復の際にはお客様と接点を作らないように協力して貰う必要があるな」

　確かに創業以来保ってきた洋風リゾートとは真逆のゾーンの出現にこれまでの常連客の中には毛嫌いする人が出てくる心配は免れなかった。それでも、二人の経営的判断はこれを是として受け入れ、その後、自社の計画を急いだ。リゾートホテル大川に併設している吉川温泉センターの起死回生を期待された大衆演劇劇場『喜多座』が柿落としをしたのはその年の十二月だった。

「これが美咲ニンジンで、小学四年生です。こちらが弟の美咲セロリ、二年生です」と、柿落しの前日、初公演に出演する劇団松峰の座長松丘祥次郎が劇団員をセンタースタッフに紹介しているところだった。座長夫妻の二人の息子は紹介されて順番に挨拶をする際にも、その可愛らしさが際立っていた。

「よろしくお願いします。ニンジンです。舞台では女の子と間違われることが多いです。地元の小学校に通いながら頑張ります。役者の芸名ではダイコンという名前だけはこまりますが、ニンジンは栄養満点で美容にも良いのでご贔屓にお願いします」と、高いきれいに澄んだ声までが女子と間違われそうな長男は、御姫様役や御女中役などで悪者に誘拐されるような役ばかりですと、ユーモアをにじませた自己紹介で喜多座スタッフを笑わせた。

「僕は、弟のセロリです。座長（父）と大先生（祖父の松丘裕章）が付けてくれた芸名です。転校する度に、学校でみんなに笑われたり、よくパセリと間違えられることもあるけど、その代わりすぐ顔を覚えてもらって友だちになれるので、いい名前だと思います」

この兄弟の自己紹介は、きっと舞台口上で普段から使っている台詞なのだろうと思えたが、その爽やかさには好感が持てた。劇団松峰は、祖父母がいぶし銀のように脇を固めるので演劇の全体が引き締まってテンポの良さが魅力だった。座長夫人でニンジンとセロリの母親、美咲胡蝶は、この世界には珍しく外部からの応募で入団した大部屋役者だった。とにかく稽古熱心で、後に義父母となった太夫元（劇団責任者で大座長が兼ねていた）夫妻に見込まれて座長と結婚し、劇団運営や経理のやりくりをこなしながら、役者としても不足している立方（男役）を好演し、夫を助けていた。子役兄弟の、兄は女形で弟はアイドル的存在だった。座長は第一部の演劇ではいつも丹下左膳や遠山金四郎、清水次郎長、国定忠治、鼠小僧など江戸人情芝居のヒーローを演じ、第二部では艶やかな女形舞踊を得意としていた。息子のニンジン、セロリと同じ世代の子役時代には名子役として衆目を集め、若衆姿が似合う十代後半にかけては、黄色い声と多額のおひねりを呼び寄せた人気者であったことを舞台上の所作や流し目から窺い知ることができた。

「座長、太夫元、座員のみなさん、喜多座初公演に出演して頂きありがとうございます。リゾートホテル大川のリピーターのお客様は勿論のこと、今後はお芝居の魅力で新しい客層をお迎えできますよう、皆さんの熱演を期待しています。宿舎のことや、食事、入浴その他、なんでもご相談ください。一つ、お願いしておきますが、座員の方の中に入れ墨を彫っている方がいます。大浴場や内風呂のご利用はご遠慮ください。お客様であっても、入れ墨の方はお部屋の浴場で我慢して頂いておりますので、ご協力ください」

予め、東日本大衆演劇劇団協会の会長から示唆されている事柄にも触れ、社長として挨拶した浩二は劇団とのパートナーシップを構築する姿勢を示した。

劇団員が外部から入団した場合は通常、大部屋組から始まる。大部屋から劇団幹部になるには、座長や夫人の兄弟姉妹と婚姻を果たし身内になるケースが多い。というより、それ以外は望むべくもないのである。劇団には、時として栄枯盛衰や後継者不在などの危機がやってくる。そうした場合、昔は、劇団の身内や親族、縁戚の世話人や長老らと相談して解決せねばならなかった。が、幾つもの時代を変遷して、今では全国の地域ごとに劇団を統括する劇団協会という名の同業組合的組織が存在し、不人気でやって行けない劇団を解散させ他の劇団の中で後継者がいないところに吸収させて合併させるなど、離合集散をコントロールして生き残りをサポートしていた。

喜多座の初公演は、劇団松峰の、家族的纏まりの良さとちびっこアイドル兄弟の人気、それに座長夫婦のおしどりコンビが好評を博し、観劇パックの来館客が見込み数を二倍近くオーバーし大成功を収めた。中でも、立方を好演する座長夫人、胡蝶の人気は、芸の上手さと共に内助の功が追っかけファンの口コミで女性から大受けだったのである。毎月、末日の前日は昼の部をもって千秋楽となる。その前夜には次の公演場所への引っ越しの準備に追われる。楽の幕が下りると、夕方までに出発する。公演先は東京の浅草をはじめとして、埼玉は川越、茨城の水戸、東北方面では郡山、仙台、秋田、甲信越の新潟など遠い移動になることもしばしばである。夜中の引っ越しが済むと、翌日は、新たな公演先でこれから一カ月の生活をするために必要な洗濯や布団干し、劇団員を歯科医や各種病院に行かせることも重要な仕事で、劇団の座長夫人は、舞台に立たない人であっても大忙しである。まして、松峰の場合、花形役者である美咲胡蝶が劇団員全員と夫や子どもたち、そして義父母にまで、まめに世話を尽くし、自分のことを後回しにする気概が劇団に活気と融和をもたらしていた。

柿落しからの三日間は純白の装束で座長と中堅の役者二名が踊る祝い舞で上演し、大勢の観客から喜ばれた。続いて第一部の江戸人情芝居を約一時間から七十分、舞台での座長口上と子役紹介に続き、劇団の宣伝を兼ねたグッズの販売があり三十分の休憩後、第二部として舞踊ショーや花魁道中ショーを披露するのが東日本大衆演劇劇団協会所属劇団の普通のパターンだ。しかし、出稼ぎにやってくる九州や関西協会員劇団の場合、それに加えて太鼓ショーをはじめギターや三味線ショーを加えてお客を楽しませ、ファンを増やすサービス精神は関東の劇団を上回っているかのようだった。それだけ、九州や関西では競争と栄枯盛衰が関東よりも激しいことを物語っていた。全てに共通するのは舞踊ショーにおいて、それぞれの人気のバロメーターとなる『花』と呼ばれる現金のおひねりが贔屓の役者に振る舞われることである。これには、貰う側の役者の喜びに加えて贈る贔屓客側にも独特な満足感が漂い舞台を盛り上げる。

吉川温泉センターは、喜多座の誕生によって業績を盛り返し、その後も月毎に劇団が入れ替わる度に観劇客が増え続け、久しぶりにリゾートホテル大川全体に活況が戻ってきた。それからの一年は、回り舞台のように目まぐるしく過ぎて行った。毎月入れ替わる劇団は、三代、四代と昭和の時代を生き抜いてきた、言わばこの世界の名門であったり、新興劇団ありと様々だった。時には九州演劇協会所属でありながら、会長同士のやりとりによって半年程を東京近郊で出張修行公演をする劇団もやってきて、それぞれに趣や年代、芸風が違い、ホテルスタッフは準備や対応に大わらわになる。しかしスタッフにとって、これまでに見たことも聞いたこともない別次元の世界が開けると共に新しい客層を迎えることができる面白さと新鮮なやり甲斐みたいなものを感じていた。浩二から見ても、喜多座を開業してからホテルと日帰り温泉のスタッフたちの笑顔と気配りがレベルアップし接客が向上して、おもてなし目線も変わってきたように思えたのである。

浩二は既に夏の頃から、暮れの一周年記念公演には杮落しを担当した松峰の出演を協会会長に要請していた。ところが、二年目のスタートを飾る筈の松峰の座長はその師走公演の途中で重大な、そして、劇団協会にとってあってはならない事件を引き起こしてしまったのだ。

協会内には、座員の少ない劇団や集客力の弱い劇団に対し、近隣のセンターに出演している人気劇団座長や花形役者を応援という名目で派遣する相互扶助の決まりと慣習がある。喜多座一周年の記念公演に、郡山温泉センター出演中の劇団九重の花形、緑川弥生が派遣されてきた。こうした場合、通常は夜の部が終わってから合わせ稽古を行い、翌日のゲスト出演に備えてリハーサルを行うのが習わしである。センターでは夜食を用意し、場合によって稽古は午前三時、四時に及ぶということもあった。この夜、十時から始まった稽古は座長と弥生の二人を残し、十二時に解散した。その後はこの二人だけが絡む見せ場の長い台詞合わせが続けられた。二人はこれまでにも、逆に祥次郎が応援で九重に派遣されたことも多く、傍目にも気心と芸の息までぴったり、しっくりと合っていた。実は二人は一年ほど前から、舞台の外で人目を忍ぶ仲になっていたのだ。互いの休演日などに示し合わせて逢瀬を重ね、男女の睦みごとを繰り返していたのである。超人気劇団以外の普通の劇団は、年に一度休演の月が与えられる。その時に、相撲の出稽古と同じように他劇団のゲスト出演に派遣されたり、多数の劇団に応援出演して歩き勉強と出稼ぎを両立させる役者が多い。祥次郎と弥生は相互に、その時を不倫の逢瀬に利用していたのだった。

「弥生、準備はいいか。俺たちは、今日から自由の身だ。俺は女房、倅たち、親父やおふくろ、劇団員を捨てて、いつか関西で俺たちの新しい劇団を旗揚げする。おまえも覚悟はできているな」

「あたしだって同じことさ。座長の兄と家族を裏切り劇団を捨てて、あんたと新しい世界に飛び立つんだよ。覚悟はずっと前からできているよ」と、まるで芝居の駆け落ちのシーンを地で行くように、あうんの呼吸で示し合わせた。

「よし、ホテルのナイトフロントには、夜通し稽古になるからと言って裏の出入り口を開けさせておいた。荷物は車のトランクに納めてある。俺が先に行ってエンジンを掛けておく。舞台の照明を点けたまま、出てこいよ」

「あいよ。芝居の駆け落ちみたいに粋じゃないけど、あたしゃ、あんたに命を預けてついて行くよ」

二人は、これまで何度も密会を重ね、互いを求め会い、その欲望の果てに、めざす芸の道も、劇団や家庭の幸せまで全て失っても構わないほど自暴自棄になっていた。この夜、予てより打ち合わせしていたとおりに、車で逃避行の暗闇を駆け抜けて行ったのである。

翌日の早朝、隣で寝ている筈の夫が戻らなかったことに気づいて、

（ゲストの、若い弥生ちゃんに徹夜まで付き合わせるなんて、うちの人の芸熱心にも困ったもんだ）と、早朝に目覚めた妻の胡蝶は夫のヒーロー顔を思い出して微笑んだ。早速、喜多座の舞台に行ってみたが、まだ事態を飲み込めないでいた。

（朝まで稽古して、どこかで仮眠をしているんだろう）と、思うことにした。しかし、二人して朝食にも顔を現さず、二人の携帯電話は切られたままだった。十一時頃になって、大騒ぎになった。胡蝶は思いつくまま片っ端から電話を掛けた。弥生の兄である劇団九重の座長に掛けたところで、ようやく事態が見えて来た。

「今、妹の荷物を確かめた。普段なら置いてゆく筈の、大事な私物を殆ど持って出たらしい。間違いを起こしてなけりゃいいんだが、うちの座員は弥生が祥次郎座長と駆け落ちしたんじゃねえかって言いやがるんでぇ。協会の熊谷会長にも念のため、ご心配をお掛けしたことをお詫びして説明しておいた。こっちは当分代役でこなすが、そっちは座長の代わりを務める玉が居ねぇんじゃねぇかって心配していたところだ。どうだい？」

「九重座長、ご心配はありがたいが、こっちは協会の応援が来るまで私が繋ぎます。お互いに災難だけど頑張りましょう」と、気丈なところを見せてピンチを乗り越える意志を確認した。胡蝶は、妻としての自分の感情を抑えて、劇団員全員に説明した。浩二と花田支配人にも説明して詫びた。劇場入り口に『本日より、劇団座長、松丘祥次郎は急病により休演となります。花形、美咲胡蝶が代演を務めますのでご了承ください』と、掲示した。

泣いて謝る義父母にも、

「お義父さんたちもしっかりして下さい。ここを、乗り越えないとニンジンとセロリの役者としての将来が危うくなります。こういう時こそ、力を合わせる時です」と、男役そのものの顔つきで座長代理としての覚悟を示した。浩二と花田はこの時、美咲胡蝶の役者魂を見た思いだった。夫に裏切られた落胆をおくびにも出さず、劇団松峰を背負って立つ覚悟と共に幼い二人に舞台で生きる役者稼業の厳しさを自らの生き様を通して示すべく大見得を切って見せたのである。

　しかし、年が替わると程なくして劇団松峰は解散を余儀なくされた。義父母は引退し、美咲胡蝶と息子のニンジンとセロリは、その後、協会長の斡旋で他の劇団への応援ゲスト専門で各劇団を渡り歩くことになった。

「胡蝶さんよ、ニンジンはこれまで劇団女形のアイドルだったようだが、うちにゃ若い女形役者が五人もいるんだ。反対に男若衆が不足しているから胡蝶さんにゃ立方で敵役、ニンジンはうちの子役の引き立て役を頼むぜ。セロリは出番が少ねぇから精々学校に行かせてやるこったな」

「ありがとうございます。座長のご配慮にお応えしてどんな役でも喜んで務めます。セロリは端役でも休憩時間の客席販売でも何でもやらせてください」

「そうかい、そこまで言うなら売上向上に役立ってもらおうか、なぁ、セロリ」

「はい、ボクは身体が小さいけれど声は大きいのでお客さんにおみやげや記念グッズを沢山買って貰えると思います」

セロリは劇団松峰時代にも舞台口上で大きな拍手とお花（おひねり）を貰った後、客席を回って大きな声で、

「松丘祥次郎座長の女形と花形・胡蝶の立役の写真をプリントしたTシャツは、全国を探してもここだけしか買えないよ。さぁ、今日は特別に座長大会のＤＶＤとセットで定価一万二〇〇〇円をたったの七〇〇〇円だよ。おまけに、座長と花形のオシドリ夫婦が演じた次郎長とお蝶の写真入り団扇をサービスだ。早いもの勝ちだよ。十セット限定だよ」と

売り歩くと、大人では殆ど売れないグッズが完売することも珍しくはなかった。この不二王劇団においても、セロリが売り子になって歩くと、そのあどけない表情と愛くるしい眼差しと売り声の歯切れの良さが評判になり、劇団座長から褒美の金一封と共に子役が中心となる出し物に主役として抜擢された。二人は母親の胡蝶から常日頃、繰り返し言われていたことがある。

「劇団の役者はどんな役でも、どんな仕事でも芸の修行になる。照明を手伝う時には、人気座長がスポットライトの光をどうやって役に生かしているか勉強になるし、そこでミスをして怒られればそれも勉強になるでしょ。グッズ販売だって子役の芸を磨くチャンスだよ。それに、そこでお客様に覚えて貰えれば次に舞台に立つ時の応援も増えるし、お花だって桁が違ってくるのよ」

三人のゲスト出演は劇団により期間が変わる。長い時で二カ月、通常の場合は一カ月毎に劇団と公演先を変更しながら、観客がどういうところで贔屓劇団と贔屓役者を見極めるかを全身で受け止め、その反応を積極的に学んでいったのである。こうして辛く厳しい母子三人の居候役者の旅は、その後七年半に亘って続いた。

ところが、この試練の旅が後にこの母子を押し上げ、昔を超える程の人気劇団旗揚げの基になって行くのだった。嘗ての松峰では、おしどり夫婦で評判の人気劇団の中にあって松丘祥次郎座長は生まれついて血統書付きの役者だった。反対に、女房はど素人から入団し弟子としてスタートして芸の道一筋に人一倍努力して大座長親子に見染められた。座長夫人になってからは更に努力を重ねその後、座長を凌ぐほどの人気者になって行った。胡蝶は座員たちからも、夫の両親や二人の息子からも尊敬され、その人望は並みのものでは無かった。こうして、恵まれすぎた役者馬鹿の夫が、皮肉なことに、出来すぎた女房に人気だけでなく芸そのものまで追い越され、やがて嫉妬心を持って不倫に溺れ、劇団そのものを破滅させるような裏切りに走ったというのが大方の見方だった。

華やかな舞台の裏側で、一年中、芸の舞台との表裏一体で共同生活をする中で、宿命的ストレスから時々こうして起きるトラブルや所帯持ち役者同士の色恋沙汰の顛末も分かってきた。追っかけファン同士の鞘当てから起きた傷害事件などの噂も聞こえてきたし、舞台裏の様々な悲哀を知ることになって行ったのである。

その後、母と共に苦労を積んで芸に打ち込んだニンジンは美咲祥之介に、弟のセロリは美咲裕雀となって他劇団の各地公演に出演し芸を磨いていた。時は流れ、兄が十七、弟が十五歳になった二人は、母と共に喜多座七周年にやってきて若手花形大会に出演した。近い将来、嘗ての名役者だった祖父母や、天才子役と称された実父を超えることを予感させるほどの名演技で存在感を示して客席を感激させた。それからというもの、月日を重ねる毎に人気が人気を呼び、多くの劇団からゲスト出演の依頼が殺到するようになって行った。そして、その二年後の九月、縁の深い喜多座において『劇団美咲』旗揚げ公演が実現した。見事な若座長となった美咲祥之介と、花形になった弟の裕雀、そして劇団太夫元兼後見として夫の裏切りによる塗炭の苦しみに耐え、二人の息子に演劇の厳しい世界を叩きこみながら支えて一人前に育て抜いた母、美咲胡蝶が燦然と輝いたのである。

一方、逃避行した夫とその愛人は、九州や関西のアウトサイダー劇団にもぐりこみ転々として新しい芸名で役者を続けていた。しかし、荒んだ生活は長続きせず、互いに責任を擦り付け合うようになり、それぞれが別の愛人をつくって別れた。ある日、男が公演中の兵庫の里山にあるセンターで、『演劇画報』を捲っていた。そのグラビアには、『東日本演劇界に彗星のように兄弟新星が現わる』という大見出しと共に、若かりし頃の自分にそっくりな若い女形とヒーロー顔の懐かしい息子兄弟が次郎長とお蝶の出で立ちで紹介されていた。男は、止めどなく流れる後悔の涙をぬぐおうともせず手を合わせて詫びていた。

（二）

夢川小太郎が初めて喜多座に来たのはオープンから七年が経過して明けた二月、前の年に中学を卒業して十六歳になるところだった。小太郎は劇団一龍の若き花形としてやって来たが、最初から他の団員たちとはかなり違っていた。舞台が跳ねてから入浴して遅い夕食を終えて自由時間になると、毎夜一人で夜稽古を欠かさなかった。そこにはBGMとしてオペラやクラシック、ジャズに乗って日舞、洋舞、ジャズダンスを踊り分ける小太郎の颯爽とした独特な美の世界が躍動していた。

「晋太郎さん、今日はそのくらいでお仕舞いにしたら？」と、声を掛けたのは生みの母親、絹子だった。「はい、もう、お仕舞いにします」と、応えた晋太郎という名は、夢川小太郎の本名で、母の芸名は夏目春香だった。劇団一龍の座長、一龍源太と女房で副座長の一龍小鈴には子どもがいなかった。晋太郎の母絹子はその昔、日本の大衆演劇のスーパースターで劇団市川屋の大座長である市川藤重郎の愛弟子だった。その藤重郎の実兄の花影徳江は、日本舞踊新花影流の大元締めである。

喜多座における劇団一龍の初公演は、協会が発行する『大衆演劇グラフ』で特集に取り上げられるなど注目を集め、前評判に煽られるように日を追う毎に評判が評判を呼び、中日以降は昼夜全て満席の大入りとなった。殆どの観客が若き花形、夢川小太郎の妖艶な女形舞踊がお目当てだった。十六歳の少年のイメージとはほど遠く、身体中から発散する色香は見ている者をうっとりとさせるに十分な女形の柔らかさと繊細さを見せる。かと思えば、若衆の出で立ちで登場する時には一転して激しいスピードと切れのいい扇さばきと剣さばき、それに心に響く台詞回しに、観客席のファンは圧倒されるような感動を覚えた。『大衆演劇グラフ』に次の公演先が掲載されると、瞬く間に遠方から予約が殺到するようになって行った。

「春香姉さん、今夜は俺と『お染の七役』の稽古につきあってもらえないかな?」

「私でよかったらかまわないけど。明日は第三水曜で月に一度の休演日なんだから、今晩ぐらい芝居も舞踊も忘れて大部屋の若衆とカラオケに行くとかゲームセンターにでも行ってらっしゃいよ」と、今では自然に先輩後輩の会話になっている二人だが、晋太郎は十歳の時、養父母から絹子が本当の母であることを聞かされた。表向きには、二人はその後も姉弟子と弟弟子の、それまでの関係に何の変化も見せなかった。月に一度しかない休演日の前夜は通常の場合、自由行動が習わしになっている。だが、晋太郎は売り出し中の人気役者になってからも、地方公演の時は相方を捜すか、見つからない時は明け方まで一人稽古を繰り返した。そのため、最近は、団員の若衆から誘われることは無くなっていた。

劇団一龍が、都内かその近郊で公演中の休演日には、劇団顧問で舞踊の師匠である花影徳江の稽古場に通い一日中稽古に励むのが常だった。

人気花形となって二年が過ぎたある日、いつも通りの通い稽古を終えた晋太郎に花影師匠から実の父親について打ち明けられたのだった。

「晋太郎は十八歳を過ぎて、この世界では既に子どもではない。そこで、実の父親について儂から話してくれと、お前の両親から頼まれてね。もちろん実母の絹さんも承知のことだ」

ここで徳江は一呼吸、間を空け、咳払いを一つしてから本論に入った。

「実の父親は、お前もよく知っている、儂の弟、日本大衆演劇協会会長の市川藤重郎だ。

つまり儂は、晋太郎の実の伯父にあたる。これまで隠していたが、夏目絹子がお前を身籠った時、藤重郎は、女房と二人の子どもを離縁して絹子と一緒になると言い張ったのだ。儂は、市川屋の将来と大衆演劇界全体のことを考えて藤重郎に思いとどまらせ、絹子に身を引くよう説得をした。何度も相談した結果、晋太郎を養子として一龍夫婦に託して今日に至った訳だ。分かってくれるか?」

徳江の説明を聞いていた晋太郎は、暫くの間、黙ったまま顔を紅潮させて、目の前で伯父を名乗ったばかりの師匠を睨むように見ていた。

赤児の時から養母の両親である老夫婦に育てられ、三歳になるかならないところで養父母に引き取られて、芸能の世界で生きる運命を背負わされた。そして十歳の時、その両親から、姉弟子の絹子が実の母であると打ち明けられたのだった。その時には、自らの過酷な運命と向き合うことができず養父母に頼み込んで五カ月もの間、小学校にも行かず一人、花影師匠の下に身を寄せた。そして、運命に挑むように舞踊の稽古場で小さな命を燃やし激しい稽古に打ち込むことで、崩れそうな気持ちを静める日々が続いた。芸に打ち込むことでようやく現実を受け入れて乗り越えてきたのだ。しかし、あろうことか、今度は実の父親が明かされ、まるで狂言回しの筋書きのように幾重にも織り成す自分の血脈を知らされて心の中で何かがはじけ散った。

　どれくらいの時間が経ったか、晋太郎は、はじけ散ったものが再び、ゆっくりと中心に戻ってきて一つになったことを確認してから、言葉を選ぶように重い口を開いた。

「お師匠さん、分かりました。春香姉さんは姉弟子として、役者として今でも尊敬しています。それに舞踊では相方でありライバルです。市川藤重郎大座長のことは、これまで舞台の袖で芝居と舞踊を何度か拝見して雲の上のような人だと思っておりました。その人が、自分の父親だなんて急に言われてもぴんときませんが、血を分けた実の両親が、片や演劇と舞踊の名跡で、片や自分の目標にしている姉弟子でライバルですから今後はこれを心の支えと励みにして参ります。但し、私はこれまで通りにさせてもらうことでいいですね」

と、念を押した上で、深くて重い宿命を受け入れる姿勢を見せて、感謝の言葉を添えたのだった。伯父を名乗ったばかりの師匠は、膝を叩いて、

「晋太郎、よく分かってくれた。それでこそ、将来は日本の大衆演劇のリーダーと儂が見込んだ夢川小太郎だ」と、涙を流して喜んだ。

　実の伯父を名乗ってから、自分に対する師匠の舞踊指導が変わってきたことを晋太郎は

認識していた。が、敢えてそのことには触れなかった。それまでは、入門以来、舞踊の基本と技能と感性、そして女形の形と情感の表現について厳しく徹底的に仕込まれた。しかし、最近は踊りの実技指導は半分に減り、その替わりに日本の芸能の歴史について語り、書籍を示して解説して指導した。元を正せば、日本の芸能のルーツは一つであり、その原点を掴み、承継することを諭したのである。

しばらくして晋太郎は、栃木県南にある公演先の小山温泉センターの休演日に、師匠から呼ばれて上京した。そこで、願ってもないチャンスがめぐってきたことを伝えられた。

「懇意にしているRKBテレビのディレクターが以前うちに取材に来た時、晋太郎の舞踊劇の稽古を見て驚いてね。この花影徳江と夢川小太郎をセットにしたドキュメンタリー番組で紹介したいと言ってきた。『日本大衆演芸の極致』という五十四分の番組だそうだ。源ちゃん、いやお父さんと相談して返事をしてくれ」

とって返した晋太郎は両親を説得し了承を取り付けてから、絹子に協力を求めた。実父のことを聞かされてからも、姉弟子春香との関係は、以前と同様に相方でライバルのまま変わることは無かった。一方の春香は、実の息子が過酷な運命を受け入れて尚一層、芸道に勤しむ姿にいつも心の中で両手を合わせていた。

「春香姉さん、父さんと母さんには了解してもらったのだけれど、俺、花影のお師匠さんと二人でテレビのドキュメンタリーに出演することになったよ」

「ええ、聞いていますよ。晋太郎さんが自分で決めたのなら良いチャンスになるでしょう。頑張ってね」と、母らしい仕草を一切見せないところが晋太郎にとって絹子の母性愛と受けとめていた。

喜多座では毎月公演の中日前後に、東日本大衆演劇劇団協会の熊谷会長を招いて劇団員を慰労し激励する食事会が行われる。この時ばかりは、センターがご馳走を用意して舞台が跳ねて入浴を終えてから夜の宴会が楽しく行われた。

「熊谷会長、小太郎さんが六月の国立中央劇場に、日本舞踊の人間国宝、花影徳江師匠と出演されることになったそうですね。おめでとうございます。それに、公演先の劇場で稽古風景や日常生活を長期に収録して、その後にRKBスタジオと国立中央劇場の公演を収録し放送すると聞きました。その公演先のセンターはもう決まったのですか？」

「いえ、まだなのですが、こちらの喜多座さんを第一候補に挙げておきました。夢川小太郎はこちらの喜多座で開花して東日本のスターに駆け上がったと言えますからね」

この日は劇団日本海との食事会であったが、この情報で本来の目的を達した浩二は満足していた。

五月、劇団一龍が公演中の喜多座において、夢川小太郎のテレビ収録に向けた稽古は毎夜十時から午前二時頃まで行われた。普通の場合、稽古はドーラン化粧をせず衣装も浴衣や稽古着のままで行われる。この時も始めはいつも通りに始まった。一日置きに、『曾根崎心中』と『心中天網島』の入れ替えで稽古が進み、収録も順調だった。浩二と花田支配人も交互に見学し、時にはスタッフとは別に小太郎と春香に夜食を差し入れして労をねぎらうようにしていた。連日の公演が大入りであることへの感謝と共に、喜多座の評判を小太郎人気に肖ろうと心配りを惜しまなかった。

「小太郎さんに一度お尋ねしようと思っていたのですが、いいですか？」

浩二が演劇と舞踊について踏み込んで尋ねるのは珍しいことだった。

「どうぞ、何でも聞いてください」

「ＲＫＢスタジオと国立中央劇場でお師匠さんと演じる近松物では立役を花影師匠が演じられるそうですね」

「そうです。本番では、私が女形を演じます」

「だったら、これからの後半の稽古は女形のお初と天網島の小春を、花形（小太郎）ご自身が稽古しなければならないのと違いますか？」

「その通りです。実は今、春香姉さんを女形にして私が立役を演じるここでの稽古は、本番で立役となるお師匠さんが決めて私に指示したことです」

「どういうことでしょうか？　素人の私には分かりにくいことですね」と、浩二は不思議そうに小太郎を見つめた。

「立役のうちで、悪所（遊廓）通いの優男のことを和事《わごと》といいます。和事から観て、生業も女房子どもも財産もすべて捨てて心中に追い込まれて行く因果を表現するには、自ら演じる役の中で、遊女と心中する必然を外から観るように師匠から求められました。曾根崎では、徳兵衛の目でお初を観て演じ、天網島では紙屋治兵衛を演じて必然的に心中に追い込まれる相手の目で小春を観る。そこから自分自身のお初と小春をつくって行きなさいと、指導されました」

　聞いているうちに浩二は、（夢川小太郎という役者は観客に愛想を振りまくでもなく、媚びを売るわけでもない。まして受けを狙って才能を衒う訳でもない。しかし、ひょっとすると大衆演劇の歴史を変えるような感性と可能性を持っているのではないか）と、感じ始めていた。

「幸い、姉弟子の春香姉さんがお師匠さんの相方として以前から通い稽古を続けていますので、春香姉さんの女形演技を通して自分の役柄と舞踊の動きをイメージできました」と、今まで二年の付き合いで見せたことのない笑顔で説明してくれたのだった。

その後も話題が話題を呼んで連日昼夜の舞台は満員御礼となり三〇〇席が埋まり立見が加わった。土曜と日曜、祝日それに団体のバスパックのある日は札止めとなり連日立見が出来た。それが却って煽るようにその後の予約を増やして行った。

満席の客は小太郎と春香の絡む舞踊ショーをお目当てに来ているのだが、一龍源太と小鈴の演劇では普通に寛いで観劇し、笑いと涙が交互に入り交じった従来型の雰囲気が続く。が、ひとたびそこに小太郎が登場すると全てが一変する。シーンと水を打ったように静かになり観客の視線と神経が舞台に集中する。独特な雰囲気がある種の緊張を生むと、それが却って観ている観客自身を昂揚させ、心地よくすら感じられた。

収録も最終章を迎え、いよいよ仕上げ稽古の日が来た。この日は喜多座の休館日である。

午前中に掃除をして本番と同じ設定のセットが整い、照明も音響も、そして衣装やドーラン化粧まで全てが準備ＯＫとなった。関係者だけに制限されて二十名程が立ち会い、客席に陣取った。

　テレビ番組の制作は、ディレクター以外は実際には下請けの制作会社が請け負っている場合が多い。今回も若いスタッフ三名がそうだった。彼らは一週間に及ぶ収録の疲れも見せず仕上げ稽古の二時間に全神経を集中していた。本番の役柄を逆さまにした稽古は、立ち会う全ての人々に緊張の糸を張り巡らせていた。第一場は義太夫、浄瑠璃から始まり、物語が進む。第二場のクライマックスシーンに進んで、見せ場の道行きと心中の場面に入った。ここからは、浄瑠璃も台詞もない。なんと、歌謡曲『命あたえて』を背にした動きと流れが、必然の心中に追い込まれた男女二人の舞台を支配した。クライマックスで舞台の照明が深紅に変わり情炎の終焉を告げる。舞台にはうっすらと恍惚の笑みをたたえた春香演じるお初の遺体に覆い被さって、血潮に見立てた深紅の長襦袢に覆われた小太郎の徳兵衛が添い寝をするように横たわって行く。しばらくは誰も声すら立てられなかった。

「はい、OKです。二十分休憩して天網島です。お疲れ様でした」ディレクターの声で、我に返ったように周りを見回した浩二は「すごかった」と、呟くのが精一杯だった。

　休憩と化粧直しの後、小春と紙屋治兵衛の天網島が始まった。今度も義太夫に続き浄瑠璃が流れた。大長寺の心中場面では、死に行く二人を美化するようなところは全く無く、突き放したように冷徹に描かれている。しかし、展開の頂点に至ると、近松が日頃から言っていた『芸能はなぐさみ』という一面をみせて来る。ラストの心中場面には、またしても切ない近松心中を歌いあげる歌謡曲『それは恋』が流れた。死出の旅路に浮かんだ春香演じる小春の笑みが罪深く悲しい。小太郎が演じる紙屋治兵衛は、仰向けになり手を合わせた小春の首に巻きつけた手ぬぐいの両端を思いきり左右に引き上げた。女は大きく身体を震わせ、一瞬、見開いた目を静かに閉じた、夏目春香演じる小春の最期を見届けてから、治兵衛は誰の批判も同情をも立ち入ることを許さないまま、後を追った。

人間国宝の舞踊家花影徳江が敢えて弟子であり、内輪の秘密であるが、甥にあたる夢川小太郎との競演のラストシーンに歌謡曲を選んだ理由は、救いようのない結末にも来世に救いを見せた、天才近松の『芸能はなぐさみ』という心に応えたからかもしれない。この稽古風景のテレビ収録が終了した次の日から小太郎は、いよいよ花影師匠との合わせ稽古に臨んだ。本来の女形に戻って、お初と小春に没頭し磨きをかけて本番に備えたのである。

半月後、ＲＫＢスタジオでの公開収録には、抽選で当選した二〇〇名の視聴者の他に、日本大衆演劇協会関係者や新花影流一門の各地区支部関係者と外国大使館員とその家族など約四〇〇名が観客として招かれた。そして、その二日後にはいよいよ国立中央劇場小ホールの本番を迎えた。新聞、週刊誌、芸能雑誌、写真専門誌などの芸能部長やカメラマンが前列に陣取った。和装このみクラブ会員、日本舞踊の会下部団体と地区役員合わせて約二〇〇名、最後部には大東京新聞に葉書で応募して招待されたファンが約一二〇名、総勢五〇〇名余りがそれぞれに二場二幕、十分の休憩を挟んで九十五分の、息を呑むような舞踊ショーに目を奪われ感動したのだった。

その感動は、翌月の第一日曜日午後九時からのＲＫＢテレビ特集番組『日本大衆芸能の極致』において、歌舞伎役者で俳優としてもテレビや映画で活躍している中村伯之介のナレーションに導かれて全国津々浦々に伝播された。この種の番組としては嘗てないほどの反響を巻き起こし好評を博したのだ。あらゆるマスメディアが人間国宝の舞踊家と大衆演劇新星の演芸の極致を称え、その素晴らしさを高く評価したのである。

ところが、大フィーバーが三カ月ほど続いた頃だった。『週刊芸能日本』の表紙に、大衆演劇を根底から見直すほどの好評の流れに水を差すスキャンダラスな見出しが躍っていた。

『大衆演劇の彗星・夢川小太郎に年上の愛人？』本文の欄にはテレビで放映された稽古風

景でからんだ夏目春香と小太郎の道行きと心中の場面の写真が掲載された。文中には二人が相思相愛の仲であるかのような記事がでっち上げられていた。挙げ句に夏目春香が、嘗て劇団市川屋の女花形だった頃の写真を入れて様々な憶測を書いたのである。写真週刊誌がそれを追いかけて輪を掛けてきた。すると、それまで小太郎の天才ぶりを放映してきたRKB以外の民放テレビと、大衆芸能を広く深く紹介し掲載してきた雑誌の取り上げ方が一転して思わぬ方向に変わってきたのだ。とりわけ、朝と午後の奥様向けテレビ番組では、芸能リポーターがこの問題をさらに違った角度から取り上げた。小太郎の養父母に対するインタビューでは、実の両親と出生の秘密を暴き出すような質問ばかりに終始して行った。花影徳江は、何度も芸能リポーターに囲まれてあらぬ質問を受けていたが、記者会見で話をすることを明言して沈黙を守った。会見は、『日本大衆芸能の極致』放映以来の一連のことについて三十分に限る条件と、質問は事前に提出することにして行われた。徳江は、スキャンダルについては一切弁明をせず、日本の大歌舞伎、日本舞踊、大衆演劇のルーツが一つであることを正しく伝え、大衆演劇に携わる人々に、その原点を正しく理解させて日本の芸能を高めて発展させるために尽力してきたことを滔々と述べた。その上でメディアに対し、あらぬ中傷とデマにより日本の演劇のルーツが一つであることを示す千載一遇のチャンスを潰したことへの猛省を求めて終了したのである。その二日後、夢川小太郎は公演先の福島県白河温泉センターから姿を消していた。間もなく、夏目春香も消息を絶った。

それから一年が過ぎて噂が少し薄れてきた頃、喜多座の藤末浩二は東日本大衆演劇劇団協会の熊谷会長と懇談していた。

「ところで会長、劇団一龍と夢川小太郎は今どうしていますか？」

「実は、小太郎は半年前に正式に一龍を退団しました。本当の理由は誰にも分かりません。それに、もう一人の売れっ子、夏目春香も後を追うようにして辞めましてね、それで劇団一龍は解散しました。一龍源太座長と女房の小鈴は、弟分の佐川千代介の新日本劇団に後見として招かれ元気に頑張っていますよ。この秋頃には、喜多座で新日本の出演を考えていると伝えましたら、藤末社長に会えることを源ちゃんも楽しみにしているそうです」と聞かされ、浩二もほっとする思いがした。それにしても、あの天才、夢川小太郎は何処にいるのか、できることならもう一度会いたいと思っていたのだ。

それから、さらに、二年が過ぎたある日、見慣れない名前の手紙が浩二宛に舞い込んできた。開いてみるとそこには、明らかに嘗ての夢川小太郎の特徴のある文字が躍っていた。

『藤末社長

ご無沙汰をお許しください。突然、挨拶もせずに姿を消したと思われても仕方がありませんが、私なりに考えて決めたことなのです。いろいろなことがあって、私には、テレビタレントのような芸能活動はどう考えても無理だと分かりました。お師匠さんと相談し、養父母と何度も話し合い、協会から離脱して自分の演劇舞踊を磨くつもりで四国に来ました。支援してくれる人がいて、小さな小屋ですが高知で常設劇場の劇団副座長として全国から集めた素人のような若い子たちを指導して楽しくやっています。こちらに来ることがありましたら知らせてください。高知の未来座という小屋で、夏目弥太郎が今の私です』

と、書かれてあった。

浩二が晋太郎に一度会いたいと返信を出してから三カ月ほど経過した。大阪出張の帰りに、一日余裕ができたことで思い切って高知までレンタカーで足を延ばして市内の愛宕町にある未来座を訪ねてみることにした。

「夏目副座長さんに、栃木の喜多座の藤末が来たと伝えてください」

「藤末社長、お久しぶりです。よく来てくれました」。晋太郎は、以前より明るい表情で出迎えた。「驚かないで」と、念を押してから紹介された、未来はるか座長はあの夏目春香その人だった。積もる話に花が咲いた中で、晋太郎が研修生の女性と結婚して長男つまり、はるか座長にとって孫を授かったことを打ち明けられ家族と共に談笑の時が過ぎた。浩二は、今後、晋太郎が目指すところを確かめたくて昼の部を観てから帰ることにした。

当然、以前のように得意の舞踊ショーを中心にした構成を予想したが、始まった演劇はなんと、大歌舞伎『鴛鴦襖恋睦《おしのふすまこいのむつごと》』だった。嘗て、六世中村歌右衛門が自主公演で復活した舞踊劇だった。夜の狂言は『助六由縁江戸桜』と、あった。天才と謳われた夢川小太郎改め夏目弥太郎は今、敢えて野に下り、地方の名もない独立劇団に身を置いている。ここで改めて、大らかにのびのびと江戸歌舞伎を一から学び、ここから田舎歌舞伎を立ち上げようとしている。それこそが、出雲阿国の原点に立ち返り、師匠花影徳江が目指した思いを辿ることになって、やがて大衆演劇を極める道であると、捉えていたのである。

陽が落ちて、浩二が未来座の小屋を出ると、そこには冴え渡るライトブルーの天空に輝く満天の星が、まるで地上の人間ドラマを彩るかのように瞬いていた。

「その人にしか出来ないことをやるのが、人間の運命か」と、呟いた浩二の目には爽やかな涙が溢れていた。これからは、喜多座における演劇の目的を商売としてだけでなく、小さくてもいい、日本の芸能を広める拠点にして行こうと、心に誓った。

（三）

平成二十三年、喜多座の開場十周年を飾る座長大会が五月二十五日に開催されることが決まったのは二月の中旬だった。煌びやかな座長大会のチラシが配られ、出演座長十三名の顔写真が『演劇グラフ』の裏表紙を飾っていた。

吉川温泉センターのあるリゾートホテル大川の敷地は約九万平方メートルを誇っている。周囲を白樺と雑木林に囲まれ、梅林とツツジの庭園では早春から初夏にかけて花々の芳しい香りと天然の色彩がハーモニーを届けていた。敷地全体が洋風の趣でありながら、南端の一角だけは土塁に囲まれて、小さな祠を守るように赤松が聳えている丘陵である。祠はひっそりと佇んでいて、崩れかかった周りの石垣だけがその昔、この地を治めていた豪族の屋敷跡という言い伝えを唯一つ裏づけていた。今となっては地域の長老でも往時を追懐する人もいなくなってしまったが、ここに、毎年二月の立春の頃になると何処からともなくやって来て山開きの祭りの頃まで滞在し、毎日祠を洗い清め祝詞を捧げる、物語の仙人のような風貌でもあり修験行者にも見える出で立ちの老人が鎮座するのであった。この宮司でもなく神職という訳でもないが、祠をきれいにして山開きが過ぎると翌年の立春頃までの間、再び何処かに向かって旅に出るこの老人を、この地域の人々は、いつの頃からか「山の神」と呼ぶようになっていた。

山の神と呼ばれるこの老人は、吉川温泉センターがオープンして以降は毎年、春先の梅花から桜花へ、そしてツツジからサツキへと移ろう花々の時季に掛けて三日に一回程度、温泉に浸かりに来ては食堂で美味そうに冷酒四合瓶を空け、その後、喜多座の特別席で芝居を見てから楽屋に置かれた神棚の前で祝詞を捧げ、温泉と観劇にやってくる老若男女の健康と幸せと安全を祈願して早い夕食をとり、祠に帰るのが常であった。毎年、この時期に出演する劇団座長は山の神とすっかりお馴染になり、公演中の安全と劇団員の無事と幸せを祈願してもらって、いつの間にか縁起を信じるまでになっていた。

「今年も山の神さんに拝んでもらったから、うちの劇団には福がついて回るよ」などと、信じ込んで口にする座長が増えていた。冬の終わり頃に降雪があると必ずと言ってよいほど観客が激減する喜多座の二月と三月公演にも、出演を希望する劇団が増えていたのは、

「山の神の御利益」の話が座長たちに広まっていたからに違いなかった。山の神は、毎年、立春の頃にやって来ると三日ほど掛けて祠と周囲をきれいに清掃する。それ以降は夜明けと共にご祈祷をしてから午前中はリゾートホテル大川の敷地全体を祈祷で浄めると共に近隣の山や川、滝などを歩き巡り、修行を重ねるのが日課だった。

ところがこの年は、何故か祠にやって来ても挨拶や観劇にも姿を見せないでいた。いつもの年と違う山の神を気遣い、浩二の方から挨拶に向かった。

「御師さん、今年も来ていただいて皆、喜んでいます。祠と御師さんに守られているこの地に働いている従業員と大勢のお客様の健康と幸せが守られますよう今年もご祈祷くださいますようお願いいたします」

「ありがとうございます。今年も御地の神々に招かれて参りました。社長のご威光により、従業員やお客様までが、この地の山の神、八百万の神々を信奉して下さり忝ないことでございます」

薄暗い祠の神前に正座して浩二にきちんと挨拶した山の神の姿を見て浩二は飛び上がる程驚いた。そこには、厳しい山修行を重ねて来た所為なのか、昨年までとは別人のように窶れて今にも倒れそうな行者姿の御師さんが座していた。浩二は、知り合った頃から行者を「御師さん」と敬称で呼び、毎年やって来る度に時々食事を共にしていた。御師さんの、自然崇拝の姿勢と自由闊達でいて敬虔な生き様を知るにつけ、リゾートホテル大川のスタッフは皆、昔から受け継がれてきた敷地内の祠の祀り神様のお使い役として敬うようになっていたのだ。浩二が喜多座を立ち上げて初めて御師さんと会食した折に、

「私は真岡の生まれで同じ真岡出身の日光開山の祖、勝道上人を崇拝して生かされて参りました。霊峰二荒山（男体山）に坐す神々に浄められ護られつつ、導かれるままに修行を積んでおります。この吉川の御山神の祠も御上人様と二荒山の御神通により江戸時代に祀られたのです。私は修験者としてここと、鹿沼、そして岩舟の霊峰にある祠を神々の導きのままに浄めて歩いているのです。毎年、日光二荒山神社において身を清めてやって来ます」

総白髪の上に現代では珍しい白顎髭と白装束の出で立ちから、遠目には古稀を過ぎた高齢にも思えるのだが、近づいて目の当たりにすると爛々と迫る眼力と隙のない心身から発する気力はまるで四十歳代の壮齢にも思えるのだった。

「山の神の御師さん」は、浩二が知り合って付き合いが始まって十年目にあたるこの年に

限って、やって来た様子が例年とは全く違い、何かに取り付かれているようで近寄りがたいオーラを漂わせていた。浩二が御師さんの異様な姿を心配し夕餉を届けさせても殆ど口にせず、

「社長にお気遣いなくと、申し上げて下さい」と、言うと大きな気迫に満ちた祝詞で何やら祈祷しているという報告だけが届いた。そして浩二は数日後、その御師さんから重大なことを告げられた。

「実は、ここに来る以前からずっと気になる大きな天変地異の兆しを感じております。そこで、例年に増して一カ月の間、二荒山神社奥本殿に山籠りし、厄難除けの祈祷をして参りました」と、知らされたのである。

「そうですか、御師さんがご祈祷下さっているのですから安心ですが、どうか厄難を除けられますようよろしくお願いします」

「この地に集う人々は、私の命に替えても御護りしますが神々のお渡りだけは防ぎようもございません。社長から、これまで以上に従業員の方々に火災、暴風、強い雨雪、地震、交通事故などに対して呉々も油断なきよう、出来る限りの注意と準備を怠らぬようご通達ください」と、これまでの十年に亘る交流で見せたことのない厳しい表情で言い渡された。

そして、その日から毎日、御師さんはホテル全室と温泉センターの源泉と喜多座を祈祷して回っていた。その後一カ月余りは、ご祈祷の御加護のお蔭か、ホテルも無事で、日帰り温泉と喜多座についても何事もなく連日一五〇名を超える観劇と入浴のお客で賑わっていた。三月に入り、喜多座開場十周年記念座長大会の華やかなポスターが掲げられ、お祝いムードの漂う中で中村錦之丞座長が率いる劇団豊楽の公演が張り切ってスタートした。

劇団の中村座長は山の神の御利益については日頃から前向きに受け止める人であったが、センター社長の浩二から通達のあった災害の忠告については、

「社長は真剣に災害を心配して何度も通達してきた。縁起の良い話は信じるが、災害なんて来て見なきゃ分からねぇよ」と、当初は鼻で笑っていた。

ところが、この日三月十一日、午後一時からの『人情劇塩原太助』の公演に続いて座長口上とグッズの販売が終了し、休憩タイムが済んで第二部の舞踊ショーが開幕を告げられたその直後だった。白装束の裾をたくし上げ、眼を剥いて舞台に駆け上がった御師さんが叫んだのだ。

「皆さん、これから起こることは皆さんの生命に関わることです。十分以内に、ホテルの庭園か駐車場に集まり暫く身を伏せて絶対に動かないで下さい。お客も劇団の人々も慌て

ず、速やかに外に出て下さい。スタッフの皆さんは館内にいる全ての人々に、ホテル庭園に集まるよう緊急連絡して下さい」と、低く響きズシリと伝わる声で歌うように朗々と叫んだのだった。

始めは酔っぱらいか、或いは避難訓練で誰かが何か言っているんだろうという程度に聞いていた人々も、それが山の神の御師さんからのお告げと分かると、

「こりゃ、たいへんだ。何が起こるか分かんねぇが、ひとまず避難すべぇ」ということになり素早く避難が始まった。しかし、劇団の若衆の数人は、山の神への信心など持ち合わせていなかった。中村座長も舞台の上から装束のまま避難を促す呼び掛けを行った。

「お客様に申し上げます。何が起こるのか分かりませんが、山の神のお告げです。これは防災訓練ではありません。念のため、落ち着いて速やかに庭園か大駐車場に避難してください。劇団座員も全員緊急避難しなさい」と、叫んで舞踊装束のまま喜多座から飛び出て行った後も若手座員三人が笑いながら片付けをして居残っていた。が、それ以外の人々は半信半疑の表情の人もホテルとセンターの従業員に誘導されて素直に庭園に向かって避難した。殆どの人々が安全に見える庭園と駐車場の中央に近づいたその時である。

「ゴー、ゴー、ゴー」と、地の底から不気味に突き上げてくる低い地響きなのか、或いは

地の底まで引き込まれるようにも聞こえる、初めて経験する何かを全身で感じたその直後だった。今度は風もないのに周囲の樹木が大きく揺れ出して、木々の軋みが樹木の悲鳴に聞こえた瞬間、立っていられなくなり座り込んでいても転がるほどの強い揺れが襲ってきた。第一波は誰もがこれまでに経験したことのないこの世の終わりかと思えるような横揺れが数分間続いた。この間、山の神の御師さんは天地に向けて気迫の籠った祈祷を、このとんでもない大地震が放つ轟音に負けない程の大声で続けていたのである。

間もなくやってきた第二波は傾斜地に土砂崩れを起こし、危殆に瀕している人々の目前の道路が見る見る内に隆起し、段差ができた上にその脇から十メートル以上にわたって出来た割れ目は自分たちを飲み込むかのように広がって行った。

「キャー、キャー」という女性の悲鳴が起きてもどうすることも出来ない大地震は断続的に余震を呼び起こし、この後も人々を更に恐怖へと駆り立てていた。

浩二がホテルから飛び出てきて、幸い宿泊のお客は到着前だったので事なきを得、温泉センターと喜多座のお客は御師さんの必死の説得で全員無事に避難したことを大声で伝えた。すると御師は、数珠を翳し、断続的に大きく揺れ続く大地の天上を睨んで、

「山々の神々にはお渡りの後、天地を平静にお収め下され」と、喝を入れて叫んだ。

一方で、この異常事態の忠告を聞いても、見慣れている行者姿の老人の言う言葉を信じなかった三名の大部屋役者は、喜多座の劇場建屋と楽屋が歪んで半壊し落下して来た天井の下敷きになって救急車で運ばれた。が、御師さんの御利益であるかのように奇跡的に軽傷に止まり、リゾートホテル大川と吉川温泉センターから一人の死者も重傷者も出なかったのである。座長は恐怖に震えながら猛省していた。

「御師さん、折角のお告げを私が軽く見ていたため、座員にけがをさせてしまいました。申し訳ありません」

「いいや、けがをした三名も軽傷で何よりです。それ以外の方々がこうして無事に避難しただけでも神様に感謝するべきですよ。あのままだったら大惨劇で死傷者が数十人に及んだことでしょう」

　普通の電話はもとより携帯電話も繋がらず、電気は停まりテレビもラジオも掛からない状況で暫くの間は、この大地震の震源地が何処で、どの程度の被害が出ているのかさえ分からなかった。

「ひょっとすると大正十二年九月一日の関東大震災の再来で首都東京は火の海になっているのだろうか」などと、東京に親戚縁者を持つ者たちの不安な言葉が、揺れの間合いが少し長くなり大きな揺れの時間がやや短くなってきた辺りで盛んに聞こえて来た。間もなく、誰言うとなしに、カーラジオならニュースが聴けることに気づいて駐車場のマイクロバスのラジオの音量を大きくして、近くに避難していた数十名のお客と女性従業員の耳に届くようにした。

「先ほど午後二時四十分頃、福島県沖の海上でマグニチュード九・三、震度七強の巨大地震が発生しました。強い揺れは、これからも断続的に続き、余震は一カ月から半年に及ぶものと推定されます。現在、福島県、茨城県、宮城県、岩手県の太平洋側の海岸全域に巨大な津波が押し寄せています。出来る限り遠くの高い所に避難して下さい。海岸や河川から出来るだけ遠くに、少しでも高い所に逃げてください。津波は十メートルから二十メートルに及ぶ見込みです」と、巨大な津波から逃げるように繰り返し伝えていた。その極まった緊張感は、震源地から数十キロメートル離れ、津波の危険が全くない吉川町で聞いている人々でさえ恐怖と戦慄を覚え、一人でも多くの人々が助かることを祈る思いが駆け巡った。叫ぶような必死の声で呼びかけているアナウンサーは次々に入ってくる情報を聴取者に伝えきれていない歯がゆさと迫りくる死の恐怖から一人でも多くの人々を守ろうと、繰り返し必死に避難を呼びかけ続けていた。

どのくらい時間が経過したか、余震の感覚が五分から十分と開いてくるに付けて人々は自分が何をするべきかを考えるようになっていた。というより、何かしないと更に恐ろしいことが起きるような心理に陥っていたのかもしれない。そこで、浩二はハンドマイクで喜多座の観劇客を誘導し自身で運転できる人と、バスで送る人々に分けてゆっくりと帰路につかせた。

気がつくと、いつの間にか御師さんの姿が見えなくなっていた。少し落ちつきを取り戻してきた浩二の頭には、つい先ほどまでここで、この自然大災害を事前に突き止め、ここにいる人々を守るために命懸けで神々に祈り続け鎮めようとした御師さんの、この世の人と思えない狂気とも取れる行動を思い出して支配人と共に祠に向かって駆けだした。

(あの姿は、もしや自らの命と引き替えに神々を鎮めようとしたのではないか)と、いう思いをかなぐり捨てて花田支配人と祠にたどり着くと、半壊した建屋前に御師さんが着ていたと思われる泥だらけの白装束が脱ぎ捨ててあった。そして、奥の薄暗い御神殿の前には銀色に光る何かが倒れていた。

「御師さん、御師さん、そこにいるのは御師さんですか。今、助けますからね」

崩れそうな屋根と傾いて倒れそうな柱を避けるようにして危険を顧みず二人は中に進

み、銀色のコートのような獣毛を捲ろうとした。するとそれが、まだ温かいままで倒れている窶れた銀狐であることに気づいた。

「なんということだ。あなたは御師さんですか。御師さんですね」

銀狐は答えず息絶えていた。そこには銀狐が抱くようにしていた六根清浄と書かれた六角棒だけがことの成り行きを物語っていた。そして、それ以来、あの山の神の御師さんは二度とこの地に現れることは無かった。あの銀狐は、御師さんの亡骸だったのではないかと、その後も浩二と花田はそう信じていた。銀狐の亡骸は祠の直ぐ脇に埋葬され、駆けつけた二荒山神社の先達により天に坐す神様の下に送られた。

浩二と花田が遭遇したことは、この不思議な出来事を見ていない人には恐らく信じてもらえないだろうと思い、外部に話すことは差し控えた。ところが、翌年の三月十一日、その日は丁度大震災の一年後だったが、観劇にやってきた一〇二歳という老人が浩二に面会を求めてきた。老人は、あの御師さんと同じように白装束で白顎髭だった。そして、自分が子どもの時に祖母から聞いた、『銀狐の恩返し』という昔話を静かに伝えたのである。

「行者さんは御師さんとお知り合いの方ですか?」

「若い頃、二荒山にて共に修行したことのある者です。御師はワシより十歳も年長での。

御山神様より、『おぬしが天に昇る時は、天変地異が起きる際に人々に恩返しをした時じゃ』と導かれて、昨年の大震災の折にそれを実行して天に昇られたのじゃよ。ワシも間もなく御師のおる世界に導かれるのです」

浩二は全身の細胞が緊張していたが、何故か自分の生命力が活性化していることを感じていた。行者は、

「その昔、この地を治めていた豪族の頭が、ある時、吹雪の中で死にそうにして倒れていた銀色の狐を助け元気にしてから放してやったそうです。ところがその後、この地の豪族が、仙台征伐から反転して関ヶ原で天下分け目の合戦に挑もうとしていた徳川勢に怪しまれその余勢に攻められた折に、神職に変身した銀狐が何処からともなく現れ、その仲裁によって助けられたそうです」と、物語を伝えた。そして、

「ワシも間もなく御師のおる世界に導かれるのです」と、穏やかに微笑んで言い終わるといつの間にか、その場から音もなく消えていた。

東日本大震災を罹災したリゾートホテル大川と日帰り温泉吉川温泉センターは震災の被害を奇跡と言えるほどの速さで復興し、二週間後の三月二十五日にホテル宿泊の営業を再

開した。一カ月後の五月一日には喜多座が、「大震災復興再開公演」と銘打って、大震災の時に公演していた中村錦之丞座長率いる劇団豊楽によって威勢良く再開演した。そして、その月の二十五日には、「大震災復興記念座長大会」と銘を改め十三名の座長と五名の花形の特別出演によって華やかに演じられたのである。

その初日、公演に先立って紋付き袴姿の座長たちが祠の前に勢揃いし、死んだ銀狐が埋められた祠の直ぐ脇の「山の神御師さんの墓碑」に恭しく拝礼した。温泉センターと喜多座と出演劇団への御加護を感謝し、本当の山の神として昇天したであろう御師さんを祀り永遠の安眠を祈ったのだ。

以来、喜多座において毎年三月十一日を「御師さんが山の神になった日」と定め、『銀狐の恩返し』という題目の奉納芝居を公演することになった。そしてこの先、大衆演劇に陰りが見えた後も、喜多座は繁栄を続けて行ったのである。

天空を駆ける

（一）

「予算は百万円以内、排気量三〇〇〇CC以上で走行距離が五万キロ以内なんて事故車くらいしかないですよ。中々、希望に合う条件の車は見つからないね」と、稔は難しい顔で健太を見た。

「稔さんなら俺の希望通りの車を探してくれると踏んでいるのだけど無理かな」と、健太は期待はずれの結果に少し皮肉めいた表情で催促気味に応じた。

「健太さんのことだから何としても良い車を見つけようと思ってね、二週間あまり探しまくったのだけれど正直なところ無理ですね」

「それだったら、走行距離が五万キロを超えていても構わないから見つけてよ。稔さんが頼りなんだよ。頼むよ」と、食い下がる健太に稔が、

「実は一台だけ少し変わった人の出物があるのだけれど見に行ってみる？」と、商売っけ

を離れた言いかたで探るような目つきで訊いてきた。

「多少変わった相手でも車さえ程度が良けりゃいいさ」と、答えたので出流山の近くの天照寺院総本山を目指すことになった。

「そこはお寺なの、それとも新興宗教？」と、案内の運転をしている稔に尋ねると、

「普通の墓地があるお寺とは少し違っていてね、多分修行僧の道場みたいな所だと思うけど、まあ、行ってみれば分かるよ。健太さんが車を見て気に入らなきゃすぐ帰りましょう」と、気の置けない従兄弟同士の会話をしながら現地を目指したのである。

高橋稔はフェニックス自動車ディーラーの中古車担当課長をしている。健太は、以前にも少ない予算の範囲で気に入った車を探して貰ったことがあった。今回は会社の事情も手伝ってさらに難しい注文を出していた。稔がお手上げの体で示した切り札のような車に、駄目もとで乗って検分することになり、売り主の所に向かったのだった。

フェニックス自動車栃木販売の営業所を出て鹿沼インターから東北道を進み栃木インターで降りて、国道二九三号を横切り出流山に向かって登り道を進んだ。途中から山道で細くなった道を五分ほど行くと、『宗教法人天照寺院総本山入り口』という分厚い板に太い筆字で書かれた看板があった。さらに一キロほど奥に進むと駐車場があり、時代劇の関所

のような頑丈そうな八寸角の柱に金具が打ち込まれた木製扉が厳重に閉まっていた。コールフォンで、

「フェニックス自動車の高橋でございます。天照大阿闍梨《あじゃり》様にお取り次ぎください」と、なぜか稔が緊張していた。

案内された四十畳敷きの座禅道場のように見える部屋には太鼓が置かれている以外には何も無かった。十分ほどして、大阿闍梨様と稔が呼んだ老人が現れた。

眼光鋭く年齢は見方によっては六十にも見えるし、八十歳と言われてもおかしくない風貌だった。それでも表情は相手を包みこむような温かさを感じさせた。その昔、仙人がいたとすればきっとこういう人だったに違いないと、健太は考えていた。

「大阿闍梨様の愛車を従兄弟が見たいというものですから案内しました」

稔が自分の方に顔を向けたので、健太は、その白い長髪と髭をたくわえた修験行者のような老人に丁重に挨拶をして愛車を見せてもらいたいと願い出た。すると、容貌から予想した低い静かな声とは正反対の高い金属音のような声音で話し出した。

「君は十万キロ走った車は人間にたとえれば何歳だと思うか？　余がこれまで三年半の間に十万キロ乗ったフェニックスのＲ―ＥＸＴＡは人間にたとえれば二十歳である。あの車

は余の念力を与えてあり、今後百歳にあたる五十万キロまで主人を安全に守りながら走るパワーを備えている。つまり、これから四十万キロ走る間、君を危険から守る」と、微笑みを見せながら淡々と当然のことのように話した。

「余は君が来ることはハナから分かっていた。あの車は大浦健太氏に譲ることは既に決まっていたのだ」と、言ってのけた。健太は、(見てもいない車を、俺に譲ることが決まっていたなんていい加減なことを言うな) と心の内で呟き、普段なら大声を出したくなるような場面なのに、今日に限って何故かストレートにこの老人の説明を聞いていた。それどころか、きんきんと響く仙人のような声の説明を聞いている内に、ここに来て中古車を買い受けることが前から約束されていたような奇妙な気分になっていたのである。まだ見ていない車を、

「お譲り頂きます」と、返事した健太を稔が慌てて制して、

「では大阿闍梨様、お車を拝見してからにということでいかがでしょう」と、矛先を変えた。相変わらず微笑みを絶やさず弟子のような白装束の修行僧に案内させて、形ばかりの車の検分は終了した。

「大阿闍梨様、あらためてお車をお譲りください」と、平伏した健太は百万円であっさり

買い受けた。心配そうに見つめる稔を尻目にそう決めたのには、修験行者か仙人のような老人の風貌や雰囲気以外にも理由があったのだった。

　健太は宇都宮市役所の近くに本社がある山元商事株式会社の生コン営業部長だ。同社は総合建材商社であると共に宇都宮、栃木市そして茨城県古河市の三カ所で生コン工場を営んでいて老舗の部類に入っていた。しかし、バブル崩壊以来続いている大不況によって商いが激減し同業者の倒産や廃業が相次いでいた。山元商事も前の年に民事再生法適用申請を提出して再生計画が承認されていた。その後、大幅に債権を放棄してもらい再生がスタートしていた。管財人の弁護士からは営業活動に必要な車の買い換え予算として百万円を限度に了承されていたのだ。営業担当は健太一人であるため、百社近い顧客営業と集金を考えると年間の走行距離は四万キロにも及ぶ計算になる。

「大阿闍梨の言うことを全て信用したわけではないが、もしも十年で四十万キロを事故も故障も無く無事に走り続けてくれれば文句無しだ」と、その時はまだ漠然と考えて車選定の最重要ポイントにしていたのである。

　それから八年が経過した平成二十年夏のある日、稔が山元商事本社に顔を出した。

「健太さん、久しぶりですね」

「しばらくぶりだね。来て貰っても、うちの会社は益々不景気で新車購入なんて夢のまた夢だよ。車の商売なんてとても無理だよ」。笑いながら健太が先制した。

「今日はそういうことで来たんじゃないですよ。私のお得意さんで例の大阿闍梨様の信奉者の方から聞いた話を伝えておこうと思って来ました」と、ふだんの穏らしくない真剣な顔つきで話し始めた。

「古沢隼人さんという人は、鹿沼で鉄工所を経営していて天照大阿闍梨様の熱心な信奉者なんです。その古沢さんは大阿闍梨様から薦められて購入した宇都宮駅東の土地が例の念力で七年後に三倍で売れたというのです」

「ふーん。今時珍しい景気のいい話だね」

「それだけじゃないのです。健太さんが大阿闍梨様から今の車を買う三年前だから、今から十一年前のことだけれど覚えているかな」と、顔をのぞき込んで続けた。

「東北自動車道で起きた凍結による連続二十一台の追突事故があったでしょ」

「ああ、十一人が死亡して二十何人かが重軽傷を負った、あれね」

「あの事故の二十一台の中に古沢さんの車が入っていたというのです。間違いなく事故に巻き込まれた筈なのにとっさに前の車を避けて百メートル走ってやっと止まり、殆ど無傷で難を免れたと聞きましてね」と、稔はこの古沢が健太と同じように十万キロ走った車を十二年前に大阿闍梨から譲り受けたこと、一年間に二万キロの走行ペースで現在三十四万キロ走行であることを説明した。

「健太さんは営業で毎年四万キロも走ると言っていたからもうかなりのもんでしょう。これまで、あの車に何か不思議なことは無かったですか」と、今までになく真剣に尋ねてきた。

健太の愛車になって八年経過した今、フェニックスR－EXTAは既に四十二万キロに達していた。毎日の業務多忙に紛れて忘れかけていたが、今考えると説明しかねるような不思議な出来事が三度あったことを思い出したので稔に初めて話すことにした。

「あのことが初めて起きたのは、車に乗り始めて二年目の春、東北道上り車線の鹿沼インターと都賀西方パーキングエリアの中間点を走っていた時だった。その日は岩舟の工事の打ち合わせに向かっていた」と、健太は自分の勘違いということもあり得るので人に話さずにいたことを一つずつ思い起こして説明をした。

「あの日は、少し急いでいたので一二〇キロくらいで飛ばして追い越し車線を走っていると、後方からライトを点けた車が猛スピードで迫ってくるのがバックミラーで見えた。左によけてやり過ごそうと走行車線に入ったその時だった。あっという間に急接近していた暴走車がこちらの車線移動を確認しないまま威圧的に左に寄って追い越そうとしたらしく殆ど同時に左によってさらにスピードを上げてきた。一五〇キロを優に超えていたはずだ。と、その時、『右に寄れ』と、誰かの叫び声が聞こえた。とっさにハンドルを右に切り追い越し車線に戻したところ、俺の車すれすれに追い越した暴走車が蛇行した挙げ句に左の側壁に激突しその反動で横転して今度は走行車線めがけて突っ込んできた。左三十センチくらいのところでその突進をかわしたが、暴走車はその後ろから来た車に追突されて大破したようだった。スピードをゆるめて停止車線でミラーに映る事故の様子を見てからは、しばらくの間、足の震えが止まらなかった」と、この話を健太から聞いた稔は、先刻自ら話した教団信奉者の古沢隼人という人物のケースとダブらせてうなずいていた。

「その次はいつ頃だったの？」。稔が乗り出すように姿勢を変えて尋ねた。

「それから三年が過ぎた晩秋の、十一月の下旬だったと思う。夕方の六時頃なのに辺りは真っ暗だった。町村合併で馬頭から那珂川町に変わった町道を廃校になった武茂小学校に向かう田舎道で又しても同じようなことがあってね」と述懐する健太によれば、そこは人影も家並みも目に入らないような場所だったが歩行者用の横断道路が暗闇の中に見えてきたという。手押し信号があるが走行している道路信号は青のままだった。時速五十キロ制限のところを多分六十キロくらいで横断歩道を走り抜けようとしていた。その時突然、『止まれ』という声が頭のうえで叫んだ。その姿を目で捉える前に、ブレーキを思い切り踏んで無意識にハンドルをやや右に切ったのと、信号の脇から小さな黒い人影のようなものが右から左へ動いたのが同時だった。車は右斜めに向いてやっと止まったのだった。

「俺は呆然として遠ざかる黒い人影のようなものを目で追ってみると、黒っぽいジャージを着た七～八歳くらいの男児がジョギングして駆け抜けたのがようやく分かって無性に腹がたったよ」と言い、続けて、

「あの時、もし視覚で確認してからブレーキを踏んだとしたら恐らくあの少年をはねてしまったに違いない。その時にも、前と同じ声がはっきり聞こえたんだ。今度は運が良いだけでなく何かに助けられたという気がしていたが、半年も経つとだんだんと気にしなくなった」

もう一つはその翌年の冬、二月下旬の降雪の後、蒸発した湿気が霧となって北関東を包んだ早朝のことだった。ラジオの交通情報で東北道と常磐道が霧のため、ある区間を通行止めにし、それ以外を五十キロに速度規制したと伝えていた。

「俺は国道二九三号の栃木から葛生に抜ける会沢隧道の辺りを足利に向けて走っていた。俺のR－EXTAは四輪駆動でスタッドレスも新品に履き替えたばかりで雪道でもこれまでスリップしたことなど無かった。しかし、その朝はそれが少し油断に繋がっていたかもしれない。隧道を抜けると急な下り車線が続く。そこは融けた雪が山から落ちて放射冷却の日には道路を凍らせていたのだった。運転には少なからず自信があったから殆ど減速もしないで凍結した路面を走行していた」

穏も以前同じ場所でスリップしてヒヤッとした覚えがあったので、

「あそこは冬の間は凍結していることが多いのでよほど注意しないと危険だよね」と、言葉を挟んだ。健太はこれに頷いてから話を戻した。

「そこに反対車線を栃木方面に向かおうとしていた軽四輪がスリップして急ブレーキを掛けたらしく車体を斜めにしたまま滑って俺の方に向かって迫ってきた。こちらの左側は砕石置き場との間が、十メートルほどの谷になっていて左には逃げられない。右斜め前には滑る軽四輪が向かってきてこちらのブレーキも踏み込めない状態だった。もう駄目かと思った瞬間、例のきんきん声の天の声が『アクセル』と、叫んでね。それまで何も考えられないままブレーキに乗せていた右足を思い切りアクセルに切り替えて踏み込んだ。車体が浮いて吹っ飛んだように思えた。軽四輪を運転する女性の引きつった顔が分かるほど目前に迫った危機を間一髪ですり抜けることが出来た」

健太はここまで話すと、フーっと息を大きく吐いた。その後、軽四輪はそのままスローモーションのようにスリップし隧道の壁面に衝突して止まった。健太は下り坂をゆっくりと走って止まり、Uターンして事故の現場に近づいて軽四輪の女性を助け出して警察と一一九番に電話を入れて適切に対応した。軽四輪は大破したが女性は額にけがをしていたもののシートベルトのおかげで命に別状は無かったのである。

「稔さん、という訳でこの三件で事故に巻き込まれるところを免れたのは運が良かっただけではないと思うようになってね。さっきの古沢さんの話を聞いてみて余計にそう感じるよ」と、確信したように頷いた。

（二）

健太は不思議な体験を自分なりに調べてみることにした。預言者、超常現象、霊感霊能者、超能力という分野で様々な本や文献、写真などが紹介されている。自分の体験と天照大阿闍梨の念力がどう繋がるのか研究したが、答えらしいものは見えてこなかった。但し、超能力という言葉そのものが無い時代から、そうした能力は世界中にあって、古代から現代に至るまで受け継がれてきたことが分かったのだ。このうちインドのヨーガの領域ではシッディと呼ばれ、仏教では神通力と呼ばれていることが分かってきた。その神通力のうちでもどこにでも行くことができる神境通《じんきょうつう》と、あらゆる方角からの音が聞こえる天耳通《てんに》、そして宿命通《しゅくみょう》は人の宿命を知ることが出来る能力だというのである。

（大阿闍梨はこの仏教の神通力を修行されたのかもしれないな）と思い、健太はこうした書物を読んでいるうちにある思いに到達した。自分が四〜五歳頃、物心がついた時期に亡き母から様々なおまじないで奇跡を与えられたように感じたことが蘇ったのである。「痛いの、痛いの飛んでけ」や「ちちんぷいぷい」はその最たるもので不思議と痛みをとり除いてくれた。それ以外のことでも困った時は母を見ていれば助けてくれた。お腹がすいても、寒くても、暑くても、解決してくれたのだった。

「健ちゃんは大きくなったらいつも笑顔で誰にでも優しくして人様に好かれる人になるよ。それに、困った人を助ける人になるのよ」と、何度も話してくれたのである。この預言はぴたりと当たっているではないか。

「母ちゃんは俺にとって預言者であった」

そうしてみると超能力というものは、無意識に森羅万象を受け入れる素直な心を持っている人に備わっていて、それを受け入れる人に伝わるものと信じることにしたのだった。そして幼な子の心こそ森羅万象を受け入れる超能力であろうと仮定してみたのである。

健太の母ミサは宇都宮の短期大学を卒業してから保育園の保母になり二十六歳の時、世話する人があって市役所に勤務する大浦友和と結婚し、二年後に生まれたのが健太だった。夫婦共に穏やかな明るい性格で幸せな家庭だった。しかし、その幸せは突然奪われてしまった。健太が東京の私立大学二年生の時に父は交通事故であっけなく亡くなってしまったのだ。父が他界して一周忌が済むと、母は以前の保母の仕事に戻り健太の幸せと共に自らの生き甲斐を見つけていたのである。

母親としてのミサは健太を見る時いつも笑顔だった。どんなに辛いことがあった時でも笑みを絶やしたことがない人だった。その母が保育園児の散歩の時間に園児を誘導していて脇見運転の車にはねられ園児をかばうようにして亡くなったのは、健太が山元商事の生コン課長に昇進して結婚した二十八歳の時だった。

両親を交通事故で亡くした健太はことのほか交通事故を恐れ、憎んでいた。遺族への保険金で家を新築しお墓を設けて両親を供養したあとで、残った分からいくばくかを交通遺児の募金に充てたのも自分と同じ悲しみと苦しみを味わう人を少しでも支援したいという気持ちからだった。こうした事情から、健太は車だけは張り込んで安全性と居住性を重視して最高級車を選りすぐって購入した。時が流れて会社が不況業種になってからもその方針を変えなかった。

しかし、民事再生によって再生を目指す会社幹部の立場に陥ってからは収入も半分に減り家庭と会社の両面を考慮して、再生管財人の弁護士から営業車両費として認められた百万円の範囲で、いとこの稔を頼って探した結果、天照大阿闍梨のR—EXTAの中古車に巡り会ったのだった。

交通事故死は不況が深刻になってからこの数年は減り続けていた。それでも年間に五〇〇〇人余りが死亡し、重い後遺症に悩んでいる人は全国に数十万人いるはずである。健太は最愛の両親を奪われ人生を狂わされた交通事故を人一倍警戒し、自らも安全運転に気を配っていた。

その経歴を知るかのように、大阿闍梨が、「余は君が来ることはハナから分かっていた。あの車は大浦健太氏に譲ることは既に決まっていた」と、言い切ったのはひょっとして偶然やはったりではないのではないか?と、考えるようになって行ったのである。

（三）

二カ月ほど経過した九月の末に健太は稔に電話を掛けて食事に誘った。やはりその後の大阿闍梨と愛車の念力のことがもっと知りたかったのだった。稔は丁寧に説明した。

「実はこの間、車の買い換えの相談があって天照寺院の副宗主に呼ばれて行ってきましてね。商談の後、副宗主の話では大阿闍梨様が丁度一〇〇歳を迎えた時のことでした。それに合わせてご自身十度目となる百日回峰という修行に、次の阿闍梨を目指す弟子二名と共に行ったというのです。百日回峰という修行は一〇〇日間に一〇〇回、富士山の頂上に登りそこで太陽との交信で神秘体験を遂げるまで相好行というのを繰り返すらしいのです。大阿闍梨様は今回が最後の修行とお決めになって入山したと言っていました」

「と、いうことはどういうことなの？」。健太はかしこまった稔の話の、次に出る言葉をある種の不安を滲ませて待った。一呼吸置いてから稔は、

「大阿闍梨様はこの十度目の難行を成し遂げられました。つまり、合計一〇〇〇回の富士山登頂と十度の神秘体験をされて太陽との交信でさらに念力を授かって下山したのだそうです」

「大阿闍梨は年齢を超越した心身と念力パワーを持っていたことを証明したのだろうね」と、健太は会見した時を思い出し納得していたが、その結果が気になって尋ねた。

「百日回峰と相好行を成し遂げて大阿闍梨はどうされたの？」

「実は信じ難い話がもう一つありましてね。最後の難行を成し遂げられた宗主、大阿闍梨様はその後二人の弟子と共に富士山の八合目付近に設けた仮庵室という所で七日の間静かに座禅をされました。そこで弟子たちとお別れをして、お一人で富士の頂上に立たれたのです」と、稔は側聞の話をあたかも自分が立ち会ったかのような話し方で話していた。

「頂上に立たれたということは、それからどうなったの？　まさか」と、言う健太の言葉を遮るように続けて、

「お別れの祈りを捧げた大阿闍梨様は、『余はこれより昇天する』と、おっしゃって静かに頂上を目指して行かれたそうです。阿闍梨様の昇天というのは、普通の人が肉体の死に至るというのとは違うと説明され、聞いている私にもそう思える気がしてきました」。そ

こまで話が終わると稔はふだん通りの表情と言葉に戻して、

「副宗主からこの話を聞いて健太さんとあの車のことが気になってね」と、話がようやく今日の訪問の目的に近づいてきた。

「でね、副宗主に伺ってみたの。宗主が昇天されても、その大阿闍梨様がおっしゃった念力のパワーはお言葉の通り、あのR－EXTAが五十万キロ走行し終わるまで残るのですか？ってね」

「うん、そしたら？」

「副宗主は、大阿闍梨様と同じ笑顔で、『もちろんです。それまでは宗主の念力は衰えることはありません。五十万キロまで大浦健太氏を守り続けますよ』と、おっしゃった。健太さんどう思う？」

「これまでに調べたことと今までに起きたことを重ねて話を聞いていて、確かに俺も大阿闍梨のパワーに守られているように思えるよ」

「だから」と、続けて、

「現在四十三万キロを超えたところだから大阿闍梨の言葉通りだとすると、あと二年弱で五十万キロになる。それまでは無事に守ってもらえる訳だ」と、健太は指を折って五十万キロに達する時期を計算していた。

一般的にディーゼルエンジンの大型車のうち、長距離運搬車両は百万キロまで走ると考えられている。しかし、ガソリンエンジン車両は通常、排気量一〇〇〇～二〇〇〇CCで二十万キロ、三〇〇〇CC以上で三十万キロが上限の寿命と見られていた。健太の愛車は四〇〇〇CCだ。それが念力で五十万キロまで走行し、しかも事故の危険から守られている。ひょっとすると、これは亡き両親の祈りが天空から大阿闍梨に通じたのではないかと健太はそう考えるようになっていた。

稔に促されてあらためて二人で愛車を点検してみることにした。すると、八年間気付かずにいたが助手席前にあるポケットの中の車検証の下の敷物をめくってみると和紙にくるまれた『密念力』と書かれた御札と、見たこともない文字の書き物が見つかった。その最後には『天照大寺院宗主大アーチャリー坂本天照道』と、自筆で結んでいた。二人は手を合わせてから御札があった通りに戻した。

（四）

平成二十一年十一月、少し前に政権交代があって新政権が『コンクリートから人へ』の転換をアピールしたせいかどうかは分からないが、健太は町からコンクリートミキサー車を見受けなくなったような気がしていた。百年に一度の大不況は否応なく弱者の生活を一層苦しくしていた。しかし、コンクリートが悪いのではなく政治の貧困が一番の問題であることは明確だった。それどころか、国の経済を活性化するためには必要な事業を積極的に財政投資することが求められて行くことは自明の理である。

健太が責任者を務める山元商事生コン部は民事再生計画に沿って十年間の弁済計画を順調に進めてきていた。しかし、前年九月のリーマンショック以来、不動産とマンションの事業が縮小してから出荷と売り上げが半分以下になり、計画の見直しはもちろんのこと再度の民事再生か、会社更生法適用の申請を検討するところまで来ていた。国の補助金がカットされて県や市の地方財政も借金財政に頼らざるを得ないので事業予算が削減されていた。そうした中で、宇都宮市と栃木市、小山市で大規模のマンション建築を施工していたダイヤモンド建設が会社更生法適用申請をして倒産した。この影響で県内の下請け業者の多くは大きな痛手を被った。南那須に本社を持つ東峰建築有限会社は関連倒産の憂き目を見たのだった。

ある日、健太は集金した現金を振り込もうと北関東銀行東部支店に立ち寄った。すると、銀行から中年の男が血相を変えて慌てて飛び出てきて自分の車に乗って出ようとしていた。しかし、丁度その時五台の車が駐車待ちの状態で男の車をさえぎる形になっていた。男がけたたましくクラクションを鳴らした。

「早くどけ、どいてくれー」と、怒鳴っても前を塞いでいる車を運転している主婦は頭を下げるだけだった。その間、三十秒くらいのものだったが男は諦めて車を降りると駆けだした。男は、出口に一番近い所に駐車して降りようとしていた健太の車の後部座席に乗り込んで来て、震える声で、

「車を出せ」と、言うと同時に首筋に刃物を突きつけた。

「何処へ行けというのだ？」

「右だ、いいから右へ行け」。首筋に突きつけられた刃物の先端が後ろからくい込んできたので、

「分かった」と、車を発進した。言われたとおり右に進むとバックミラーに銀行員らしい男性二人が手を挙げて何か怒鳴っているらしいのが見えた。健太は銀行強盗と思い込んだ。

少し行くと国道四号線に出た。男は、

「そこを左」と、声を落とし方向を示唆した。

「ここを真っすぐ行くと四号バイパスと交差する。バイパスに出るのか、それとも直進して市街地に向かうのか、どっちだ？」。男は「バイパスだ」と、答えた。

「小山方面か、それとも鹿沼、日光方面？」「鹿沼方面に行け。その先に日光、鬼怒川方面へ続く道路があるはずだ。そこを右折だ。スピードを上げろ」と、男が言ったが健太は男の興奮が収まるまでは言動に注意しないと危険だと感じていた。車は一一九号線を戸祭から宇都宮北道路に入って日光、鬼怒川方面に向かった。

快晴の冬景色は男体山に連なる山並みに冠雪が美しい化粧をほどこしていた。しかし、車内は依然として緊張が続いていた。その時だった。突然、天の声が叫んだ。

『シートベルトを締めよ』と、二度続けて叫んだ。「な、なんだ今のは?」男は驚いてナイフを持つ手に力を込めた。健太はとっさに、

「乗車する人には必ずシートベルトを着けて貰おうと考えてね、車に特別な装置をしてある。装着しないと何度でも鳴るよ」。そう答えたが心の中では、(大阿闍梨は、交通事故だけでなく車中で起こるあらゆる危険から俺を守ってくれるのか)と、考えていた。自分を守るパワーを感じて、気持ちに余裕が持てたのである。暫く無言で走っていると男がバックミラーに顔を出して、

「鬼怒川から川治を抜けて会津か新潟、さもなければ常磐道方面でもいいから遠くへ行ってくれ」と、話しかけてきた。すると、十分ほどして再びきんきん声が叫んだ。

『シートベルトを締めよ』と、今度は三度叫んだ。「うるさいな、なぜこんな大きな音で設定したんだ。止めろ」。今度も犯人は驚きびくついていた。

「いや、これは止められない。配線も装置も俺にはどこにあるか分からない。うるさくて我慢できないならシートベルトを装着するしかないね」。後部座席でベルトを装着するには突きつけているナイフを離すことになる。大阿闍梨はそれを分かっていて自分を危険から解放しようとしていることを感じた。しかし、男は思い詰めたようにナイフを突きつけ

たまま前方を睨んでいるだけだった。

鬼怒川温泉の手前で旧道とバイパスとに分岐する。真っすぐバイパスに進めという男の指示に従って直進した。三～四キロ行くと左側に冬期間閉鎖している娯楽センターと飲食店が並んでいて無人の場所が目に入った。

「どうだろう、ここで缶ジュースでも飲まして貰えないかね」と、健太は極力、男を刺激しないように注意しながら無人の駐車場に車を入れて自販機の横に停車した。男は無言だったがトイレに行きたいか、咽が渇いていたのかもしれなかった。

「車の鍵を俺に貸せ。お前は外に出るな」と、言ってキーを受け取ると暫く考えて健太の顔を睨みながら小銭を用意し、自ら缶ジュースを二本買って慌てて車に戻った。飲み終わると駐車場の一番奥に移動して建物の陰に隠れるように駐車し交替で用を足した。男は徐々に言葉遣いに落ち着きを見せてきた。そして、深呼吸をすると事件のことを話しだしたのだ。

「俺は建築の仕事をしている。北関東銀行の支店長の紹介で三カ月前からダイヤモンド建設のマンション二棟の基礎工事と駆体一式の下請けをさせて貰った。一部上場の優良企業というふれこみで現金と約束手形の半々で支払われる契約だった。ところが先月、第一回目の支払いが先方の都合で全額手形になった。現場の所長と主任に文句を言っても、本社がやっていることなので勘弁してくれということだった。今月こそ先月の半分も含めて現金振込で支払って貰えると思っていたら、今度は会社更生法の適用申請で倒産と、報道されてしまった。手形と未収金合わせて三〇〇〇万円はどうなるのか、銀行の東部支店に行って説明を求めても支店長は逃げてばかり。ようやくつかまえて話を訊くと銀行も十何億円とかの焦げ付きで困っているとしか言わない」

淡々と話す内容からこの男が真面目な人で誠実に仕事をしていたことが分かってきた。不幸なことに、元請けの倒産に巻き込まれ関連倒産に追い込まれた背景が見えてきたのだった。

「銀行が紹介したのだから、せめて焦げ付きの分だけでも緊急融資してくれるように何度も頼んだが、貸し付けの係長は担保不足だから追加担保か有力な保証人を立てなければ駄目だと言うんだ」と、男は怒っていた。

「うちは、職人や外注の支払いを現金で明日までに支払うことになっている。今まで銀行には一度だって返済が遅れたことなど無いのに、今度に限って担保不足だと言って取り合ってくれない。会計をしている女房にも泣かれて、今日こそは支店長に会って融資を頼もうと思ったが居留守を使われ、思いあまって貸し付け担当を脅してしまった。刃物を見せたのは俺が悪いけど余りにも冷たいのでカッとしてあんなことになって」と、建築屋は号泣していて、もう言葉にもならない。

「それはひどい話だ。私も生コンの仕事をしていて今はどん底ですよ。殆どの土建屋さんの仕事が激減してどこでも大変なのに、いきなり三〇〇〇万円以上の入金がなくなった上に準備した資材や手配した職人の経費を加えれば焦げ付きはまだ増えるでしょうね」と言い、健太は建築屋に同情した。

「それにしても俺は、とんでもないことをしてしまった。これからどうしたらいいだろう？」と、すがるように尋ねてきた。

「恐喝未遂だけなら情状酌量で執行猶予ということもあるから、ここは冷静になって考えましょうよ」と、静かに説得した。

「先ずは居所を伏せて奥さんに電話を入れて安心させることだ。携帯を使わず公衆電話がいい」と、話してからまだ人質でナイフを突きつけられている立場だということを思い出していた。それから暫く黙って考えた。

「あんた悪いけど、うちに電話して貰えないだろうか。カッとしてとんでもないことをしてしまったが今、これから先のことを考えている。最善の方法をあんた、いや生コン屋さんと相談していると女房に伝えてくれ」と、依頼してきた男の家には恐らく警察が張り込んでいる筈だからと、健太が代わって東峰建築に電話を掛けてみることにした。

「旦那さんは悲観してカッとしてしまったのです。けれど、今は冷静さを取り戻しています。私はたまたま居合わせただけですが、以前、ご主人と同じ関連倒産を経験したことがある生コン屋です。少し、時間を貰えれば良い方向を見つけて連絡します。警察にはうまく説明してください」と、伝えると奥さんも泣いていた。

「主人は良い人です。最悪のことを思いこんでとんでもないことをしたのでしょうが、誰にも怪我を負わせていないと伝えてください。銀行には先ほど私が行って謝ってきました。支店長さんは『うちの方こそ迷惑掛けてしまいました』と、言ってくれました。あとは早く自首して出れば必ず分かってくれる人がいると、主人に、そう伝えてください。長男も娘もお父さんが帰るのを待っているとも話してください」と、言っていた。健太は、とばっちりで人質になった自分なのにいつの間にか人助けと問題解決の中心に立っていることに不思議な思いがしていた。ようやく我に返った東峰建築のこの男がナイフをしまって健太に渡した。

「変な出逢いだったけど、改めてよろしく」と、健太が名刺を出すと、照れくさそうに苦笑いしながら名刺で応えた。そこには、『東峰建築有限会社　代表取締役　金子峰男』と、書かれていた。

それから三十分ほど相談した。自首して警察に事情を説明し反省していることを理解してもらい、銀行には奥さんが何度でも謝りに行って穏便な処置を願い出ることにしようと相談がまとまった。又、取引先や職人には他の工事金でとりあえず半分程度を支払い、長期的には資産売却などで埋め合わせすることで納得して貰うように頑張ろうとも言った。

「見ず知らずの方に刃物を突きつけたうえにこうして親身になって相談にのってもらい、ほんとうにありがとうございました。申し訳ありません」と、何度も健太にお礼を言ったあと、金子は吹っ切れたように妻に電話を入れた。

「今から、東署に自首すると、伝えてくれ。俺は大丈夫だ。許してくれ」と、泣きながら妻と子どもたちに詫びてから、健太が付き添って警察署に向かった。宇都宮の東警察署に着くと玄関に五人の警察官が立って待っていた。先に健太が車から降りて包んであるナイフを差し出し、警察官には奥に下がってもらい健太が誘導する形で進み、金子と別れて指定された取調室に入った。事情聴取で健太は、

「確かに銀行の担当者に刃物を見せたのはあってはならない違法行為です。しかし、私に打ち明けた話では、銀行に取り合って貰えないので、話を聞いて貰いたいがためにやってしまったことです。その証拠に、私には刃物を見せるには見せましたが、『自分の話を聞いて欲しい』と、言ってナイフを直ぐに渡してくれたのです。聞いてみれば気の毒な話でした。元請けの倒産で三十年の努力の積み重ねが水泡に帰すことを考えれば誰でも絶望する筈です。しかも、その仕事を斡旋したのは北関東銀行の支店長だというのです。本人も反省しています。奥さんが銀行に謝って被害届を出さない方向で和解が進むと思います。どうか、金子さんが立ち直れるように穏便な対処をお願いします」と、陳述したのである。被害内容を聞かれたが、何もありませんと答えて東署を後にした。時計は午後七時を指していた。

お節介かなと思ったが、その足で南那須に向かい東峰建築の事務所を兼ねた金子の自宅を訪問し、妻と二人の子どもを励ましてから帰宅した。帰り道の車中で自然と車に話しかけていた。

「今日はいろいろなことがあった。危ない時に『シートベルトを締めよ』って叫んで貰って落ちつくことができた。交通事故以外の危険からも守って貰い感謝している。それに今日は人助けになって、亡きおふくろの言いつけを実現できたのが嬉しいよ」と、いつの間にか、大阿闍梨というより愛車と亡母に語りかけていた。五十万キロまで残り二万キロになっていた。

（五）

年が明けて平成二十二年。この年の一月は長期天気予報に反して全国各地から豪雪の報道が続いていた。しかし、関東地方だけはこの月の降雪がなく宇都宮でも、「今年は雪が降らなくて助かるね」という挨拶が交わされていた。ところが、二月に入ると一転して二日から十七日までの間に合計九回の積雪に見舞われたのである。このため工事の予定が悉く延期になり、健太はその調整と相談に飛び回っていた。

不況の影響で民間工事が減り公共工事も減少しているが、さすがに年度末に工期を控えて生コン出荷が増えていた。予定日が重なってしまうので対応が必要になったのである。

雪のために延期になっていた上河内の土木工事の生コン納入がようやく終了した時だった。健太は、現場から少し離れた所に最近オープンしたコンビニで温かいコーヒーを買い求めて車中でほっとしていた。

コンビニの脇で幼い姉と弟のように見える二人がしゃがんで寄り添い飲物を飲んでいた。てっきり近所の子どもだろうと思い気にしないでいた。空缶を専用のゴミ箱に捨てに行き、二人が泥だらけの靴で姉に見える女の子が小さなリュックを背負っていることに気付いた。

「何処に行くの？　君たち近所の子？」と、声を掛けると女の子は、

「矢板市から来たの。宇都宮の宿郷まで行くの」と、答えた。

「二人きりで？　お父さんやお母さんは？」

「お父さんは新しいお母さんと旅行に行った。お母さんは宇都宮にいるので会いに行くところ」だと言うのだ。

「ここから二人で歩いて行くと夜になっちゃうよ。おじさんが乗せていってあげようか？」

と、言ってみたが警戒するような目で、

「いい。歩いて行くから」と、言い切った。

健太は少し考えて、

「それじゃ、お母さんの住所と電話を教えてくれれば、おじさんがお母さんと話して宇都宮駅に迎えに来てもらえるようにすれば安心だろう」と、言ってみた。すると弟は、

「お姉ちゃん」と、もう歩けないと言いたげな顔で姉を見ていた。姉は頷いたが考えていた。何か家庭の事情があると健太は直感した。

「おじさん、お母さんは仕事中だから、家にはおばあちゃんしかいないと思う。お母さんには会いに行くことをまだ言ってないの」と、健太の態度に少しだけ信頼の扉を開きかけたのか、女の子は状況をしっかり伝えてきた。

「そうなのか、おじさんがおばあちゃんに電話をして、君たちの、えーと、まだ名前を聞いていなかったね。教えてくれる？　そうか、清美ちゃんと義浩くんの二人を送って行くと話して清美ちゃんに代わるから、そしたらおじちゃんの車で行けるかな？」と言うと、今度は笑顔で返事して見せた。早速電話してみたが繋がらない。三度目も駄目だった。

「おばあちゃんお留守かな？　電話に出ない」清美に尋ねると、耳が遠くて気付かないのかもしれないことが分かった。母親は、昼間は仕事で電話に出られないということだったが念のため携帯に掛けてみた。案の定、留守電だった。

「困ったな、お母さんは仕事中のようだね」よく見ると、清美から渡された便せんのメモには『スーパーダイナミック宿郷店』と書かれた脇に小泉由起子と小さく書いてあった。

「この、こいずみゆきこってお母さん？」

「うん、お母さん、ゆきこっていうの」と言って、初めて二人してニコッと笑った。番号を調べてからそのスーパーに電話をして二人の母である小泉由起子という女性に取り次いで貰った。

「小泉さん、由起子さんですね」

「はい、小泉ですが、どちら様ですか？」とけげんな声が返ってきたが事情を説明すると、話しているうちに由起子は泣き声になり、

「私に会うためにあんなに遠くから歩いて」しばらく嗚咽が続いてから、

「どちら様かも知らずに失礼しました。ご親切にありがとうございます。子どもの声を聞かせてください」。清美に代わって、

「お母さん」と、電話に語りかけると弟は傍で飛び跳ねて全身で喜びを表していた。

「親切なおじさんにお願いしたから宇都宮駅の東口駐車場まで乗せてきて頂きなさい」と、言い含められて「はい」と元気よく返事をした。電話を替わった弟に母が迎えに行くから待ってなさいと、言ったらしく大きな声で「はい」と、返事をした。車中での会話も含めて察するところ、姉弟二人の母は、一年前に夫の暴力と浮気に耐えきれず家を出て実家に逃げて帰ったことが分かってきた。

その後、家庭裁判所の調停で離婚をした。しかし、子どもを引き取ろうと頼んでも夫は頑として応じなかった。やむを得ずその後も親権訴訟を起こした。元夫は、自分が再婚したので、義母とは言え両親の下で暮らす方が子どもにとって幸せだとか、二人の将来と生活を考えて引きさがるのが母親の本当の務めだと主張して平行線だったのである。

子どもの話では、父親は義母が来るまでは父らしいやさしい面を見せていたという。ところが、義母が来てからは態度を一変させたと、いうのだ。

「この子たちは私の言うことを聞かない、うんと叱ってよ」と、義母があおると帰宅した父が逆上して二人を叩いたり水風呂につけたり、人が変わってしまうのだった。それでも半年我慢していた。それから二人で相談していつか本当のお母さんの所へ行こうと決めてチャンスを狙っていたのだ。

「二泊三日で旅行に行く。食料は用意してあるから清美が仕度して二人で食べろ」と言って両親が出掛けて行ったので、予てからの計画を実行した。

「義浩、お母さんの所に行きたい？」

「行きたい」と、弟が答えると、六歳の姉は、

「どんなことがあっても泣かないって約束できる？」「約束する。ボクは泣かない」

清美が作ったおにぎりと水をリュックにつめて二人は夜のうちに国道四号に出て宇都宮に向かったのだった。漢字は読めなくても以前母の車で祖母の家に何度も行ったことがあり、この交差点を右に行けばおばあちゃんの家に行けることを忘れていなかった。途中、コンビニで休み、少し食べ物を補給しながら十八キロ近く歩いたことになる。上河内のコンビニで運良く健太に声を掛けられ無事に母と再会出来ることになったのだ。

宇都宮駅東の駐車場で、母と二人の子どもは抱き合って再会を喜んだ。

健太は、快い気分で車を走らせていた。


その後、母親と二人の子どもたちがどうなったか、知ろうと思えば知ることができたのだが敢えてそれはしないでいた。この車に乗せたのだから、きっと幸せになるに違いないと思っていた。そう信じていたかった。そして、間もなくこの車を廃車しなければならない時が来ると思った。

平成二十二年五月十四日は健太夫婦の結婚記念日だ。珍しく休みをとって夫婦揃って正装し両親の墓参りを済ませてから二荒山神社に行き、車と共にお祓いをしてもらった。

「新車をお祓いするのは普通ですが、乗り納めに感謝のお祓いをする人は初めてですよ」

と、神職が驚いた様子だった。たっぷりと、御神酒と米と塩を供えてかしわ手を打ち、ねぎらいと感謝を捧げた。

フェニックス自動車栃木販売に着くと従兄弟の高橋稔が花束を持って出迎えてくれた。その花束は、健太の愛車フェニックスR－EXTAの定年に対するお祝いとはなむけのしるしだった。用意された場所に静かに停車し、健太はキーをオフにした。すると、天声が聞こえたように思えた。

『我ら、共に昇天する。ありがとう』と、その声は、大阿闍梨と亡き父と母、三人の声のように聞こえた。走行距離のメーターは五十万と一キロで止まっていた。

車を廃車してから数日後、子どもたちの母親から電話があり、子どもたちと一緒に暮らせるようになったと声がはずんでいた。

標的

（一）

目の前にある大型テレビは、二年ほど前に、父親が秋田市内の大手電気量販店から買い入れたものである。本来であれば、画面に映っている世界選手権大会に出場する筈だった娘の勇姿を、同じ集落の人々に大画面で観戦させたいと考えてのことだった。翔子は今、かつての仲間の活躍を応援する立場で、両親と共に三人だけで故郷の上小阿仁村《かみこあにむら》の自宅でテレビ観戦していた。

カメラは、競技用ライフルを背負ってノルディックスキーを滑らせ、祖国の威信にかけてクロスカントリーコースを疾走する女子選手を捉えていた。吐く息が白く凍った霧のように見える冷気と、早鐘のような赤い鼓動が激しく噴き出す熱を伝えていた。画面が変わった次の瞬間、あらゆる音声を遮断するような鋭い眼差しが一点に集中し、五十メートル先の標的のストップモーションの一瞬を見逃さなかった。選手たちの表情と眼差しは、あたかも追い詰めた獲物に、ライフル銃で止めを刺そうとする猟師そのものだった。

「良ちゃん、落ち着いて狙え。吉岡、頑張れ」と翔子が大きな声援を送っていると、左足の踝あたりがきりきりと痙れるように痛んできた。無意識に左手が、ある筈のない左足を探していた。義足をさわった指の感触で我に返った翔子は、両親に見られたかどうか確認するように二人に目をやった。父の孝輔は気付かない振りをして無言で画面に見入っている。母の民子は、翔子と眼が合うと、娘に余計な気遣いをさせまいとして、話しかけてきた。

「橘良子さんは、頑張っているね。吉岡さんは後輩の人かね？」

「吉岡は同期だけど、初出場なの。今回は、私の代わりみたいなもんかな」

「翔子が出ていれば、きっと入賞していたかもしれないね」

「ううん、でも、みんなが頑張ってくれて良かったよ」

暫くして、競技が終了してみれば、日本選手は、個人のスプリントもパシュートも、そして団体リレーも予想を下回る腑甲斐ない成績で終わっていた。両親は、「おやすみ」とだけ言って、翔子と眼を合わせることもなく寝室に向かった。翔子はテレビを切ると、隣の部屋にある、昨年、天国に旅立った祖父の仏前と、生前、その祖父が大切に信仰していた山神様を祀っている神棚に手を合わせた。

一年半の辛いリハビリを、並外れた忍耐力で頑張り通したお蔭で、今では義足である不便を、見る人に感じさせないほどの走行が出来るまでに回復していた。あれは事故でなく事件と呼ぶほうが適切だろうと思ってみたりしている。その事故（事件？）が起きるまで、祖父と自分との二人して共通の目標にしていたバイアスロン世界選手権大会が今、自分が出場することもなく静かに終わったことを報告し線香を手向けたのだった。

（じいちゃん、私の戦いはこれで終わったわけじゃないよ。これから私の目標は、障害者競技への挑戦と、もう一つ、もしも再びあのヒグマに出遭うことがあったら、今度は私がリベンジする番だよ。今度こそ、じいちゃんへの約束を果たしてみせるから私を守ってください）と、心の内で呼び掛けていた。

バイアスロンは二種競技のことを意味するが、一般的に知られているのはクロスカントリースキーとライフル射撃を組み合わせた冬の競技が最も有名だ。

翔子は六年前、地元高校を卒業と同時に、いずれはバイアスロン競技の選手になることを目指し、迷わず北海道札幌市にある石岡電気ソリューションズに入社し、同時にスキー部に入った。そして、期待された通り、競技歴僅か三年で、ジャパンカップ初出場を果たしたのだ。その時、翔子の故郷である秋田県北秋田郡上小阿仁村にあったＣＳ放送を映し出す大型テレビといえば、村役場の六十八インチ一台だけだった。結果は、参加選手二十四名のうちでスプリント八位、射撃が伏射と立射がそれぞれ二回ずつ合計四回まわってくる得意のパシュートで三位と健闘した。その時、テレビに釘付けになって、「翔子ちゃん頑張れー」と、声を限りに叫んでいた大勢の人々の大半は、この奥深い山村で代々大切に家系を受け継いできた人々であった。祖先は二〇〇〇年も昔、根子集落から移住し、根子マタギを分家した三名のシカリ（狩猟頭）と、その一族であった。翔子はそもそも、八木沢マタギのシカリだった祖父からライフル射撃を指導されていたことで、自ら進んで決めた道だった。中でも、翔子が立射を得意にしたことは、その生い立ちと、祖父から受け継いだマタギの血脈に大きな要因があったのかもしれない。バイアスロンの国際大会では射撃で実弾を使用するため、その特殊性から、これまでの選手選考は男女共、自衛隊冬季戦技教育隊員に限られていた。民間から国内競技に参加していた翔子が選ばれたのは異例のことだったので、尚更、マタギの孫としてその出自が注目されていた。ソチオリンピックの出場に繋がる次の世界選手権では、日本人選手三人目となるメダリストを期待され、翔子自身もまた、内心で、自信を深めていた。翔子の母方の祖父、村田達五郎は、長く上小阿仁集落の、八木沢マタギでシカリを務めていた。孫娘の翔子が、前年のジャパンカップ出場が決まった直後、何かを急ぐように八十歳で役場と警察に猟師の許可証とライフル銃を返納し、狩猟で生活する日本最後のマタギの職を退いていた。

翔子の悲劇は、二年後に札幌で開催されることが決まった、世界選手権への出場候補選手強化合宿が終了した翌日、自主トレーニング中に起きた。

「豊島、今日くらいは身体を休ませておけ。たまには気分転換に、みんなと一緒に街へ繰りだして、リフレッシュしてきたらいいだろう」

「高島監督、ご配慮ありがとうございます。私は、不器用なので一日休むと、取り戻すのに十日掛かります。無理はしませんので、自主トレーニングを認めてください。お願いします」。笑顔で頷いたバイアスロン全日本チーム監督は、自衛隊冬季戦技教育隊の教官を兼務する高島三佐だった。厳しい合宿明けの休日には、殆どの選手が身体を休めるのが普通だったが、翔子は違っていた。既に二年後に向けて、三カ月に一度、定期的に自衛隊の有力選手と合同強化合宿が組まれていた。冬から早春まで、クロスカントリーはノルディックスキーで行われるが、雪の無いシーズンはローラースキーによる競技で大会と強化合宿が繰り返されていた。主に、民間選手が出場する連盟主催の月例競技だけでは、力の差が大きくてレベルアップにならない。そこで、それとは別に開催される北海道選手権、東日本選手権大会と､次のジャパンカップでトップクラスを目指す調整を視野に入れていた。翔子は、元もと、射撃は得意としていて自信があったが、クロスカントリースキーが課題だった。

この日も、模擬ライフル銃を背負い、粉雪が舞い散る一周三キロのクロスカントリーコースを一人黙々と走り続けていた。この先に、再来年の世界選手権への栄光が待っているかと思うと、心身にエネルギーが溢れ、辛いとか苦しいという感覚は無く、充実感に引きよせられて後押しされているかのようだった。コースの半分を過ぎた辺りは、周囲の原生林に融けこんだ穏やかな寒気が、ほどよくやわらかい空気をもたらしていた。翔子は一切の疲れや倦怠感から解放されて、身体中にエンドルフィンが循環し、幸福感にも似た心地よいエネルギーが弾んで、緩い上りを軽快にスケーティング走行していた。

と、その時だった。左手の樹木の間から突然、黒っぽい巨大な生き物が両手を挙げて襲いかかってきて危うく激突しそうになった。翔子は咄嗟に身体を捻って雪の上に倒れ込み、覆い被さろうとする黒い物体にストックを突き立てた。しかし、跳ね返されて、刺さった感触は少しも感じない。(ヒグマ?)気丈に起き上がろうとした時、その怪獣のような生き物は、ヒグマであることが分かった。思いなおして今度は、ヒグマの下腹部あたりを目がけ、一本だけに持ちかえたストックに、力を込めて思い切り突き刺した。その所為か、一瞬の間ができたことを感じ、すかさず逃げようとして、そこから下りになっている坂を滑り始めた。直ぐ耳の後ろに、〝ガオー〟という悪魔のような声が迫ってくる。夢中で逃げるだけで、力任せに右手のストックを雪に突き立て必死に前進を試みたが、追ってくる熊との距離が広がったのか縮まったのか、考える余裕すらない。巨大なヒグマの、かぎ爪で急所を一撃されれば即死は免れない。声を挙げることも出来ない命がけのクロスカントリーだった。

翔子は日頃の習性からか、一瞬、背負っている銃のことが閃いた。しかし、直ぐにそれが模擬銃であることに気づくと全身が凍るように固まってしまった。もがくように逃げるだけで、どのくらい時間が過ぎたのか。一分か、それとも十分以上かもしれない。進んでいるのか、或いは、まるで進んでいないのか、それすら分からなかった。殺されるという、冷たい恐怖が絶望を感じさせた、次の瞬間、左足を強烈な力で何かに挟み込まれ自由を失った。間髪を入れず、ヒグマの鋭いかぎ爪が、左足大腿部の肉をえぐり取るようにくい込み、膝あたりまで肉を引きちぎられた上に膝あたりを噛みつかれた。更に、逆さ釣りで宙に浮いてから、雪面に叩きつけられると、履いていたノルディックスキーが吹き飛ばされた。為す術もなく倒れて、もがき苦しむ全身を真っ赤な血が染めていた。（死ぬ）と、いう二文字が絶望の淵に追いこまれた脳裏に広がった。されるがままになろうとした時、どこからか連射する銃声音が聞こえてきた。そして、急にヒグマの姿が見えなくなった。その隙に、「助けてー」と、叫んだが、声が出ているのかさえ分からない。身動き一つ出来ないまま、夥しい出血が、自分の脚から流れ出たものと気づいた時、凍るような戦慄がはしり、生温かい生命力が放出され全ての感覚が遠のいて行った。そして、そのまま意識を失った。

気がついたのは、全身麻酔で行われた緊急手術が成功した二日目の朝だった。その時に分かったことだが、左足の膝から下をヒグマに食いちぎられ、残った大腿部も、かぎ爪で引きちぎられ、臀部の肉を移植するという大手術だった。

（翔子は夢の中にいた）

狩猟姿の祖父が現れ、スキーでクロスカントリーを練習中の翔子に、こっちに来るなと、必死で合図して叫んでいる。なのに、自分は、祖父の呼び掛けを無視して細いコースをひた走って行く。と、その前方に三メートルもあろうかという巨大なヒグマが現れ、掴まってしまった。「じいちゃん助けてー」と、叫んでいると、祖父がいつもの猟銃でヒグマを撃ち倒して助けてくれた。でも、祖父は悲しそうに「ワシがいながら、翔ちゃんを守れなかった。許してくれ」と、泣いて詫びている。「じいちゃん、私は大丈夫だよ。ほら、どこも怪我してないから」と、跳ね上がって見せたところで、目が覚めた。静かな部屋に寝かされていた。恐る恐る目をやると、太いギプスで固定され吊された左足は、どう見ても膝から下が無いことを窺わせていた。身体の一部が失われているというのに、全くといってよいほど、その感覚はなかった。脳に、記憶の痕跡があるだけなのかもしれなかった。周りには、懐かしい家族の優しく見守る眼が涙に濡れて並んでいた。母は涙を流しながら、何も言わずに笑顔をおくり続けてくれた。先ほどの、無事な姿は夢の中だけのことだと悟った。

「翔子、気がついたか。もう大丈夫だ。何も考えないで、ゆっくり休め」と、父がこういう時のためにあるような励ましを言ってくれたことが、素直に嬉しく思えて、作り笑顔で頷いた。

「翔ちゃん、よく頑張った。さすが、シカリの孫だ。巨大なヒグマが恐れをなして逃げて行ったと、監督さんが、そう言ってくれたそうだ」。祖父は、マタギのシカリらしく、熊と闘った孫を誇らしく思うという割には、顔面を引きつらせ青ざめていた。

「じいちゃんも来てくれたの。皆に心配かけてしまってごめんなさい。でも、私は大丈夫。必ず立ち直ってみせるから」と、言い切ったものの、（私はマタギの孫。いつか、あのヒグマを、撃ちとってリベンジしてやる。でも、片足でどうやって？）と、心の中で呟いた言葉を飲み込んでいた。

こうして、世界選手権出場に向けた幸せの絶頂から、一転して奈落の底に引きずり込まれたが、九死に一生を得て、早くもその四カ月後には、自分に挑戦するかのようにリハビリを開始していた。その不屈の精神は、バイアスロン競技者の強さというより、幼い頃から、祖父が話してくれた様々な熊猟のエピソードによって身についた、マタギの精神から来ていることを、誰よりも被害に遭った翔子自身が実感していた。やがて、リハビリを終えた翔子は、義足にも慣れて障害者用のトレーニングが出来るようになった頃、会社を退社しスキー部にも退部届を提出して、迎えに来た両親と共に、祖父が待つ上小阿仁村に戻ってきたのである。

（二）

　奥羽山脈と出羽丘陵に囲まれているこの一帯には、谷の奥地や小盆地にマタギの集落が点在していた。それらを総称して、昔から阿仁マタギと呼ばれていた。この辺りはブナ類の宝庫であり、昔から、ツキノワグマの食性に最適の場所だった。このため、マタギにとって最も重要な狩猟場であることに繋がっていた。阿仁地方の春の訪れは遅い。四月の山々は深い雪に閉ざされ、樹木の芽はまだ堅く、発芽の時機を今か今かと待っている。冬眠から目覚めたばかりの熊は動きが鈍く餌が少ないので行動範囲が狭い。マタギにとって、春は絶好の巻狩りの季節だった。

　昔からそこに行くには、険しい峠をいくつも越えて行かねば立入ることのできない隔絶された山村だった。本来、マタギの里は間近に良好な猟場が控えていた。ところが、この阿仁マタギには大きく分けて二つの形があった。一つは里マタギと呼ばれ、先祖から受け継いだ土地を守り、同じ土地で農耕と狩猟を併行し続けてきた打当《うっとう》と比立内《ひたちない》の集落である。それに引き替え、この二つの里マタギ集落から西北に奥まって、さらに険しい山に囲まれたところにもう一つの根子マタギ集落があった。平家か源氏か定かではないが、どちらかの落ち武者が開いたという伝説を彷彿とさせる、ひっそりと孤立した場所であった。そのため、歴史的に見ても根子マタギは森吉山のある打当方面に取り付くことは出来ず、集落の西方向の根烈岳か、遠方の八幡平、駒ヶ岳に出掛けて縄張りを確保していたと見られていた。さらにその後、まるでこの地を追われるかのように遠くに縄張りを求めて旅をするようになって行った。そして、そのマタギの旅の行方は、岩手、山形、福島、新潟、長野、富山へと遠くに足を延ばし、いつしか旅マタギと呼ばれるようになった。昔、旅マタギ全盛の頃には、根子村落にいた六十人ほどのマタギのうちで十人程度が残り、他の者は遠征に出たという。向かう先は、現地に優秀な猟師が少なくて獲物が多い所に限られていた。これも、その地が乱獲によって獲物がいなくならないための、自然の恵みを保護する自己防衛の知恵だったのである。長男絶対主義の旅マタギの伝統に従って、次男、三男の猟師たちは訪れた各地で、長い年月を掛けて繋がった客や、生活の糧を交換する馴染みをつくり、それぞれが養子としてその地に定着して行った。それが、本州の各地にマタギ文化や

最後のマタギとなったのが翔子の祖父、村田達五郎その人だったである。の時代まで続くことになった。そのマタギの子孫の一人であり、それを生業とした日本でた三人のシカリ役の一族が移住し、現在の上小阿仁村に定住し、八木沢マタギとして平成狩猟技法を広めることになったのである。今から二〇〇年前、その根子マタギから分家し

翔子は達五郎のたった一人の孫だった。このため幼い頃から、この母方の祖父に懐いていた。小学生になると、危険が伴わない外出の場合に限り、よく祖父の後をついて野山を歩く少女になっていた。普段は寡黙な達五郎だったが、翔子にだけは昔話から始まるマタギの世界を語り続けてきたのだった。

「翔ちゃん、ワシら八木沢集落のご先祖様は、二〇〇年も前に、隣村の根子集落から分家した三人のシカリがやって来て定住したんだ。昔から、この里では農耕には狭すぎる田畑から収穫した米や野菜を一年ごとに食いつくすしかなかった。だけど、狩猟で熊を捕獲した場合、その毛皮を衣類や敷物として売り物にし、熊の肝や内臓や骨まで薬として売って生活することができた。必要な分は、集落の出来事に対応するための貯蓄として保存するのが、ワシらマタギの伝統的な決まりだった」

「じいちゃんたちは、熊さんばっかり掴まえたの？」

「いや、そうじゃない。生活のためには、昔からカモシカも獲った。近年でも、ニホンジカや猪、ウサギなども獲ったが、ワシらマタギはその中でも熊を一番大事な獲物としてきた。山神様の神聖な授かりものとして尊び、毎年、必要な分だけ熊猟をするように心がけてきたんだよ」

「カモシカって鹿さんのこと？」

「ニホンカモシカは牛の仲間で、今では天然記念物で狩猟を禁じられている。マタギのご先祖様は、昔は弓矢とタテと呼ばれる熊槍を武器にしていたが、江戸時代後半に入って火縄銃にとって代わった。その頃は、百姓には鉄砲は御禁制だったのだが、阿仁マタギだけは、熊の肝と毛皮を上納する条件で久保田藩から特別に許可されていた。これが後に、旅マタギによって他藩に広がり、全国にその狩猟技術とマタギ文化を定着させて行ったんだ」

「じいちゃんはマタギだから、鉄砲で熊さんを殺したの？　熊さんがかわいそうだね」

「その通りだ。しかし、ただ無闇に殺したのではないよ。熊は山神様がワシらに遣わしてくれた、ありがたい授かりもんだ。だから、山神様に感謝し、その恵みによってワシらが生きていられることに感謝して熊をお祀りし、霊魂を神様の元へお返ししてきた訳だ」

祖父から何度もこう聞かされたが、幼い翔子には、この話はなかなか理解できなかった。それでも、翔子はじいちゃんの話を聞くのがとても好きだった。が、祖父が信仰する山神様については、翔子は心から信じている訳では無かった。好奇心旺盛な少女であったが、祖父が信仰する山神様と約束した事柄を、あくまで自分なりの解釈で理解していた。そして、その一方で、それを検証しないではいられない気性だった。ある日、山神様を探検しようと、祖父に内緒で近所に住む幼なじみの武之を誘ったのである。武之の祖父もまた、嘗ては代々受け継いできたマタギの一人であったが、父がこれを継承せずに公務員となったため、里に引っ越してきたのだった。

「武ちゃん、うちのじいちゃんは、太平山の山神様を信仰しているんだけど、あそこには何が祀ってあるのか知っている？」

「ううん。俺ん家は、マタギだったじいちゃんが死んで、お父ちゃんが公務員になったから、昔のことは何も知らないんだ」

「だったら、私と一緒に、山神様のことを探検してみようよ」

「翔子ちゃんと一緒なら、俺もやってみるよ」。活発な二人は、天気のよい日曜日に、朝早く起きて、おにぎりと水筒を持ち自転車と途中から徒歩で太平山に向かった。外見からは仲良しのハイキングに見えたが、二人は、恐ろしいほどの力を持つ山神様の真実の姿を見極めようと緊張していた。四キロの道のりを一時間ほど掛けて到着すると、以前、祖父に連れられて参拝した神殿が、記憶よりずっと小さくひっそりと佇んでいた。今では、数えられる程に少なくなった高齢の元マタギや集落に住むその家族が、時々訪れる程度になっていたのである。二人は参拝してから、探検を開始した。

「山神様、私は、山神様を信仰するじいちゃんのことが大好きです。だから、じいちゃんが信じている神様が、熊を恵んでくれることはありがたいと思います。でも、じいちゃんのように、神様との約束を守れなくなると恐ろしい罰《ばち》があたるなんて、私は信じていません。歳をとったじいちゃんが、これからも無事にマタギとして狩猟が出来るように守って下さい。これから、武ちゃんと二人で山神様のことを探検します。どうか、私たちに罰を与えないで下さい」。罰が当たることは信じていなくとも、やはり、子ども心に、神殿を探検することで山神の怒りに触れ、万一にも、罰が当たらないように祈るのだった。

先ず、奉納されて並んで置かれている献上物を御神酒、米、水、塩、幣束の順に一つずつ丁寧に下ろした。それから、二つ並んだ社の中のご神体を静かに下ろしてみた。思ったより軽い木製の像に見えるものと、もう一つの社には難しい文字が書かれた木札が納められていた。こうしている間に、もしも誰かが参拝に来た場合には、祖父がマタギなので代わりに社の掃除に来たことにしようと、事前に相談していたが、誰もこないまま初めての探検は無事終了した。翔子は、緊張した割に何もない探検の結果には少しがっかりしたが、自分なりに納得できたので思い直し、じいちゃんの代わりに神殿全体を一生懸命きれいに掃除した。何故か、不思議なほど清々しい気分だった。

このことがあってから間もなく、祖父は七十一歳の時に、翔子にとって祖母にあたる妻を病気で亡くし、奥山の集落から里山にある翔子の家にやって来て同居することになった。十一歳になった翔子は周りから『じいちゃん子』と呼ばれるほど祖父と寝食を共にし、それまで以上に会話し行動を共にするようになっていた。達五郎の話は、マタギの様々な事柄について、少女時代から高校を卒業するまで、年齢と理解力に合わせるようにして語られてきた。小学生の頃は、熊についてよく話してくれた。

「翔ちゃん、この熊は、じいちゃんが獲った中で一番大きなツキノワグマだ。日本に生息している熊は二種類で、その内、北海道にいるのがヒグマだ。本州と四国にいて、胸のところにお月さんみたいな白い模様がついてるのがツキノワグマだ」。翔子が座っている敷皮の熊の頭を撫で、胸の模様を指で示した祖父は少し自慢そうに説明した。

「どうして、ヒグマは北海道だけにいて本州にはいないの。反対にツキノワグマは、なんで本州と四国にいて北海道と九州にいないのかな」

「太古の昔、二万年前頃までは、本州にもヒグマがいたということが、化石によって証明されている。長い間に、地球の気候が大きく変化し植生を変えたことで、それに、ついて行けなかったみたいだ。それに、本州でツキノワグマとの生存競争に敗けて絶滅したらしい。反対にツキノワグマは北海道の草原の植生が合わなかったので、本州と分離する時代まで北上して行かなかったのだろうな」

「ふーん、この前、じいちゃんから、ヒグマは足で立つと二メートル以上もあってツキノワグマの二倍以上の大きさだって聞いたけど、なんで小さい方が強かったの？」

「翔ちゃん、生き物は大きいとか強いから生き残れる訳じゃないんだ。地球がどんどん変わって行く。それに合わせて、いかに対応できたかによって、生き残るか絶滅するかが決まったに違いない。ツキノワグマは小さいけど、きっと、食べ物の食性を広げて進化し、本州での生き残りに勝ったんだろうな。翔ちゃんが今、お尻に敷いて座っているこのツキノワグマは、頭の先からお尻までが一五〇センチ、立つと二メートル近くて、体重が一八〇キロもあった。八木沢マタギの仲間も、こんなでかいのは初めてだと、驚いてたよ」

と、いう具合だった。熊の系統は、約二〇〇〇万年前に、食肉類から分化したと見られている。熊も、他の動物を襲って食べる肉食動物と同様に発達した犬歯と鋭いかぎ爪を持っていた。しかし、分化した熊の祖先は、植物を含めた様々な食物を食べるようになり、雑食化を辿った。それによって、それ以降、熊類は世界の環境に対応し生息域を広げて行ったと考えられている。日本には、エゾヒグマとニホンツキノワグマが生息しているが、ヒグマは北海道の約五十五％の地域に生息し、ツキノワグマは本州の約四十五％の地域と四国の一部に生息しているという。つまり、現代においても尚、日本国土の半分の地域において、人間と隣り合わせで熊が生息しているのである。人間がそのことすら忘れてしまっていることに、達五郎は以前から危機感を持つようになっていた。

翔子が中学生になると、今度は、実際に鉄砲の持ち方や扱い方を手取り足取り教えて貰うと共に、歴史や風土の勉強に繋がる話題が多くなった。

「翔ちゃん、山神様はとても醜い女の神様なんだよ。昔からシカリが猟に出る時、必ずオコゼを持って山に入ったのは、山神様がオコゼを見て、自分より醜いものがいることを喜んだからだそうだ。今流に言えば、山神様はブスで男好きのやきもち焼きで、気性の激しい山の支配者というところだ。でも、ワシらマタギは、山神様との約束で自然環境を守り、生活する智慧と恵みを与えてくれることに感謝し信仰してきた。山は山神様が支配するところで、熊は山神様からの授かり物として崇拝し、必要以上に乱獲せず、祈りと戒律を守る生き方を貫いてきた」

「山神様が、ブスでやきもち焼きの女神なんて、面白いね」

（じいちゃんは熱心に信仰する余りに、山神様は、自分たちの先祖が編み出した神様であることを忘れているみたい。私は神社を探検して、山神様はマタギの生き方を示し戒律の象徴として祀られた、信仰の教えを形にしたものであると思うようになった。でも、じいちゃんは山神様の神秘的な力によって守られてきたと信じている。きっと、マタギとして生きてきた長い間に奇跡的と言えるような場面を経験し、山神様がマタギの道標《みちしるべ》になってきたのだと思う。私には、マタギの血が流れている。シカリの信念を受け継いでいる筈だから、じいちゃんの信仰心を踏襲して行こう。そうすれば、本当に山神様に守ってもらえるかもしれない。だけど、女の私はマタギの猟師にはなれない。だから、鉄砲を使うスポーツ選手になるしかない）。翔子はマタギの掟を知るにつけ、バイアスロン競技に興味を持ち、その魅力に傾倒して行ったのである。

「うん、そうだ。翔ちゃんは女で、しかも美人だから山神様には嫌われる。恐ろしい罰があたるから、まかり間違っても、女マタギになるなんて考えちゃだめだぞ」と、冗談に聞こえる話でも、達五郎はある意味で、真剣に話した。

達五郎は、阿仁マタギの内で、狩猟を生業とする最後のシカリと言われていた。それは、同時に日本のマタギの歴史が終焉に近づいていることに外ならなかった。昔から、マタギの猟は集団狩猟だった。最高責任者であるシカリは、絶対の権限を持っていた。猟場での指揮は勿論のこと、普段からグループ構成員の生活全般にまで心を配り、狩猟以外の仲間の生活まで責任を持っていた。危機に際しての的確な判断、迅速な行動と強靭な忍耐力、結果に対する責任感、そして、グループ組織内での行動や見識等々、様々な資質を兼ね備えていた。集団を指揮して狩りを成功させるということは、そのまま、軍隊の指揮官に求められる統率力に匹敵していた。が、それだけではなかった。そこに、山神の授かり物に恵まれているという思想によって、守らねばならない掟や禁忌が加わったことで、ある意味、信仰者であり、霊験を得る法を修めた修験者のような荘厳さを身につけていたのである。

阿仁地区は一年のうちの五カ月を深い雪に閉ざされ、外界と隔絶されてきた。マタギ集落は、この山の奥地であたかも必然のように誕生し、日本における稀有な狩猟民族として長く受け継がれ、根子集落から旅立ったマタギたちによって、全国各地に狩猟技術と自然崇拝と自然保護の文化を広められたことになる。以前は、阿仁地区の標高の高い山々には、途中に女人堂と呼ばれるところがあった。そこから先が女人禁制であったのは、シカリが入山した時、オコゼを重用したことと共に、山神信仰の特徴の一つと言えた。

「翔子ちゃん、今度は女人堂の先まで行くんだから登山靴を履いて行かないと危ないよ」

と、すっかり相棒になっていた武之が男として少し背伸びして注意した。

「そうね、天気予報は晴れだけど、昔は、女人禁制だった場所に踏み込むんだから、私は歓迎されないかもしれないしね」

「俺は男だから大丈夫だけれど、翔子ちゃんは女だから、罰が当たるかもしれないぞ」

「うん、いいの。私は、山神様に嫌われても。もしも、神様の気配を感じるようなことがあったら、マタギが減って熊狩猟が出来なくなったのは、じいちゃんの所為じゃないことを、山神様にはっきり言ってやるの」と、快活に笑った。

マタギには、他にも達五郎が翔子に話せないような風習もあった。醜い山神がやきもち焼きであるため、猟師は狩猟に出る前の一定の期間に限り男女の営みを禁じられていた。水垢離によって身を清めることも大事な決まりだった。数十年前まで、マタギの成人の儀式において、新成人は『はと』と呼ばれる男根を、自らおもむろに硬く立たせると、山神と象徴的な交合を行って結婚するという、いわば奇習が執り行われていたという。これもまた、山神様を鎮めるための、行為だったのだろうか。

「私は女だからマタギになれないけど、小さい頃から、将来は鉄砲を使うスポーツをやりたいと思っていたの。それで、高校を出たらバイアスロンの選手になって、いつかオリンピックに出たいと思っている」

「翔子ちゃんの夢はでかいね。俺は秋田高専に行って五年間、寮生活で勉強して大手の電機メーカーに就職するのが夢だ。お互いの夢を叶えるように頑張ろうね」

「うん、武ちゃんも頑張ってね。私は、先ず、今から鉄砲のことをじいちゃんから正しく教わって、高校ではエアライフル部に入って全国優勝を目指すんだ」と、いうのが中学生になってからの口癖だった。翔子は、エアライフル部のある私立高校を選んで入学すると同時に入部した。将来の進路を説明し、陸上トラック競技五〇〇〇メートルのゲスト練習生を併行することが特別に認められた。更に、春から秋まではローラースキー、冬季はスキー部のクロスカントリーで滑走技術と走脚力を高めた。それぞれが本来の目的でなく、卒業後バイアスロンの選手として、世界選手権を、そして、いずれはオリンピックを目指すための基本作りだった。日本では、法律によって実弾のエアライフル所持は十八歳からと定められている。但し、ビームライフルとエアライフルは競技に限って、十四歳から認められていた。翔子は口癖の通り、高校総体でビームとエアライフルの双方で全国高校チャンピオンに輝いた。部活以外に祖父の達五郎と共に、週に一度はエアライフルクラブに出向いて射撃練習を積んでいた。卒業を半年後に控えて、満十八歳になると同時に許可を得て、高価なエアライフル銃を購入してもらい、卒業までの半年は自ら祖父に頼みこみ、車で一時間程掛かる山間に設けられた射撃場で、時間の許す限り射撃の基本を徹底してたたき込んで貰ったのである。

銃を持つ姿勢と、立射と伏射の際の構えにおいて、競技とマタギの射撃とでは少し異なるが、基本は共通していた。マタギでは、素早く構えて獲物、特に熊の動きに対応するのがシカリの優れた特徴である、一発必中の技は、古の祖先から伝わった動物的な勘と、タテ（熊槍）の時代から火縄銃の時代にかけて養われた特技だった。追い詰められた獲物も必死であるが、同時に追い込んだシカリにとっても、火縄銃一発で倒さなければ、ナガサ（熊刀）で熊の心臓か首をかき切る以外に自分の命を守る手立てはなかった。ところが近年では、普通の鉄砲撃ちやハンターの場合は、仲間と共に獲物を取り囲み、初めから全員で撃ちとることを是としていた。しかも、ライフル銃は、連続発射できることが大きく違うところだ。マタギは、『山立根本巻』に書かれている山神との決まりに則り、それぞれの役割をきちんと守った。熊を神の遣いとして尊び、決められた作法によって狩りを行い、止めはシカリのみに許された最高の舞台で、山神に奉納するかのような最高の技と儀式だったのである。真摯で、自然崇拝思想から生まれた山神との約束を守るという、揺るぎなきシカリの信念は、生命の大切さを称え感謝して生きる、知恵と教育の源のようだった。

翔子は祖父によって、シカリ直伝の生きた教育を受け継いでいたが、女マタギになることは『山立根本巻』にも御法度と記されていて、ありえないことだった。日本最後のマタギと言われた村田達五郎の後継者は、やがて、途絶えることになり、代わりにその流れを受け継ぐ孫娘が世界に向けたアスリートとしての夢を実現させようとしていたのである。

（三）

「何故、熊狩猟の頭数が減ったかって。翔ちゃん、昔はワシらマタギが狩猟する熊の頭数は安定していたので、害獣駆除の名目で殺処分される数は、それよりずっと少なくて済んでいたんだ。ところが、開発が進み、追いやられた熊は食物に事欠き、食物を求めて人里に現れることが増えた。それに伴い、殺される数も増え続ける一方になった。それに、昭和五十年頃には、マタギが急激に減少したことも殺処分が増えた大きな原因だ。熊が増えすぎたから、数合わせで減らすという考えは、人間の身勝手な言い分にすぎない」

達五郎は、強い憤りを持つようになっていた。マタギの里は、日本の古い伝統的な村落共同体の一つだった。その一方で、近年、都市と地方の格差は広がる一方で、地方経済は地盤沈下してきた。目まぐるしく姿を変え続ける都会と、自然をそのまま守る地方とでは根本から違うことは誰が考えても分かることだ。なのに、奥深いマタギの里まで道路を広げ、トンネルを通して街の姿に近づけるという政治家と官僚の発想は、日本中を同じスタイルの街にしてしまい兼ねない。達五郎は、日本の素晴らしい地方文化とそれぞれの地域の自然や風土まで失いかねない、誤った考えであることを後世に伝えようとしていた。

「翔ちゃん、何百年も続いたマタギが急に減ったことを不思議に思うのかい。それまで隔絶されていた全国のマタギの里にも、昭和五十年頃には過疎対策基幹農道が整備されトンネルが出来た。そしたら、どうだ。若者は皆、マタギにならず、他所に仕事を求め、村を出て行ってしまうようになった。ワシらマタギの存続にも大きな影響が押し寄せてきた」

マタギの狩猟が不要になったのではなかった。過疎地の開発という名の自然破壊行為が、日本の美しい自然の中で生きづいていた何百という貴重な動植物たちを絶滅させてしまったのだ。奥山に生きる人間の生活を市街地と同じにすることが、やむをえない見返りだったとでもいうのだろうか。その結果、他のどの地域にもない貴重な自然の資源と環境が無残にも破壊されたのだ。若い人たちは、大都会に向けて高齢者を残し故郷を捨てて行ってしまった。そして、帰ってくることは無くなっていたのである。達五郎は翔子の家族と暮らすようになってから、マタギを引退し廃業するタイミングを計っていた。しかし、集落の老いたマタギたちをそのままにして、先に引退することは最後のシカリとして、どうしてもできなかった。

「マタギが減れば、狩猟が減って、熊が増えるのじゃないかって。数の上ではそうなるが、実際には、こうしてマタギが減り続け、間もなく一人もいなくなろうとしている。ところが、我々マタギの狩猟が減ったその分、害獣駆除の殺処分が増えることになってしまったのだ」

達五郎がどう説明しようと、マタギは、ある意味で殺生を生業とした狩猟集団だったことに違いはなかった。加えて、人里離れた奥山の山村で、厳しい自然の中を生き抜くための手段だったことを否定するつもりもなかった。但し、マタギは、熊を殺すことだけが目的でなく、人間が人間らしく生きて、神に感謝し熊を祀り、自然の法則を守る、規律と輪廻転生の信仰心と人間愛を備えていたことを伝えたかったのである。しかし、現在は、殺して数を調整するだけの殺生が主流となり、殺された熊は往生できず、迷い苦しんでいて、山神が悲しみ憤怒している。更に、核家族化とマタギの減少に歯止めが掛かることなく、若年層は年寄りを残し、都会や街での自分たちだけの生活をよしとするようになり、残されたマタギは老いた数人になってしまった。マタギの終焉は、マタギ文化の終わりというだけでなく、古き良き時代の日本人の家族制度と、祖父母から教わる習慣や深い知恵までも捨て去ってしまうことに繋がっていたのである。

「最近のじいちゃんは、元気がないっていうのか。確かにその通りだ。だって、先祖伝来、ワシらが守ってきた山神様の掟や禁忌によって保たれた、自然保護と自然崇拝の恩恵さえも失うことになろうとしている」

先祖が作り上げたマタギの世界は、人間が自然と共生するための知恵が凝縮されていた。貧しくとも、人間らしく生きることの大切さを教えてくれた先人たちが残り僅かになり、集落全体が家族同然だった結束すらも散り散りに崩壊して行ったのである。過疎対策という美名によって、自然も文化も伝統も、そして、家族で生活する昔からの日本人の智慧までもが失われ、間もなく村そのものが無人化してしまうところまできていると、達五郎は最後のマタギとして警鐘を鳴らし続けるしかなかったのだ。

「ああ、確かに、ワシらは、数え切れないほど多くの熊や動物たちの命を奪って生きてきた。しかし、だからこそ山神様を信仰し、『山立根本巻』の掟と禁忌を守ることで救われて来たのだ。ワシが恐れているのは、マタギがいなくなって、山神様との約束を守れなくなり、仕舞いには、その原因をつくった人間社会に祟りがやって来ることだよ。そうならないために、最後のシカリとしてマタギの尊厳を守り、何が出来るか考えているんだ」

嘗て、人間は自然を守ることで、逆に自然に守られてきた。しかし、奥山の自然を破壊し人間と共生してきた動物や植物を絶滅に追い込んできた人間が、大きな報いを受けることになることを達五郎はしきりに心配していた。そして、マタギのシカリとして生きた証を残すために、終焉のその日まで、どう生きるべきか、終焉をどういう形で迎えるかを考えていたのである。

翔子は、ある時から、武之と共に秋田県立博物館や市立図書館に足を運び、祖父の話を参考にして、様々な事柄を調べるようになっていた。中でも、近年、野生の動物たちによる農作物や樹皮の被害が増加の一途を辿り、マスメディアが取り上げていることに着目した。

「武ちゃん、これ見て。環境省や農水省、県などの機関誌には、皆、動物による被害状況や金額ばかり書いてあるよ。熊（ヒグマ、ツキノワグマ）、ニホンカモシカ、ニホンジカ、ニホンイノシシ、ニホンザルなどによる被害状況に関する報道は、殆ど動物たちが加害者にされている。反対に人間は、一方的に農作物被害や人身被害の被害者として報道されている。その基になった原因が国策にあったことや、人間にあったことを正確に捉えてないね」

「本当だ。高度成長時代の森林などの自然と環境破壊によって、動物たちが追いやられたことを訴えているのは動物学者や自然保護団体、それに野生動物対策センターという小さな組織ばっかりだ」

二人が、その歴史と経過を調べているうちに、原因は人間の営みの変化によるものであり、寧ろ、そのことを忘れている人間の方に問題があると思えてきた。明治時代、我が国において鉄砲の改良が進み、狩猟によって食肉用と毛皮用による乱獲が起きたという。一方で、農地拡大のために開墾が進み、動物たちの生息域が狭められて行った。第二次大戦後、ようやく狩猟制限による保護政策が取られると徐々に個体数は回復したが、後に、今度は山間地の過疎化が進み、その対策として人口が一〇〇〇人そこそこの奥山にもトンネルが造られた。すると、一九八〇年代から事態が一転した。マタギの狩猟人口の減少、人手不足による農地や林地の放置と荒廃などを要因としてニホンジカは急速に増え始め、熊の生態系にも大きな変化が現れた。そして、里地、里山において、熊による人身被害が増え続けてきたのである。自然の食物は、その年の天候によって左右される。平均的に食物が不足する秋になると、毎年、熊が人里に現れる頻度が増えてきた。トウモロコシや砂糖大根などの農作物が多大な被害に遭うことも現実となっていた。加えて近年、北海道では、増えたエゾシカの有害捕獲により処理された鹿の残骸や、回収されなかった鹿の死骸を熊が食べていたことが判明した。その結果、一度鹿肉の味を知ったヒグマは、その味を占めると、次に生きた鹿を襲うという現象が増えているというのだ。同様の経過と思われるが、これまで、人間がヒグマに襲われ、食い殺された事件も数多く記録されていた。俗に言う人食いヒグマは、現実に存在していたのだ。

「翔ちゃん、江戸時代の秋田は、幕末まで久保田藩といっていたのを知っているかい？」

「うん、学校で習ったよ。佐竹氏という殿様が、徳川家康から、関ヶ原の戦いで旗幟を鮮明にしなかったことを咎められ、常陸の国から久保田藩に国替えをさせられてしまった。佐竹氏は、その後、十二代続いたけど、慢性的な財政難と、時々やってくる飢饉に、苦しめられた領民が一揆を起こしたんだって。特に、天保の大飢饉の時は四人に一人が餓死したほどの酷さだったみたい。それに、幕末の戊辰戦争では、一度は奥羽越列藩同盟に加盟しながら、それを裏切って新政府側について、同盟国からえらい反発を受けたんだよね。庄内や南部、それに仙台藩から猛攻撃を受けて領民は凄く苦労させられたって、先生が話してくれた」

「そう。その戊辰戦争で、マタギの猟師が、鉄砲の射撃力を高く買われ鉄砲隊に駆り出されて大活躍したんだ。それ以外にも、佐竹の殿様と阿仁マタギの間には、独特な関わりがあったのさ。ところが戦が始まると、今度は他の藩でも鉄砲隊が重要視され、マタギが重用された。つまり、マタギにとってこの戦は、元を正せば同じ先祖を持つ他藩のマタギと戦うことになってしまった。双方のマタギ兵士にとって辛く苦しい役目だったに違いない」

幕末、久保田藩では阿仁マタギを中心に、数多くのマタギたちが鉄砲隊の兵士として徴用され、期待以上の大活躍をした。ここにも又、マタギの悲しい運命が待っていた。しかし、どの藩のマタギたちもこの過酷な運命を受け入れ、自藩と家族と自集落マタギの生き残りを賭けて戦った。戊辰戦争では、勝敗の神様が新政府軍に軍配を上げた後、マタギたちは、それぞれ徴用されていた他の領民たちと共に元の集落に戻っていった。ようやくマタギに戻れたと思った。ところが皮肉なことに、先の戦での活躍を認められ、その後、マタギの若者の多くが、明治政府軍の砲術士や鉄砲歩兵に起用されて行くことになって行ったのである。

阿仁マタギたちは、それより以前の江戸時代中期には既に、人里離れた地域で厳しい自然を受け入れて生き抜く方法として、山神信仰を編み出していた。自然を崇拝し保護することで長く継承した他、それを根子の旅マタギによって遠い各地に至るまで根付かせてきた。そして後年、幕末から明治新政府の時代における日清・日露の戦争から、昭和における先の大戦に至る戦火の都度、戦いの先陣として駆り出される運命に翻弄されてきた。こうした過酷な運命を受け入れ、永く時代の荒波にさらされても尚、これを乗り越えるための根本として、マタギの精神と信仰心を伝えてきたのが、『山立根本巻』だったのである。「根子の旅マタギの流れを汲む八木沢マタギは、ワシらシカリの家に代々伝わる、秘伝の『山立根本巻』を持っておった。これは藩境越境の許可書の代わりとして認められていた。だから、各他藩の嶺から嶺へ自由に狩猟して移動でき、他藩の武器戦力など重要な情報や、特産品をいち早く入手できたと言われている。マタギは身分が低くとも、ツキノワグマみたいに、変化に対応する能力が高かったので時代の風雪に耐えることができたのかもしれないな」

「じいちゃん、私は女だけど、シカリの孫だよ。その巻物を見せてよ」

「それは、だめだ。いくら翔ちゃんの頼みでも聞く訳にはいかない。マタギの決まりと掟で、家族にも、特に女に見せてはならないという、山神様との約束を破る訳にはいかないよ。見たかったら、ワシが死んでマタギが一人もいなくなってから見るなら許されるかもしれない。だけど、山神様の罰は怖ろしいから、やっぱり、見ない方がいい」。掟により、家族にも見せられない『山立根本巻』だった。代わりに翔子にだけは、そこに記されている、マタギの由来と権威のあらましを語って聞かせた。

「昔、天下無類の弓上手と謳われた萬事万三郎という男がいたそうだ。その当時、上野国の赤城明神と下野国の日光権現が度々合戦をなさっていた。(日光系は天台宗派であり、赤城明神とは、大蛇とも、一説には大百足とも言われていた。)そこで、日光権現は考えた末に萬事万三郎に会い、赤城明神征伐を依頼し、白木の弓と白羽の矢を授けたというのだ。これを引き受けた万三郎は、南無無量寿覚仏、と念じて矢を放ち見事成敗したそうだ。これを喜んだ日光権現は、万三郎に、汝は真の勇者であり今後、万三郎及びこれを先祖とする人々は、自由に日本国中の山々において鳥獣を狩ることを許可する、と明記し、日光山の印を押してくれたんだ。後に、江戸幕府並びに全国の代官所が、その権威を認め、実務面で他藩に入る免許の役割を追認した。さらにこの巻物は、自然のものは全て山神様が支配し、山の恵みは全て山神様からの授かり物として、山神様を敬い、熊の狩猟と捕獲後のケボカイ（解体）などの儀式を行うことを掟の基本としていた。乱獲を慎み、子連れの母熊を殺すことを厳しく禁じていた。山神様への感謝と、その恩恵を後世に伝承することが厳しく定められている」と、説明し、その約束を破ることへの警告と、祟りの恐ろしさを強く諭したのだった。

「シカリをはじめマタギの人々は、それほどに大事にして、巻物に書かれていることや、山神様との約束を厳しく守ってきたけれど、久保田藩の領民は皆、餓死したり、えらい苦労をしてきた訳よね。むしろ山神様の方が、約束を守らなかったのと違う?」と、珍しく翔子が食い下がることがあった。が、達五郎は、人間が自然を崇拝する約束を守ることで、山神様が熊を遣わしてくれたのだから、悪いのは人間の方だと決めつけた。そして、それより、もっと辛い昔話や、恐ろしい人食い熊について口を開こうとはしなかった。

江戸時代、久保田藩の領民の多くは、自宅の土間に大きな瓶を幾つも持っていたと記述されている。厳しい気候条件のために、飢饉に備えてあらゆる食糧を保存食として貯えていたのだ。取り分け、天保の大飢饉では、四人に一人が餓死したという。その折に、餓死寸前の領民は、路上で馬や犬が死んだとなれば、我先に、死骸に食らいついて生肉を食べ、伝染病になって多くの人間が死んだとも記録されている。さらに、生まれてきたばかりの乳飲み児を口減らしのために間引きした悲惨な記述もあった。つまり、人間でさえ、自らが食わねば死ぬところまで堕ちると、犬でも、そしてネズミや蛇さえ、生きるための食い物にした。食らっているうちに、食い物になってしまうという悲しい現実があったのだ。

数々の記録にあるように、人食い熊も、初めは生きるために、止むにやまれず死んだ鹿を食い、それが高じると、生きている鹿を襲って食うようになったと、考えられている。そして同じように、ある時、偶然襲った人間を口にした熊は、人間を食えることを知ってしまい、次には、生きた人間を食うために襲うようになったことは想像に難くなかった。達五郎は、人食い熊の殆どがヒグマであることも、翔子には黙っていることにした。

（四）

翔子が、とてつもなく大きなヒグマに襲われて左足を失い、バイアスロンを断念して上小阿仁村に戻ってから、一年が過ぎていた。

「翔子、リハビリというのは、徐々に体力をつけて、それに合わせて運動量を増やすのじゃないの？」と、母の民子が遠回しに、やりすぎる翔子を心配した。

「母さん、私の場合は、普通の人より早くて丁度いいの」

「毎日、そんなに長い時間、歩いたり、走ったり。それに柔軟体操に筋力トレーニングまでやるのは、きっとやり過ぎよ。もっと、スローテンポにした方がいいよ」

「大丈夫。私には、これくらいが丁度いいの。母さん、心配しないで」

明るく振舞っていたが、実のところ内心で翔子は苦しんでいた。目標を持てないまま、何かをやることは、切なくて悲しくて、がむしゃらに何かに打ち込んでいなければ、たまらない毎日だったのである。この時点でいう〝何か〟とは、疲れきって動けなくなるほどの、リハビリという名の、苦しみから逃れるための難行苦行だった。毎日、くたくたになるまで歩行と走行練習をしていると、少なくとも、その時間だけは、あの恐ろしい体験や、何度も夢に出てくる、血だらけの自分がまたしてもヒグマに襲われる場面から遠ざかることができたのだ。仮に、今のまま目標のない運動だけが続くとすれば、いずれ近いうちに鬱のような精神状態に陥るのではないかという不安が増して、眠れない夜には募ってくるのだった。

ところが、その過酷ともいえる〝何か〟が翔子を奮い立たせて行ったのである。

「翔ちゃん、今日もワシが、同伴してやるよ」と、この日も達五郎から申し入れて来た。

「ううん。じいちゃんは、自分の好きなことをやったらいいよ。私は毎日、リハビリと柔軟体操や筋力トレーニングをしている時が、一番楽しいんだから、気にしなくていいよ」と、取り分け達五郎には明るく笑って見せた。本音では、あの日以来、祖父と一緒に行動することが辛く感じるようになっていた。その理由は、達五郎の山神様信仰にあったのだ。

(私は、マタギが自然を崇拝し、自然の輪廻を信じて守ることの大切さを、じいちゃんから聞いてよく理解していたつもりだ。その恩恵を永久に続けてもらうために、古のマタギが山神様信仰を編み出したことについても、好感を持って受け入れていた。だけど、じいちゃんは、私が魔物のような巨大なヒグマに襲われたのは偶然でなく、山神様との約束を守らない人間たちやマタギの終焉に対する怒りと祟りだと信じきっている。でも、それは違う。あのヒグマは、羊や鹿を襲っているうちに、偶々人間を襲って味を占めて、遂に人食い熊になったヒグマであることを、じいちゃんに伝えなければならない。私はもう一度、あのヒグマに出逢うことができたら、撃ちとってリベンジを果たすことを目標にしている。仮に、あのヒグマでなくても人食い熊に遭遇したら、必ず撃ち取ってやる。でも、これは、じいちゃんには内緒にしておこう。猟銃所持と狩猟許可を貰ったことも、暫くは黙っていよう）

今の時点で〝何か〟とは、ヒグマに対する闘争心そのものだった。翔子にとって、激しすぎる運動は、当初、鬱の状態に陥ることから自分を守るためだった。が、徐々にリベンジの思いが強くなり、いつの間にか、運動量に反比例して祖父の山神様信仰に共感した崇拝心が徐々に薄れかけそうになっていた。

義足を感じさせない、ゆっくりだが力強いストロークで、毎日十キロほどの山道歩行訓練をこなしていた。初めの頃は祖父が付き添ってくれたが、翔子がそれを歓迎していないことを感じたのか、あの日以来、伴走しなくなった。その反動のように時を同じくして、達五郎は何かに取り憑かれたように山神様の御神体に毎日、参拝して祈り続けるようになって行った。まるで、食を忘れたかのように、痩せて鬼気迫る顔つきになっても尚、休まず、何か思いつめたように拝んでいた。翔子は、祖父の身体を心配して何度も声を掛けた。

するとある日、達五郎が心を開いて翔子に打ち明け始めた。

「じいちゃん、私がこんな怪我をしてしまって、心配かけてごめんね。でも、私は好きなバイアスロンをしていて怪我したのだから、何も後悔してない。だから、じいちゃんも、山神様に願掛けして、思い込み過ぎて身体を壊さないようにして貰いたいの」

「あぁ、分かっているよ。翔ちゃんがこうして立ち直ってくれたから、そのことはもう心配していない。実は、ワシが三年前にマタギを止めたのは、ある理由があってのことだった。そのことと、翔ちゃんがとてつもないヒグマに襲われたことが、どこかで繋がっていて、山神様の怒りに触れたと思えてならないんだ」

「じいちゃん、太平山の麓にある山神様と、私が襲われた北海道の真駒内じゃ、結びつくものは何もないよ。熊だって、上小阿仁村はツキノワグマだし、私を襲ったのはヒグマだ。あれは事故だから諦めて前向きに生きろって、じいちゃんは、私にそう言ってくれたじゃないの」。達五郎は痩せていても、爛々と鋭さを増した眼を見開きながら、いつしか大粒の涙を流していた。

「翔ちゃん、ワシはマタギとして山神様を信仰し、『山立根本巻』にある戒律と掟を頑なに守り抜く信念でシカリを務めてきた。だから、山神様もワシら阿仁マタギを守ってくれて、熊を授けてくれた。なのに、時代が変わりこの辺りも開発によって熊が生きて行けなくなり減ってしまった。マタギを継承する者も徐々にいなくなってしまった。代わりに、害獣駆除の名目でワシらに代わって、猟友会などのハンターが熊を殺しにやってきたことを山神様はお怒りになっているんだ」

「でも、それはじいちゃんの所為ではないよ。時代の所為だよ」

ツキノワグマの年間捕獲数は、一九五〇年代には狩猟頭数が、害獣駆除の数をはるかに上回っていた。それが、その十年後にはほぼ横並びとなり、やがて、害獣駆除が急増して遂に逆転した。以来、狩猟数は激減し、二〇〇四年を最後に、狩猟は儀式として行われる以外には殆ど姿を消してしまった。これは事実上、マタギの終焉であり、その分、害獣駆除で単純に殺すだけが年間四三〇〇頭を超える年も出てきた。生存していた最後のシカリたちは、『山立根本巻』に明記された山神様との約束である、掟と禁忌を破ったことに心を痛め、やり場のない憤りと悲しみに暮れ、そして、それ以上に、山神様の祟りを恐れていたのである。

「翔ちゃんにだけは本当のことを言うことにした。ワシは、自分を最後としてマタギがいなくなることを山神様に謝ろうと思った。それで、狩猟許可を返上する前に最後の熊猟を仕立て、元マタギだった仲間に協力してもらい、森吉山の巻狩りを三日間やり遂げた。ようやく熊を一頭仕留めて、古式通りケボカイの儀式をして、今日まで何百年と熊を授かってきた山神様に感謝して無事務めを終える心算だった。皆と別れ、ワシ一人、山神様にお別れを言いに神殿に向かった。すると、どうだ。それまで晴れていた空が俄かに一転し、黒い雲に低く覆い尽くされ、急にものすごい風がワシを巻き上げるように吹いて、何も見えなくなった。と思ったら、神殿前に今まで見たこともない、巨大な熊が両手を挙げて、〝ガオー〟と、吠えているじゃないか。眼を疑ったのは、それが本州にいる筈もない、ヒグマだったからだ。そして山神様は、マタギにしか分からないマタギ言葉でこう言われた。『お前たちを守ってきたが、お前たち人間は、ワラワとの約束を破った。マタギの掟が守られず、ただ、熊を殺すだけになった人間たちを許さない。熊たちの霊魂は天上界に帰れず怒り苦しんでいる。だから、このヒグマの魔物を遣わして、お前たち人間に罰を与える』と、ワシにはそう聞こえた。恐ろしくなって土下座して謝っていると、いつしか風が収まり、神殿の前に仁王立ちしていた悪魔のような熊の姿も見えなくなっていた。その翌日、ワシは予定を繰り上げて猟師の廃業届と、許可書を返上しに役場に行き、警察に鉄砲を返上した訳だ。その後、心配した山神様の祟りは起こらず、翔ちゃんのジャパンカップが無事に済んで、ホッとしていた。それでも、ワシは月に一度太平山の神殿に行って、この先も山神様の怒りが鎮まるようお願いしてきた。でも、山神様は赦してくれなかった。そして、心配が現実になった。去年の春、ワシの代わりに翔ちゃんが山神様の遣いのヒグマに襲われたんだ。赦してくれ」。大声を上げて、泣いて謝る祖父に、「じいちゃん、それは違う。そんな迷信みたいなこと、気にすることはないよ」と、言おうとしたが、何故か意志に反してその言葉は翔子の口から出ようとしなかった。

（じいちゃんは、山神様を頭から信仰し、絶対の神と信じている。だから、神様のお告げや、怒り、喜び、御利益を体中で感じることができるのだろう。その神様が遣わしてくれた熊を尊び常に祀って、熊を山神様の恵みの象徴として感謝の対象にしてきた。私は女だからマタギにはなれないけれど、マタギが山神様を通して守ってきた自然を崇拝し、保護する精神と伝統は大好きだ。でも、じいちゃんは、私がヒグマに襲われて左足を食いちぎられたのは、自分たちマタギが山神様との約束を守れなくなったことを神様が怒ってさせたことだと、思いこんでいる。それは、絶対に違う。あのヒグマは、人の味を占めた唯の人食いヒグマであって、もはや普通のヒグマではない。私は、いつか人食いヒグマに遭遇することがあれば、今度こそリベンジして撃ちとってやると、心に決めている。私が立ち直ってリベンジすることができれば、あの悪夢からじいちゃんの目を覚ますことができるかもしれない。けれど、私が立ち直るってことは、一体どうすればいいのだろうか？）

翔子は、それから後も、リハビリの運動のための歩行や走行練習する度にそう考えていた。しかし、希望は間もなく、思ってもみない方向から光が差すようにやってきた。

ある日、嘗て自分が所属していた全日本代表チーム時代の高島監督が、遠く北海道真駒内から翔子を訪ねてきた。目の前が明るく開けるような、思いもかけない朗報を持ってきてくれたのである。

「豊島、いや違った。翔子さん、元気なようで安心したぞ」

「教官、お忙しいところをこんな山奥まで来ていただいて恐縮です」と、二人は以前の監督と選手という立場に返ったような会話で旧交を温めた。そして、高島から示されたのは、交流の深い北海道バイアスロン連盟が主催する、障害者を対象としたクラブに参加して、ソチの次の平昌《ピョンチャン》パラリンピックを目指してみないかという薦めだった。

「教官、本当ですか。私はまだリハビリ中ですが、もし、本当に受け入れていただけるなら、是非お願いします」。嘗ての全日本チームでは標準語で話していたことを仄めかすメリハリの利いた言葉遣いだった。

「豊島が希望するなら、協会としては次は無理としても、その次の平昌パラリンピック候補選手として推薦することを考えている」。翔子が全日本バイアスロンチームのトップ選手であったことを評価してくれたのだった。一方で、パラリンピック出場女子選手は、前回とその前のパラリンピック二大会連続でメダルを獲得していたことから、やり方次第でメダルを狙える翔子に白羽の矢が立ったというのだ。障害者バイアスロンは、射撃が実弾使用でないため、民間の協会による競技団体が運営し、選手も民間社会人や大学生が主体である。しかし、射撃が実弾でない以外は、競技の流れは正規のバイアスロンに近いため、国際試合とパラリンピックの全日本チーム監督を自衛隊の高島が兼務していた。

「それはありがたいことですが、過去のことはもう忘れました。私は一から出直す覚悟でクラブ入会のご推薦をありがたくお受けします」

「まぁ、そう慌てるな。今晩、ご両親とよく相談してから、来週までに正式な返事をくれればいいから」と言われ、「はい、ありがとうございます」と、返事した。翔子は既に一人、内心で決心していた。ただ、両親よりも翔子が気になったのは、今も毎日、太平山の山神様の神殿で、山神に謝って拝んでいる祖父が、果たして賛成してくれるかということだった。その晩、翔子は達五郎に丁寧に事情を説明した。


「じいちゃん、私は、元の監督から推薦を受けて、協会のバイアスロンクラブに入って、改めて五年後のパラリンピックを目指すことにしたの。お父さんとお母さんは賛成してくれたけれど、どうしても、じいちゃんに賛成してもらいたい。私がパラリンピックに出ることで、あの事故はじいちゃんが一人で苦しんでいる山神様の祟りと関係ないことを証明して見せるよ。だから、私をもう一度、北海道に行かせてください」。自分を襲ったヒグマは、山神様が遣わした魔物なんかじゃないことを証明して見せる決意が通じたのか、達五郎は少し元気を取り戻したように見えた。そして、

「翔ちゃん、ありがとう。じいちゃんのことを案じて、パラリンピックを目指すことにし

たのかい。実はワシに、山神様からお告げがあってね。お怒りを鎮めて貰えそうなんだ」

それは、まだ作り話にすぎなかったが、達五郎は、前向きに気持ちを切り替えた翔子に、自分の命を懸けてでも応えてやりたいと考え始めていたのだ。パラリンピックには、身体の機能障害に照らした出場条件が定められていた。そのため、仮にパラリンピック出場が困難になったとしても、それを人生二度目の目標にしようとする、翔子の生き甲斐に繋がることを念じていたのである。

「そうだと嬉しいけど、私が札幌のバイアスロン連盟が主催するクラブのある西岡競技場に行くことに賛成してくれる？　あそこはバイアスロン連盟の射撃競技会場で、いつも使っていた場所だからよく知っているんだ。安心して、行かせて下さい」

「ああ、分かった。だけど、翔ちゃん、じいちゃんにもう少しだけ時間をくれないか。ワシには、まだ山神様と約束したことを達成する大仕事が残っている」

「近々、お父さんとお母さんと一緒に、連盟とクラブの責任者の方々に挨拶に行くの。それから一度、家に戻り、それから合宿の準備をして改めて、正式にクラブの強化選手の宿舎に引っ越すことになるの。だから、札幌から帰って来る時までに、じいちゃんも山神様と仲直りして、賛成してくださいと」と、翔子が真剣に頼んだこの時、既に達五郎は内心で決意していた。

（翔子は、あの大きな不幸に遭いながら、前向きに人生を切り拓こうとしている。これまでワシは、ただ、山神様の赦しを乞うだけではなかったのか。翔子に恥ずかしい思いがしてくる。先祖代々継承してきた、『山立根本巻』がワシの代で終わるのであれば、どうやって最後を迎えるかが問題だ。人間には輪廻転生がある。そこに書かれている最終章を最後のマタギたるワシが実行して、山神様と共に天に上ることにしよう。それ以外に道はない）と、心の中で一人、生きた証を残すために稀有な結末を決断したのである。

（五）

翔子は両親と共に空路、北海道に向かった。北海道バイアスロン連盟が主催するバイアスロンクラブ入会と、合宿入寮手続きと、自衛隊の高島三佐をはじめ、世話になった方々への挨拶を兼ねていた。達五郎が理解し一応、賛成してくれたことで前進し、新しい人生の目標を見つけた喜びを全身全霊に漂わせていた。二日間、予定通りに手続きとオリエンテーリング、施設見学、挨拶回りの日程を終了し、二週間後にクラブ入会と入寮することを確認して、祖父が待つ上小阿仁村に戻ってきた。

「じいちゃん、ただいま。あれ、留守だ。又、太平山の山神神社に行ったのかもしれないね」と、話しながら両親と共に家に入った。何故か、いつもより整然と片づいていた。

「じいちゃんが、掃除してくれたんだね。そのままにしておいてくれれば、いいのに」と、言いながら母の民子が祖父の部屋に行ってから、間もなく、悲鳴のような声を上げて飛び出してきた。

「たいへんだ。じいちゃんが、置き手紙をして行った。いつもと、ちがうよ」。大きな声に父親も翔子も駆け寄って「どうした、何があった?」と、声を震わしてたずねた。母は、手にしていた手紙を夫と娘に開いて見せた。中身の本文を読んでいなくとも、これまでの達五郎の様子を家族それぞれに心配していたので、事態の行方を直感したのかもしれない。

孝輔が、妻と娘に、落ち着くようにと、目で諭してから、読み上げた。

『愛する家族へ

孝輔さん、民子、そして、パラリンピックを目指す翔ちゃん、お帰り。三人の帰りを待てば、かえって迷惑を掛けるし、止められてしまうことが分かっているので、手紙でお別れを伝えます。家族揃って、翔ちゃんの二度目の北海道への挑戦を賛成し、新しい目標に向けて、いよいよスタートの日が近づきました。ワシにとっても、こんな嬉しいことはありません。翔ちゃんが、あの不幸で恐ろしいことを乗り越え、パラリンピックを目指すことを決めたことは、我々家族にとって最高の喜びであり、ワシからすると最高の贈り物です。ほんとうにありがとう。翔ちゃんは出掛ける前に、ワシのことを気遣い、山神様との約束を守れなかったワシを、悩みと苦しみ、そして、恐れから救い出すためと、あの事故が山神様の祟りなどでないことを証明するために、パラリンピックに出場すると元気づけてくれました。翔ちゃんの思いと励ましはワシにとって何よりありがたいことでした。しかし、ある日、ワシの苦しみは、山神様の苦しみと一心同体であることに気づいたのです。ワシに届いた山神様の悲しみと怒りは、ひょっとすると、何百年と続いてきたマタギたちの魂の叫びなのかも知れないと思うようになったのです。山神様は、ワシたちの信仰の基であると同時に、大昔から受け継がれてきた日本人の自然崇拝と自然信仰心を象徴する化身であると思うようになりました。そして、山神様はワシ自身の魂であり、その怒りや、やり場のない苦しみも、ワシ自身をはじめとする数多のマタギ猟師と同体であると考えられたのです。皆からみれば、迷信のように思えるかもしれません。しかし、ワシは八十五年の人生を、山神様と共に生きてきました。命を惜しまず使いきることこそ、生きた証の到着点だと気づきました。

ここで、初めて皆に打ち明けることがあります。実は、ワシには三つ違いの弟がおりました。あれは、ワシが二十二歳になる年の四月のことでした。親父である忠吉シカリの下で、まだ雪深い白子森に巻狩り組を展開した時のことです。その日は、風の強い、地吹雪の吹き荒ぶ日でした。ワシらの掟で、子連れの熊は、決して獲ってはならない厳しい決まりがあるのです。子熊は二回目の冬眠を過ぎると夏までに母離れをします。母子離れをしていない母子の熊は、まだ魂が天上界に戻れないのです。だから、『山立根本巻』に子連れ熊の狩猟は厳しく禁じられています。ワシの親父は、人一倍、根本巻の掟を厳しく守っていたシカリでした。しかし、この時に、十九歳で初めてブッパ（射手）として参加した弟の勘太郎は、張り切りすぎているのが心配でした。それでも、周りの先輩や仲間のお蔭で大過なく狩猟が成功して一カ月半が経過し、いよいよ終わりに近づいた頃でした。あの時も、セコに追われた熊が徐々にブッパが待ち受ける所に追い込まれて行きました。勘太郎は私の手前の二番手で静かにその時を待ち構えておりました。谷から尾根に合図役のムカイマッテが、見通しの良い所から、〝セコなれー、セコなれー〟と指示し、それに呼応した追いたて役のセコ衆が〝ソーレァ、ソーレァ〟と、叫びながら一列に並んで、追いこんでいました。この日は、反応した熊が地吹雪の中を逃げるのに普段より時間が掛かりました。尾根で並列して待つワシらブッパはムカイマッテの合図があるまで何があっても、二時間でも三時間でも、まるで木のように動かず待つのが決まりでした。これは、火縄銃の時代は一発しか撃てなかったため、弾丸を外した場合、熊槍で立ち向かうしかなかったことから生まれた鉄則だったのです。そして、この時も、「イタズ（熊）が出たぞー。ブッパ、シロビレ（鉄砲）撃《たた》けー」と、いう合図をひたすら待っていたのです。イタズが近いと感じたワシらが、標的に照準を合わせて引き金を引く準備をしたその時でした。急に、〝ウオーヒュー、ウオーヒュー〟と、地吹雪の中から聞こえたのは、まるでオオカミの遠吠えのようなムカイマッテののど笛の声でした。谷から尾根へと、予期しなかった緊急事態を告げたのです。地吹雪がその声をかき消してしまうのではないかと思うほどの嵐でした。しかし、かろうじて伝えられた合図は、追われた熊が子連れで、まだ母離れしない子熊を伴っていることを告げたのです。ワシらが一瞬の間に、引き金から手を離し標的から目を下げて、緊張が僅かに緩んだその時でした。勘太郎の銃口だけが火を噴いたのです。

「しまった。勘太郎、撃つなー」と、言うワシの声が届いたかどうか分かりませんでした。さらにもう一発の銃声が谷から尾根まで響き渡り、その母熊と子熊は撃ち倒されていました。

「勘太郎、子連れ熊だ。何故、撃った?」と、叫びながらワシが蒼くなって駆けつけた時、勘太郎は、我を忘れて呆然としていたのです。

「兄《あに》さん、何が、あったんだよ？　俺は、ムカイマッテの合図で撃とうと、引き金に手を当てて待っていたんだ。耳に入った音は、〝ブッパ、撃けー〟と、聞こえたんだ」と、弟は半狂乱で泣き崩れていました。親父は厳しい顔で何も言わず、全員に下山と死んだ母子熊を丁重に運搬し懇ろに祀るよう指示をしました。組人全員が沈痛な表情でしたが、てきぱきとそれに従いました。ワシだけが、悲歎に暮れる弟を抱きかかえるようにして、下山したのです。結局、その間違いの責任を取らされて、二カ月の謹慎後、勘太郎はシカリの次男坊でありながら、というより、シカリの息子だからこそ厳しい沙汰を受けて、実質、勘当されました。我が家の遠縁で、昔、富山に養子として定住し、マタギとして生きていた、実子のいない猿山というシカリの養子として受け入れられて、追われるように出て行って以来、音信がないままでした。但し、遺言により、親父が亡くなった時だけ墓参りを許されたのです。ワシはこの時、シカリの忠吉親父を恨みました。しかし、その半面、シカリを継承するということがどういうことか、いやというほど身を持って知らされたのです。ワシが、シカリを継承して十年が経過した時でした。富山の猿山シカリが親父の墓参りという名目でやって来ました。弟は、立派な後継者に育ったことを親父の墓前と山神様の神前に報告をしてから、ワシにとって痛恨の真実を伝えてくれたのです。あの、厳しい忠吉シカリが、次男を追放するようにして富山に養子に出したことを、死ぬまで嘆き悔やんでいたというのです。しかし、後継者のワシには、内緒にしておいてくれと頼んだそうです。弟の勘太郎にも、立派なシカリになるまでは黙っていて欲しいと、懇請したというのです。本当は、誰よりも親父が一番辛く悲しみ、いつも猿山さんへの手紙には、生涯泣いて暮らして行くと打ち明けていたのです。ワシはこれを聞いて、親父の墓と山神様の神前で思い切り泣いて謝りました。そして、親父が望んだ立派なシカリになることを改めて誓いました。弟も同じように、父親と養父から受け継いだ天職を全うし、富山マタギのシカリとして立派に人生を成し遂げてから、先年、親父のところに旅立ちました。

シカリは昔から、場合によって、配下の者が掟を破り、山神様との約束を破るようなことをすれば、その人間を殺したとしても誰も咎めないほど、絶対的な責任と権限を持っていたのです。だからこそ、ワシらマタギは、今日までこうして山神様に守られ、自然の恵みと授かり物として熊を遣わされてきたのです。ワシたちマタギの猟師が山神様を信仰し、言いつけと約束を守っていればこそ、阿仁の自然が守られ、熊たちは、ワシらに遣わされて役立ってきたのです。そして、その霊魂は山神様によって再び、天上界に戻されて新しい生命に宿り生まれてくる。その輪廻転生は宇宙天界の真理であると、山神様は『山立根本巻』で我々人間に伝えているのです。山神様は、その法則を無視し約束を守らないワシら人間に、やり場のない悲しみと怒りを抱いています。しかしこれも、ワシらマタギの思いを代弁しているのではないでしょうか。これまで、誰にも見せたことのない、八木沢マタギのシカリとして先祖代々受け継いできた『山立根本巻』には、最終章が記されています。それを簡潔に説明します。理解して下さい。

その最終章の第一には、山神様とワシら人間との約束が成立するのは、山神様が人間の男と結婚する時であると書かれています。第二には、山神様が、ワシら人間に心を開くのは、山神様が身籠もって出産する時と書いてあります。そして、最後に、人間との約束と関わりを全て収めるのは、熊の霊魂に導かれ、夫（人間）と共に、天上界に昇天する時であると書かれていたのです。しかも、その際には、夫は美しく着飾り天狗の鼻のような力を漲らせなければならないと、記されています。一旦、昇天された山神様は天上界から地上を見下ろし、この後、地上に舞い戻ることは無いというのです。

ワシは、人生最後の役目として、信仰している山神様と、改めて婚礼によって結ばれることにしました。そして、夫婦として山神様と共に熊の霊魂に導かれ、人間との約束と関わりを全て収めて昇天するのです。これしか、山神様の悲しみと怒りと、その祟りを無くすことは出来ないのです。ワシは、最後のマタギとして、マタギの魂を永遠に残すために山神様と共に天上界に昇ります。

これで、ワシも安心して天上界に行けます。翔ちゃん、パラリンピック出場に向けて溌剌と、生き生きと人生を切り拓いてください。じいちゃんは、翔ちゃんの颯爽とした姿を、そして、充実した人生を、山神様と共に天上界から見守っております。叶うことならば、翔ちゃんがワシらの代わりに、これから駆除される熊たちの霊魂《みたま》を慰めて、天上界に送り届ける助けになってくれることをお願いします。そして、阿仁の、いや日本の自然崇拝と自然信仰の素晴らしさを後世に伝えて貰いたいのです。孝輔さん、民子、翔ちゃんの三人がこの手紙を読む頃には、ワシは太平山から天上界に昇っていることでしょう。ワシの我儘を許し、喜んで送って下さい』

三人は、この手紙がおいてあった達五郎の部屋に行き確認すると、マタギのシカリに伝わり継承されてきた、根子番楽の勇壮な踊りの衣装と、天狗の面、それに達五郎が最も大切にし、二〇〇年伝わってきた、『山立根本巻』が無くなっていた。そこから、取るものもとりあえず急いで、太平山に向かい山神神社に駆けつけた。既に警察と村役場の人々が来ていて発見者の老人に質問していた。途中から家族の三人も加わり、そこに毎日、参拝に来ているという老人の話に集中したのである。その老人は、名前を木村友造といった。友造はなんと、元八木沢マタギであったというのだ。十年前に引退するまで、かつては達五郎シカリの配下として、ブッパの友と呼ばれ、四十五年もの間、仕えてくれた人であることが告げられた。

「はい、ワシがいつものように山神様の神前に参拝に来ると、そこに、根子番楽の衣装と天狗の面が掛けられておりました。それに、一目見て達五郎シカリのものと分かる、『山立根本巻』が置かれておったのです。もう一つ、先刻、救急車が乗せて大学に運んで行った、でかいコウモリかムササビみたいな、これまでに見たこともない不思議な生き物の抜けがらみたいなもんが寄り添うように重なっておりました」

「たまげたかって？　そりゃ、腰が抜けるほどたまげましたよ。ワシは余りのことに、暫くの間、呆然として見ていたのです」

「どのくらいの間、見ていたかって。そうさな、時間にすれば七、八分かもしれんが、それが実際より長く感じて、何かに気がついて上の方を見上げたのです。すると、見たこともない数のツキノワグマが天に向かって浮き上がって行くじゃありませんか。もっとたまげたのは、その熊たちに守られるようにして白銀に輝く大きな雲のようにふわふわした玉みたいなもんが二つ、まるで生きているみたいに寄り添って浮き上がって行くのを、確かにこの目で見たのです」

「見間違いじゃないかって？　とんでもない、見間違いなんかじゃありませんよ。五十年もマタギで生きて来たワシが、熊を見間違える訳がないでしょ」

「そういえば、それから暫くして、時々、ここに参拝に来る集落のかあちゃんが二人でやって来ました。ワシが指差して、天に昇る熊たちと大きな輝く玉が見えるだろと言っても、かあちゃんたちには何も見えなかったのです。ワシは光る雲のような玉と熊たちが、雲間に消えて行くまで、しっかり見届けました」

「そうです。ワシにはその途中で、あれは、達五郎シカリと山神様の化身だということが分かりました。達五郎シカリはマタギの終焉を山神様に詫びて、夫婦になることを受け入れられ、二人で昇天したのだと思います。なんとも申し訳ないのと、ありがたいことで涙が止まらなくなりました」

聞いていた翔子は、この老人の話は現実にはあり得ないことだと、心の内で否定していた。しかし、その反面で、山神信仰で生きて来た、マタギにだけ見ることのできることなのかもしれないと思い直した。そして、白銀に輝いた二つの命の玉を守り、付き添ったツキノワグマたちは、恐らく害獣駆除の名目で殺処分され、これまで浮かばれなかった熊の霊魂だったのではなかろうかと考えたのだった。

（手紙の中で、じいちゃんが私に、これから害獣処分で殺される運命の熊たちの霊魂が無事に天上界へ昇り、生まれ変わることができるように救い主になって欲しいと、言っていた。じいちゃんは、きっと山神様と一緒に天上界に行ったんだ。私は、じいちゃんのことを生涯忘れないでいよう。そうすれば、じいちゃんは私の中で生き続けていることだろう。これから自分に何ができるのか、じいちゃんの気高い信念を受け入れて考えてみよう）と、翔子は、改めて自分の血脈に息づくマタギの崇高な自然信仰を強く感じていた。しかし、その一方で、翔子にとって、自分を襲ったヒグマは言うに及ばず、人間を襲う全ての人食い熊は別物だった。再び札幌に行くからには、万一、そうした狂った熊に出逢うことがあれば、リベンジするのが自分の役目だと、思い直す翔子だった。

その後も、警察の捜索は続いた。が、遂に達五郎の遺体は見つからなかった。麓の山神神社から、山頂を目指した達五郎のものと思われる足跡と、何かの動物のようなものに見える足跡が並んで残雪の上に残されていた。しかし、それは途中で忽然と消えていたのである。

二カ月後、北海道に早めの冬が来て、札幌にも例年より早く雪が降った。札幌市西岡バイアスロン競技場は、自衛隊西岡射撃場の中にある。その中のクロスカントリーコースで、今年、新たに入会した障害者バイアスロン強化候補選手四名は、二カ月の予定で第一次合宿を開始し、トレーニングに励んでいた。その内の二名は、大企業の社員という立場でパラリンピックを目指していた。もう一人は、大学生で連盟の推薦で参加し、翔子は健常者の折、バイアスロンの有力選手だったという実績によって異例の連盟と協会の両方による推薦選手であった。候補選手はそれぞれが違う障害を持ちながら、専属コーチによって、自分の種目に合わせ、きめ細かく作製されたスケジュールに沿って練習が進められて行く。翔子は、射撃では群を抜いていた。後は、義足の左足と正常な右足の強度とバランスを高めることが課題だった。翌年、二月から三月にかけて、ソチでのオリンピックとパラリンピック開催中は、主な監督やコーチがそれに掛かり切りになった。日本チーム候補の合宿は一時解散され、それぞれの企業や家庭に戻り、渡された自主トレーニングのメニューを消化していた。

やがて、ソチ冬季オリンピックとパラリンピックが終わり、雪が残る札幌にもやや遅い春がやってきた。翔子の合宿生活が再開した。二週間ほど経過した、この日の朝刊に、『人食い熊』という、大きい見出しの記事が一面と社会面に取り上げられていた。

『札幌郊外に点在する住宅にヒグマが現れ、三世帯が次々に襲われて一人が死亡、五人が重軽傷を負った。残された獣毛のＤＮＡ検査から、このヒグマは、ここ三年の間に札幌郊外に五回出没し、人家等を襲っていた熊であることが分かった』と、報じられていた。このため、これまでに合わせて三人が死亡、翔子を始めとする十一人が重軽傷を負わされていたことも判明した。

（人食いヒグマなんかに負けてたまるか。私が、四年後のパラリンピックに出場して、じいちゃんの呪縛を解消してやる。私の前に現れてきてみろ。今度は私が、必ず撃ちとってリベンジしてやる）と、翔子は改めて心に誓った。

この日、澄み渡る青空の下、クロスカントリーコースでは、障害者用ノルディックスキーを履いた翔子が、伸びあがるような大きなストロークでゆっくりと走行していた。いつものように実弾を装着した狩猟用のライフル銃は、ずしりと存在感を伝えていた。予定のラスト三周目は少しピッチを上げて進み、丁度、コースの真ん中辺りにさしかかると樹林帯があった。二年前に人食いヒグマに襲われた時と同じような風景が、あの記憶を一瞬、甦らせたが、まさかと、打ち消したその直後だった。〝あの時と同じ光景〟が、再びよぎった刹那、遠くの樹木の間から、焦げ茶色の熊が四つん這いで走り出てきた。咄嗟に記憶の扉が全開し、悪夢が高速映像のコマ送りのように時間をスローモーションに切り替えた。しかし、翔子はあの時と違っていた。背負っていたライフルをいち早く射撃モードに持ちかえ、安全装置を外して立射の構えで向かって来る標的に照準を合わせた。翔子目掛けて近づいた標的が、遂に射程に入って、引き金に指をあてたその時だった。

〝翔ちゃん、撃つな。子連れの熊だ〟と、天空から、地面が揺れて身体の動きを拘束するほどの声が大きく響き渡り、翔子の意志を遮り、指の動きを止めた。ハッとして銃口を下に向けると、走って近づいていた標的は方向を変えて動きを止めていた。引き金から指を離し、よく見ると、その先には体長が一メートルにも届かないほどのヒグマの子どもが母熊を待っていた。

「じいちゃん？　じいちゃんだね。止めてくれたのは、じいちゃんだね」と、叫んでから、先ほどの声の方を見上げた翔子の目に、白銀に輝く雲のようにふわふわした二つの玉が飛び込んできた。祖父と山神様の昇天を見届けた、あの木村友造老人の話のとおりに、二つの玉が生きているように寄り添い舞い上がって行く。その姿が、はっきりと見えたのである。気がつくと、子熊は何もなかったように林の方に歩き出していた。そして、その後ろで、二・五メートル近くあろうかと思われる母熊が立ち上がり、翔子の方を振り返ってから四つん這いで子熊に駆け寄って行った。二度目の冬を越え、間もなく子離れする母子熊だった。木村老人の話によれば、あの白く光る玉はマタギにしか見えない筈だった。

（山神様が、女の私をマタギの後継者として認めてくれた）と、そう感じた、翔子の身体中に、激しく震えるような感動の波が逆っていた。翔子の脳裏に、その輝きを焼き付けた二つの魂《たま》は、静かに雲間に消えて行った。そして、心の内にあった〝何か〟が消えて行くような気がした。

不動明王の贈り物

（一）

建設現場の勤務は朝が早い。龍一はいつもの土曜日のように四時四十五分に起きて顔を洗い、牛乳とパンとバナナをほおばりながら新聞に一通り目を通していた。

その日の地元紙の、ある記事にふと目がとまった。そこには、『真岡で白昼現金強奪事件』という見出しに続いて、去る十月三日の白昼、真岡市郊外の事務所兼作業所の金庫から現金が強奪されたと書いてある。犯行は六～七人の男らによると見られ、被害額は一億円を超えることが平成十七年十月十五日付の社会面の片隅に掲載されていた。

「金のあるところにはあるもんだな。一億もの大金を金庫に置いておく奴も置く奴だ。でもこの記事は少しおかしいな。これほどの大事件で大胆な犯行なのに被害者の名前も公表していないし、どうなっているんだ、これは」と、龍一はすっとんきょうな声を出した。

「まあ、俺には関係ないか。今日は土曜日、朝から四カ所の現場回りだ。天気も上々、気合を入れて行くぞ」と、身仕度もそこそこに愛車に飛び乗りアクセルを踏み込んだ。小笠原龍一が工事現場主任を務めるジャパン・ウッディハウス株式会社は、カナダから導入したツーバイフォー工法の住宅に日本建築の良さを組み入れて業績を伸ばしている。

龍一が管理している現場は宇都宮市内の四カ所で、自宅から車でおよそ三十分以内にある。その中の二つは竣工間近のため、土曜と日曜には施主が引っ越しの準備や段取りのために家族揃ってやってくる。その日も仕上げのクロスの変更や電気のコンセントの追加があったりして対応に追われ、業務時間も忙しく過ぎ去った。本来ならば大事件であるはずの現金強奪事件は職場の話題にもならず、この日のうちに龍一の記憶から消えて行った。暫くすると、記事を目にした殆どの人々がこの事件を忘れてしまっていた。

それから半年が過ぎたある日の新聞に真岡現金強奪犯の五人が埼玉で逮捕されたことが、またしても事件の大きさに比べて小さすぎる記事で書かれていた。この朝、いつものようにパンと牛乳の朝食を食べながら龍一は一度見落としていた記事を見つけて、

「またかよ、なんだよこの記事は。一億以上の強奪事件の逮捕劇が被害者も犯人も名無しの記事なんておかしいよ。新聞に投書してやろうかな。ひょっとして元もと素性の良くない金だから告訴もせずに名前も伏せているんじゃないのか。よほど何か手を廻したんだろ

うか？」と、不愉快そうに独り言をいってから思い出したように、
「真岡といえば、真岡の爺っちゃまと婆っちゃまのところには半年以上もご無沙汰してるな。今度の休みに行ってみるか。なんてったって、俺はほんとの孫だし、戸籍上では倅なんだから月一ぐらいに顔を出さなきゃ罰があたるからな」と、呟いて気持ちを切り替えた。

次の日曜日の晩の八時頃、祖父母の家を訪れた。祖父母夫婦は食事をとらずに孫であり戸籍上の息子でもある龍一を待っていた。
「食事、待っていたの？　遅いから先に食べていればいいのに。ワー、美味そうなごちそうだ。先ずは、乾杯」と、龍一は声を張り上げた。賑やかな孫の元気と陽気な会話にふだんの静かな家がいっぺんに明るくなり、引きずられるように賢吉と政子の老夫婦にも談笑のひと時が過ぎて行った。

賢吉は昔から寡黙で通っていて必要なこと以外は口を開かない男だ。例外なのは、龍一と話す時だけだった。龍一は幼い時から祖父母の家に泊まり込むのが好きで、小学校に入ってからは学校が休みになるのを待ち受けて真岡にやってきては、賢吉の仕事場について行くのを楽しみにしていた。龍一が小学四年生の夏休みにはこんなことがあった。

「龍一は、おじいちゃんの跡継ぎになるか？」と、珍しく賢吉が話しかけてきた。

「うん、なってもいいよ」

「でも、他にやりたいことやなりたいものができたらそうすればいい」

「うん、そうするよ」と言う孫の答えに満足して、

「今晩は一緒に風呂に入るか？」

「うん、一緒に入ろう」と、龍一が言うと祖母の政子が笑顔で話の中に入ってきた。

「まあ、珍しいことがあるもんだね。龍一、おじいちゃんの背中をよく流しておやり。おばあちゃんはおまえに背中を流してもらうのが大好きでいつも楽しみにしているけど、おじいちゃんとお風呂に入るのは初めてだね」

「今まで何度もおじいちゃんの背中を流してやると言っても、いいよって断られていたから今日が初めてだよ」と、言って先に風呂場に行き湯船に浸かっていると賢吉が入ってきた。六十八歳にしては鍛えられた頑健な張りのある身体だった。

　龍一は自分の体を先に洗ってから、

「おじいちゃん、背中を流してあげるからここに座って」と、声を掛けた。すると、賢吉の背中が初めて目の前に現れた。そこには、いつかどこかのお寺の山門で見たことのある

仁王さまが龍一を睨んでいる。

しかし、賢吉はその彫り物については何も言おうとしない。龍一はこれまで祖父が自分と一緒に入浴しようとしなかったのがそのためだったと感じたが、やはりそのことには触れなかった。黙ってヘチマに石けんを泡立てて力いっぱい背中一面をこすり上げた。お湯をかけ流すと泡が消えて、目をむきだして一層真っ赤に怒った顔の仁王さまが右手に剣を持って座っていた。その姿を龍一は思わず（美しい）と、思った。

よく見ると、仁王様の肩口から手術痕のような傷痕が二十センチほど斜めに盛り上がっている。龍一がその傷を指でなぞっていると、賢吉は顔を背中に向けそうにしたがやはり黙っていた。

あとで祖母から聞いて知ったのだが、この時、仁王さまと思った彫り物は不動明王だった。不動明王とその刀傷が祖父小笠原賢吉のそれまでの人生の激しさを物語っていたことを龍一は徐々に知ることになったのである。

食事が終わり、龍一がお茶を入れた。そこで住宅会社の仕事のことや両親の定年後の生活ぶりを面白おかしく話して聞かせてから、

「ところで、この真岡で半年くらい前に起きた一億円強奪事件だけど地元では話題になってないの？　あれは絶対おかしいよ。被害者の名前も一切出ていないし、半年経って犯人が捕まっても今度は犯人の素性も名前も出さないなんて、よほど曰くありげな何かがあって表に出せないに違いないよ。地元でなにか噂が出ているんじゃないの？」と、尋ねると祖母の政子は、

「お金の額だけじゃ決めつけられないこともあるんだよ、きっと」と、答えたが、賢吉は何も言わず龍一と妻のやり取りを聞いているだけだった。

（二）

賢吉は大正初期に設立された請負業小笠原組の三代目代表である。賢吉の祖父が創業した当初は土木工事と河川の砂利採取が主な仕事だった。当時は、利権を争う喧嘩沙汰も度々あった時代だった。

二代目を継いだ父は若い頃から先を見て事業の健全な安定を図っていた。林業に力を入れたのも、請負と砂利採取利権競争の業界から脱出したい一心でしたことだった。請負の工事に用材が必要な時にだけ伐採したが、その場所には必ず植林をして遠い将来にも備えていた。父は、

「山林というものは、名義が個人でも本当の所有者は国家国民だ。木材を大切に育てて使わせてもらったら必ず植林して将来に備えなきゃいけねえ。木材を使わせてもらう者の義務だ」と、口癖のように話していた。

買い受けた山林から用材として利用できる木材を伐採し、公共工事を請け負う際に強みにして事業を伸ばして行ったのである。気っぷのいい親分肌の父は請負師稼業でありながら背中に風神雷神の彫り物をしていた。

その父が心臓病で急逝したために、賢吉は東京工業学校を中途退学して帰郷し、小笠原組の三代目代表に就任した。昭和十四年八月、賢吉二十二歳の時である。ようやく仕事が板に付いてきた頃、日本は太平洋戦争に突入し、賢吉も徴兵され十八年から終戦まで南方戦線に出兵し、終戦の翌年二月に無事復員した。

この間に母も亡くなり、番頭役の益子健三は、小笠原組を守るために事業を縮小して賢吉の帰国を待っていたのだ。資金もなくどこから手をつけていいものか皆目分からないが、戦争の悲惨さを考えれば生きているだけで十分に希望が持てる。（全ての日本人がこの敗戦を、昭和維新と捉えて出直しするしかない）と、賢吉は思い直していた。

（日本はどう変わるのか？　自分は何をなすべきか？）賢吉は、めまぐるしい時代の変化に押し流されそうになるが、必死に駆けて追いつこうとする日々だった。

賢吉は、父が残してくれた三カ所の山林を見て回り、その直後から知人親戚を訪ね金を借りて歩いた。農地解放により財産と収入を失った旧地方財閥が、間もなく山林解放が実行されるという噂に翻弄され、持っている山林を捨て値で売りに出していたのである。（このチャンスに、伐採可能な優良な杉、檜の山林をできるだけ安く買い求めておく。それが後に日本のために役に立ち、俺にとっては大商いになる）と、先手を打って買いまくった。

日本の復興に亡父が残した山林と買いまくった山林の木材を活かす、またとないチャンスが目の前に大きく広がるのを感じていた。

戦後復興のための特需とマッカーサーの指令による教育改革、小中学生の六三制義務教育がスタートした。戦後のベビーブームで昭和二十一年から僅か六年の間に人口はおよそ一千万人急増し、全人口は八千五百万人になって行った。日本中であらゆる物が不足していたが、中でも小中学校の校舎が極端に不足していた。一クラス五十名以上の小学校が現実となって学校の建築が急がれ、資材不足は激しさを増していた。

賢吉は父から継承した山林と買いまくった山林から、可能な限り木材を伐採して県内の市町村のうちで学校建設がおぼつかない地域と建設業者に供給して利益を上げて行った。

その一方で自前の材木を武器にして真岡、益子、小山をはじめ鹿沼、栃木市、下都賀郡一帯で学校などの公共工事を受注し、いつの間にか県内有数の請負業者にのし上がり法人化して株式会社小笠原組としたのである。

戦後の混乱の中であっても自由と民主主義が少しずつ国民生活に浸透してきていた。国や県、市町村そして民間の復興のエネルギーはすさまじい勢いであらゆる所に影響を与えていた。そのエネルギーと需要を賄うには資金も物資も食料も全て不足していたが、そこには今日頑張れば明日があるという希望が至る所に元気をもたらしていたのである。

昭和二十四年、賢吉は政子と結婚し真岡市街地に所帯を持った。その頃になってもまだ、市町村が発注しても指名を受けた建設業者が資材を調達できない時代が続いていた。そうした中で賢吉は業界の長老から談合の誘いを受けた。

「この非常事態の中で各市町村の小中学校の増築に対応するには個人の利益とか競争入札という形式にとらわれるべきではない。資材を供給できる業者はそれだけで十分利益を上げることができるのだから、互いに共存して地域の復興を果たすべきだ。資材の調達ができる業者は工事の受注を辞退すること。そして共同事業体を設けて受注する。どうしても市町村が競争入札にこだわるとすれば順番に落札業者を決めて受注し、実質的には全て共同事業体で資材を調達し施工して、急増する子どもたちの入学に間に合わせるしかない」

と、共に生き残るための談合入札を説得されたのである。

賢吉は自前の資材や木材を所有している。長老の言うことは理解できた。だが、賢吉は自らの信念を貫き、より安く入札を繰り返し独自に受注を増やして行った。その一方で木材などの調達がおぼつかず仕事を受注できない同業他社を下請けとして採用し、スムーズな工事を促進していたのである。大部分の業者はこれを歓迎した。

しかし、一部の業者はこれに不満を持ち、独立独歩の道を貫いて膨大な利益を上げる小笠原賢吉に恨みを抱いたのだった。

戦前から請け負い稼業の中には、やくざとのつながりを持ち、人夫や職人を集め手配師稼業を本業にする請負師がいたのである。彼らは職人たちに高利で金を融通しその分、工事の手間を安くさせて利益を上げていた。表の顔は請負師でも、仕事のない職人に賭博の金を高利で貸すような裏稼業もあった。賢吉はその手配師たちを排除し業界を浄化することを一人実行したのである。

彼らが参加する入札で落札した業者には木材を一切提供しないという切り札を懇意になった市町村長に名指しで訴え、指名から閉め出すことに成功した。こうした実力行使が効果を上げて行ったが、それに比例して賢吉には様々な嫌がらせが起きていた。亡父が風神雷神の彫り物を入れていた意味が徐々に分かるような気がしてきた。それより先、賢吉が不動明王の彫り物を背中に入れざるを得なくなった事件は、まだ戦後の混乱の続いていた頃の、妻政子との出逢いの時に遡る。

政子の父、村田久兵衛は大田原市の旧士族出身の豪農であった。終戦時には耕作面積が四十町歩を誇る農地を所有し、小作人に貸していた。久兵衛のような豪農の大地主は昭和二十年十二月にGHQの命令で農地改革法が制定されると、一転して農地を小作人に二束三文で譲渡することを強制されたのである。このため、全国至る所でかつての地方資産家が一夜にして無一文に転落した。農地の他に広大な山林を所有していて救われる人もいたが率にすればほんの一握りに過ぎない。その人たちにしても、間もなく山林解放が発令されるという根も葉もない噂に翻弄され、今の内に山林を売却しようと捨て値で先を争う例が後を絶たなかった。

収入を絶たれた政子の父も持っていた山林を切り売りして生計を立てていた。その頃、山林を買い求めていた小笠原賢吉は斡旋屋の紹介で村田家を訪問し、政子父娘と運命の出逢いとなったのである。賢吉は身内から借金し山林買い付けをして残った金の全てを費やして久兵衛の言い値の二十万円で山林四町五反を買い受けた。そこには推定四十年生の檜六千本と杉八千本が出番を待つかのように茂っていたのである。取引と登記を済ませて賢吉は挨拶のために村田久兵衛宅を訪問した。

　すると久兵衛から思いも掛けない話を切り出されたのだ。

「恥をさらすようですが、小笠原さんを見込んでお願いがあります」

「何でございましょうか？　私のような若輩にできることなら申しつけ下さい。大田原財閥と言われた村田様からの話は私には重すぎるかもしれませんが」と、謙遜して見せた。

「財閥なんてとんでもない。一昨年十二月に施行された農地改革法で一夜にして無一文になり果てました。これまでは、残った山林を縁ある方々に買ってもらって一時しのぎをしてきました。その心労がたたり妻が倒れて半年入院した後、亡くなってしまいました。一人娘を遠縁の縫製工場に勤めに出していて、この家も間もなく人手に渡ります」と、主から告白された。

　農地改革法により全国の旧大地主の多くが破産状態になり、一家離散や自殺といった悲劇が全国で五百件を超えたという新聞記事を賢吉は思い出していた。

「実は、亡くなった妻の病気の治療費を旧小作人の一人の口利きで借りた相手が悪かったのです。二十五万円の元本が複利高利で気づいたら三倍近くに膨れあがっていました。私は自業自得で諦めもつきますが、娘に借金が及ぶことを考えると死んでも死にきれません」と、追い詰められた表情で打ち明けるのだった。

賢吉は、これからの新しい日本の復興には何と言っても木材が大量に必要だと考えていた。できる限りの借金をして回り、ようやく五カ所の山林を買い付け、伐り出しに入ったところだった。そのため、今の自分には一円の余裕もないと言おうとしたが、憔悴しきった村田久兵衛の顔を見ていて話の方向を変えた。

「その貸し主と交渉して金利を下げてもらい、長期分割返済に変えることは無理ですか?」

「それは私も間に入っている山下という男に再三頼んでみました。しかし、最近になって、資金元が会津若松一帯を仕切る新興やくざの組長だというのです」と、力なく語る久兵衛が玄関に顔を向けて、

「政子か、おかえり。今日はいつもより帰りが早かったな」と、優しく声を掛けた。

「だって、今朝のお父様は元気も食欲もなくて、工場長に事情を話して早退させてもらったの。あら、お客様でしたの?」と、言ったその声の主に賢吉の目は釘付けになった。そのひ弱そうに見える美しさと上品な物腰に、思わず手を差し伸べたくなるような衝動に駆

られるような気がしていた。

「おじゃましています。私は」と、言いかけた賢吉を久兵衛が遮るように、

「こちらは真岡の小笠原さんといって、先日うちの山林を買ってくれた方だよ」

「父がお世話になりました。只今、お茶を入れてきます」と、奥に入って行った。この電撃的な出逢いが二人の人生を大きく変えたのである。

村田家の差し迫った窮状を理解した賢吉は、父娘を助けるために頻繁に村田家を訪れて励ますようになった。政子が心を許すようになるまでにはさほどの時間は掛からなかった。

貸金債権者の代理人である山下という男に再三会って、待ってくれるように取り次ぎを頼んでみても埒が明かない。そのうち、会津若松の『会津境田組』組長の息子で若頭と名乗る男が取り立てに来て村田父娘を脅すようになっていた。境田は、

「七十五万円を今月中に返せなければ、代わりに娘さんに返してもらうことになる」と、田舎芝居の台詞のようなことを本気で言ってきたというのだ。

農地解放で地方の資産家が一夜にして無一文になってから二年の間に全国で二百名を超える自殺者を出し、一家離散や娘を芸者や娼婦に身売りする悲劇が一〇〇〇件に達していた。全国の娼婦は四万人、置屋への身売りによる囲い芸者までいれれば五万人とも言われ

ていたのである。中でも農地解放で没落した資産家の令嬢にはことのほか高い値がついていた時代だから、金貸しやくざの脅し文句はあながち脅しだけでなく債権の手っ取り早い回収手段になっていたのである。

この時、賢吉は村田政子を本気で愛し惚れ込んでいた。政子も賢吉を、頼りとしてだけでなく身も心も捧げたい対象になっていた。賢吉は父娘に覚悟を伝えた。

「私が、会津境田組に行ってきます。命まで取られることもないでしょうし七十五万円の借金を私が肩代わりして、今後十年間毎年十万円ずつ返すことで話をつけてきます」

「小笠原さん、相手は金貸しの新興やくざです。何をするか分かりません。私たちは夜逃げをして遠くに行きますから貴方も手を引いてください」と、久兵衛父娘から涙ながらに説得された。賢吉は内心の不安をかき消すように、

「心配しないで、吉報を待っていてください」と、言い含めた。

三日後、村田久兵衛の借用書の写しを持ち、汽車を乗り継いで単身境田組に乗り込んだ。

三十歳のまだ売り出し前の請負業者に過ぎない男であるが、筋金入りの祖父と父の血を引く上に、軍隊で何度か死線を駆け抜け、戦後は全て一からやり直しのどん底を乗り切ろ

うとしている自信と風格が備わっている。しかも、惚れた女の人生に関わる一大事を解決するために体を張っての交渉に赴いたのだ。腕の一本、指の二〜三本が無くなるかもしれないと覚悟をして駅前の『金融業境田商事』の入り口に立ち、引き戸を開け静かに中に入った。

奥にはやくざの組らしく大きな神棚と金看板が見える。組長の檄文が掛け軸にして掛けられている。名を名乗り、用件を伝えると、若い衆の目つきが変わった。奥の応接間に通されて暫くすると、若頭と名乗る組長の長男、境田義勝が現れ正面で向かい合った。賢吉は村田久兵衛の借金肩代わりの口上を述べると、床に土下座をして懇請した。

「あんた、いい度胸をしているね。まともなら五体満足で帰すわけには行かないのが、うちらの渡世だぜ。かといってあんたが借金を肩代わりするという証文を入れるだけではことが足りねえぐらいのことは分かっているだろな」と、義勝がドスをきかして言った。来たなと、賢吉は腹をくくった。

「私にできることなら何でもします。どうか村田様父娘には今後一切関わり無しということにしてもらいたいのです」と、若頭の目を一度もそらさずにそう嘆願した。すると、

「あんた、あの娘に惚れているのか?」と、意外であるが、痛いところを見抜かれていた。

「その通りです。この件を私が肩代わりして切り抜ければ、あの父娘を地元の真岡に引き取って娘を嫁にしようと考えています」と、小手先のごまかしが通用する相手ではないので本音で答えた。

沈黙の後、

「俺もこの渡世で修行の身だ。あんたの度胸を見込んで担保代わりに一つ条件を付けるからこれを拝みな」と言うと、諸肌脱いでふんどし一本になって後ろ姿を見せた。そこには目を見張るような極彩色に彫られた唐獅子と猛虎が今にも飛びかかるように互いに睨みあっている。若頭は、

「小笠原さんよ、かたぎのあんたに指をつめさせたんじゃ俺の名が廃る。その代わり三カ月以内に、この彫り物を負かすような彫り物を背中に入れて出直しな。そうすりゃ、俺もあんたの申し入れを聞いてやる。おやじ、いや組長には俺から話しを付ける。三カ月してあんたが来なけりゃ、村田の娘さんは仙台の置屋に芸者として買ってもらう手筈になっている。それで文句はないな」。賢吉は亡き父の風神雷神の彫り物を思い出していた。一瞬、若頭の酔狂か冗談かと思い相手の目を睨み返すと、自分より幾つか年上に見えるその男も真剣そのものだった。

「承知しました。あなた様に気に入ってもらえる彫り物を背負って、もう一度伺います。境田の若親分の言葉を信じます」と、深々と頭を下げて帰路についた。

とって返すと、村田父娘に仔細を説明してから、父が昔彫り物を入れてもらった浅草の彫り物師の高橋虎造を訪ねた。虎造はその道の名人と言われて久しいが喜寿を迎えてからは、よほど気が向かないと仕事を受けないようにしていた。

賢吉が事情と経過を説明して、

「お願いする彫り物は私と会津境田組との勝負なのです。私は惚れた娘の人生を懸けて勝負を挑むのです。亡き父の風神雷神を手がけた師匠にこの勝負を託します」と、訴えた。

黙って聞いていた虎造は、

「小笠原さん、普通なら一年、よほど根性が座っていても半年は掛かる絵ですぜ。それを三カ月で仕上げるには、週に四日は仕事を抜けて泊まり込みで来てもらうことになる。こちらもその覚悟で掛かります。亡くなった小笠原さんのおやじさんはいい根性していたけど、その息子さんの大勝負の絵を彫るのもなんかの縁ですね」と、静かに承諾の意志を示した。

賢吉の話を理解した虎造は絵柄本の中から一枚の絵柄を示して、

「どうです。この不動明王なら賢吉さんを悪魔から守ってくれますよ。災いから人々を救う神仏の代表が大日如来で、その化身とも使者とも言われるのが、不動様だ。悪魔をやっつけるために恐ろしい姿をしているがそのお心は人々を救済しようとする厳しくてもやさしい慈悲に満ちている。今のあなた様は人助けで身体を張ろうとしている。不動様こそ賢吉さんの守り本尊にふさわしい」と、虎造は確信を得たように淡々と語り続ける。

「不動様を動物で現すと竜だ。右手に持つ剣は利剣といって正しい仏教の智慧で邪悪な心を断ち切り、左手の綱は悪心を縛り善心を起こさせることを示している。あっしはやくざ渡世の彫り物も彫ったことはあるが、弱い者いじめするような三下奴の仕事はしたことがない。向こうが唐獅子と猛虎なら、あっしの不動明王が退治してご覧に入れますよ」と、眼光を鋭くした。この話を聞いて賢吉も同意して超特急の彫り物が時には徹夜で進められたのだった。

三カ月後、遂に虎造が渾身の力を込めて描いた不動明王が賢吉の背中で誕生した。三カ月の間、週四日泊まり込んでの大仕事は、想像を絶する痛みと時には高い発熱を伴う壮絶な闘いだった。それに打ち勝った賢吉は、不動明王を背負ってから別人のように腹の座った男に変身していった。

会津境田組の若頭は、賢吉の背中の不動明王を見て驚嘆のあまりしばらくの間何も言葉を発することができなかった。不動明王が賢吉を守り、賢吉が村田父娘を救うことができたのである。

半年後、村田久兵衛の屋敷は競売で処分された。久兵衛に代わり賢吉が諸々を整理してから、政子と入籍して二人は真岡で所帯を持った。久兵衛にも部屋を用意して隣に住むように勧めたが、大田原に残ると言い張るのでその意志を尊重した。これで仕事に打ち込めると思った一年後、久兵衛は一人首を吊って自殺してしまった。遺書には賢吉に対する感謝と、娘の政子を頼むということだけが何度も書かれていた。無理にでも真岡に連れて来ていればと、賢吉は悔やんだが敗戦国日本の急激な変化による犠牲者の失望を癒やすことは誰にもできなかったのである。

それから三年余り、小笠原組は自前の木材を武器として競争入札を勝ちまくり、低い原価で利益を上げて急成長して行った。

賢吉が考案し同業者に呼びかけた、下請け方式の共同事業体の工事受注は円滑な資材供給と廉価な予算をまかない成功していた。

発注者にも理解されて県内の至る所で学校建設が進んだ頃だった。栃木市の小学校完成検査を終えて真岡に向かった賢吉の車の前を、突然一台のトラックが道をふさいだ。賢吉の運転手が降りて、早く道をあけろと怒鳴っている。すると、トラックの荷台に隠れていた三人の男らが突然車のドアを開けて、

「小笠原さんだね。表に顔を貸してもらいたい」と言うのと、右腕をつかむのが同時だった。運転手がトラックの向こう側で他の二人に羽交い締めにされて叫んでいる。

「社長、逃げてください」

賢吉は、三人の暴漢を睨み、柔道で鍛えた体であっという間に二人を投げ飛ばしていた。その一人が起き上がってくるところを抱えて背負い投げの技をかけた時だった。背中に電流か熱湯を浴びたような激痛が走った。先ほど投げ飛ばしたもう一人が膝をついた賢吉の顔を蹴り上げると、

「逃げろ」と怒鳴り、トラックに飛び乗った運転手も殴られたらしく顔を押さえながら駆け寄ってきた。

「社長大丈夫ですか?」

「背中をやられた」

「あっ、切られている。た、たいへんだ」

当時は救急医療体制が整っていなかった。宇都宮の市民病院に知り合いの外科医がいることを運転手がようやく思い出して賢吉を運び込もうと車を飛ばした。

「誰がこんなひどいことを。社長は他人様に感謝されることしかしていないのに。社長、しっかりしてください」と、運転手は涙ながらに賢吉に呼びかけていた。三十センチほど切られた上着とその下に着ていたチョッキを脱がせると、背中からあふれて流れ出した鮮血が車の後部座席を真っ赤に染めていた。あり合わせのタオルと手ぬぐいを背中に巻き付け座席に押しつけるようにして出血を抑えようとしたが傷が深いために出血は止まらない。

電話で連絡しておいたので到着すると直ぐ緊急手術と縫合が手際よく進められた。全治二カ月の重傷だった。妻の政子が真岡からタクシーで駆け付けた時には賢吉が深い眠りについていた。

翌日、賢吉が意識を取り戻すと二人の刑事が待っていて安静のままで尋問された。

「県警の者です。社長、大変でしたね。覚えていることだけでいいですから聴かせてください。犯人は何人でした?」

「運転席と助手席から二人降りてきてうちの運転手を羽交い締めにし、その直後トラックの荷台から三人降りてきて私が襲われました。多分、五人の犯行だと思います。腕に自信があったものですから、二人を投げ飛ばした時に後ろから斬りつけられてしまいました」

「犯人の中に顔見知りはいましたか?」

「いえ、暗闇で車のライトは前方を照らしていましたから後方ではよく見えませんでしたが知った顔はいなかったと思います」

「怨恨か、物盗り強盗の類か、被害者としてどちらだと思いますか?」と訊かれた時、一瞬間をおいて、

「強盗だと思います。私の財布が見付からなくなっていたのですから」

「そうですか、でも昨夜運転手さんに尋ねたところ、手配師グループの大山組の手の者かも知れないと言っていましたよ、社長」

「運転手も殴られて動転していましたから、実際には分からなかった筈です。それに、大山組に襲われる理由はありません」

短い時間で面会を終えてもらい、目を閉じて眠ったふりをした。賢吉は、襲われた時に犯人が自分の名前を確認したことや職人風の半纏と地下足袋の男がいたことなどを黙秘することにした。

翌日、地元紙の編集局長宛に差出人の名前のない郵便物が届き、中には『天誅。違法談合業者の元締め小笠原賢吉に正義の刃を下したり。正義の使者』と、赤い文字で書かれた短冊が一枚入っていた。談合を拒絶する一方で手配師グループを入札から排除したのに、逆に談合業者呼ばわりされて片腹痛い思いだった。地元紙の記者が取材にきて賢吉に意見を求めてきたが、

「どこかの右翼崩れの暴力団が便乗したいたずらでしょう」と、取り合わなかった。結局過日の事件は、被害者の賢吉が強盗、物盗りだと言い続けてそれ以上大きくはならなかった。

しかし、運転手の目は正しかったのである。賢吉は、このことについて二度と人に語ることは無かった。しかし、一部の手配師グループによる仕業ではないかとの風評が流れマスコミに取りざたされて、その後の公共工事からは手配師の排除が決定的になり事態は収拾した。

賢吉が提唱し実行した木材と資材を保有する強みを最大に発揮する受注方法は成果を上げ、下請け方式の実質共同受注が浸透し、各地方の学校建設工事がスムーズに進んだ。

緊急課題だった小中学生の急増に伴う対応が落ち着いた頃には、普通の指名競争入札が

行われるようになってきたが、手配師グループは消滅し二度と復活することは無かった。時代は朝鮮動乱の特需から神武景気へと移って、もはや戦後ではないという生活感が普通になって行ったのである。

（三）

賢吉と政子夫婦は仲が良かったが子宝に恵まれることはなかった。政子は、夫が事業一途に努力する姿を見るに付け、子どもを産めないことを心の中で賢吉に詫びていた。

そうした中で、黒磯で板金屋を営む遠縁の勝田夫婦が賢吉夫婦を訪ねてきた。

「賢吉さん、私の三女のゆき子が十年ほど前に塩原の旅館の次男坊に嫁いだことはご存じの通りです。夫婦仲も良く亭主は実家が経営する旅館の板長をして幸せにしていました。ところが、四人目の子どもを身ごもった今年の三月、その亭主が膵臓癌で倒れてしまいました。若いから却って進行が早く、先月亡くなってしまったのです。その上、ゆき子は来月産み月を迎えます。お産が済めば、旅館の社宅を出て子どもを私たち夫婦に預け、勤めに出なければなりません。こんなことをお願いできる義理ではないのですが、生まれてくる子どもを養子としてもらって頂きたいのです。ゆき子も小笠原さんご夫妻にもらって頂けるなら、一男二女を路頭に迷わせることだけは避けられると、ここに手紙を預かってきました。私たち夫婦からも何とかお願いします。この通りです」と、三拝九拝されたのである。賢吉に異存は無かったが妻の政子の気持ちを気遣って、

「しばらく考えさせてください」と、その日は丁重にお引き取りいただいた。勝田夫婦が帰ると政子は、

「生まれてくる子どもをもらい受けて、私たちの子どもとして育てましょう。これも不動様からの授かりものですよ、きっと」と、大乗り気だった。三日後、承諾の返事と共に、産み月を迎えたゆき子への見舞い金を渡してから、鷲子山の頂上にある神社に安産の願掛けに参拝した。そこには不動明王が祀られていた。


生まれた子どもは女児であった。賢吉と政子は嬉々として養子の手続きを済ませ、一カ月後に赤ん坊を自分たちの本当の子どものように迎えたのであった。


子どもには竜子《りょうこ》という名が付けられた。小笠原竜子、彫り物師の高橋から不動明王の化身が竜だと聞かされたところから付けられた名前だった。政子は、竜子を文字通り実の娘として育て、

「竜子は大きくなったら、立派なお婿さんをもらって小笠原の跡継ぎになるんだよ」と、

言い聞かせていた。

賢吉にしても、素直で可愛いい上に実の娘のようにそっくりな気性を喜んでいた。竜子は亡き父親に似た無口な少女だったが、明るく素直に育ち、地元の女子高を卒業すると、宇都宮市にある国立大学の建築科に進んだ。本人も将来は小笠原家の家業を継承し、結婚は婿養子を迎えるものと、自然にそう考えていた。

ところが、同じ大学の二年先輩で教育学部の立花隆博とサークルで出逢い、恋におちて自分の人生に目覚めたのである。隆博は在学中に教職試験に合格し、卒業と同時に念願の鹿沼市立中学の教師になって竜子にプロポーズしてきた。

「りょうちゃんが来年卒業したら僕と結婚してくれないか。真岡のご両親には、筋を通してお願いに行くから、その前に先ず君の気持ちを聞かせて欲しい」と、何度も確かめて来るのだった。

「隆博さん、何度も言ったように、私は一人っ子で父の会社と家を継承しなければならない運命なの。あなたのことは愛しているけど、結婚となるとあなたに婿養子に来てもらうしかない。それがだめなら私たちはもうこれ以上会うべきではないのよ」と、静かな口調だが、固い決意を繰り返すのであった。

翌年、建築科を卒業と同時に竜子は、県職員試験に合格し、栃木県庁真岡土木事務所の建設課に就職をした。

賢吉と政子は、恋人の隆博との様々ないきさつを知る由もなく、竜子が選んだ道を黙って見守っていた。家業とは全く無関係な職業を選択した訳ではなく、何年か県庁職員を経験した後には家業を、どのような形であれ継いでくれる気がしていたからである。

隆博の、教師としての熱情は月日を追うごとに強いものになり、小笠原家を継ぐことなどほど遠いことのように竜子には思えるようになっていた。

二年が経過した頃、竜子は妊娠した。隆博の結婚に対する強い決意が竜子の気持ちを徐々に変えさせていたのだ。二人は、賢吉と政子の前で結婚の許しを乞うたのである。

「竜子さんと結婚させて下さい。小笠原家の事情は聞いています。でも、立花隆博のお嫁さんとして彼女を頂きたいのです。私は高校生の頃から、将来中学校の教師になろうと決めていました。建設業とか請負業は私には無理です。どうか、私に竜子さんを下さい」と、何度も何度も両手をついて頼む隆博を、同じように両手をついて見ていた竜子は、

(この人は強くなった。今の隆博さんなら、仮に両親が許してくれずに勘当されてもついて行ける)と心の内で呟き、冷静にしていた。しばらく続いた沈黙の後、賢吉が口を開いた。

「お腹の子どもを私と政子の養子として入籍することを条件にするが、竜子はそれでもいいか？　立花さんはどうですか？」と、考えてもみない条件だったが、元もと賢吉夫婦にとって孫である子どもだ。育てるのは竜子夫婦に委せると言い、養育には一切口を出さないと言うのだ。但し、

「成人したその子が、小笠原組の仕事をやってみたいと言ったら跡を継がせる」と、いうことだけを念押しされた。

「お父さんお母さん、期待にも信頼にも応えない私を許して下さい。でも私は、二人の娘として自分らしく隆博さんを支えて生きて行きます。我が儘を許してくれて、ありがとう」と、竜子の結婚は、二人に代わってお腹の子どもが何も知らないまま賢吉の後継者指名を受ける形であっさりと決まった。

その年の早春、身内だけの結婚式が那須烏山の料亭で挙げられた。そして、その年の晩秋に男児が立花龍一として生をうけて、その後、祖父母の養子として小笠原龍一に姓を替えたのだが、本人は何も知らず両親の元で健やかに育って行ったのである。

（四）

龍一が中学二年の冬休み、例年の通り真岡の祖父母の家で新年を迎えようとしていた。両親と共に祖父母の深い愛情が、龍一を明るいさっぱりとした性格の少年に育んでいた。

「来年は三年生になるので高校進学の準備が始まるね」と、政子は可愛いいボーイフレンドに話しかける。

「うん、俺、爺っちゃまからは自分の好きなことをやれって言われているけど、いずれ、公立大学の建築科に進むつもりなので県立高校に行くよ」と、言った。龍一は中学に入るとちゃめっけを込めて「爺っちゃま、婆っちゃま」と呼ぶようになっていた。

「だったら将来、建築デザイナーになって世界中を廻ってみたらいいじゃないの」と、少し煽るように政子が言った。

「俺、デザイナーじゃなくて、現場の施工管理みたいな仕事をしてみたいと思ってるんだよ」と、大人びた顔で龍一は答えた。

寡黙な賢吉はこのところますます無口になっていたが、ここで重い口を開いた。

「龍一にも政子にも聞いてもらいたいことがある。小笠原組を公共工事から撤退させて廃業しようと思うんだ」と、打ち明けられた。突然のことなので二人は驚いたが、ことがことだけに余計な口を挟まず最後まで聞くことにした。

「俺は昔から談合が嫌いだった。だからたくさんの指名を受けてもその中から仕事を選び、他の業者では赤字になるようなリスクのある仕事を進んで受けてやってきた。しかし、最近では大きい仕事は大手と地元業者が共同企業体を組んで入札参加をすることが増えてきた。県北の中規模ダムの時もそうだった。ところが、大手は全国規模で仕事を選び受注を図る。結果、地元企業の意志も特徴も無視されて大手の思惑と話し合いで受注業者が事前に決まってしまう。俺があくまでも独自に入札して落札を目指そうとすると、企業体を組んだ相手から脅しのような泣き落としに合い、断念せざるを得ない。俺はほとほとこの談合がらみの仕事がいやになった」と、二人に話すと言いながら、顔も目も龍一一人に注がれている。こうした時の賢吉はいつも決心を固め、結論を出していることを政子は十分知っていた。いつものように心の中で、（賢吉さんの思いの通りに決めればいいんですよ）

と語りかけて聞いている。

「跡継ぎになれと言ってきた龍一にはすまないと思うが、工事部門を群馬の北関東工業に事業譲渡して廃業したい」。すると、龍一も、

「爺っちゃまの考えでそう決めたのならそれが一番いいよ。俺は、爺っちゃまから言われてきたように、自分のことは自分で決めるから」と、受け答えた。

総合建設業小笠原組はその営業を事業譲渡して希望する従業員は移籍し、それ以外の者は任意退職して会社は解散した。

昭和四十年代の終盤頃から国内産の杉、檜といった木材の需要が激減し、外国からの輸入材や集成材が主流にとって替わっていた。

その頃から賢吉は工事請負と併行して所有する中で粘土を出土する山林から、セメント製造に欠かせない粘土を都賀町にある興国工業セメント栃木工場に納める業務を手がけていた。その粘土の納入の業務だけは会社分割による子会社として有限会社小笠原商事を設立して、代表は番頭役の益子を充てた。粘土販売の業務は主に下請けに任せ、管理する社員は総勢四名だけという体制に百八十度転換した。

かつての小笠原組の資材置き場に建てられた小さな本社兼事務所の脇に陶芸用のガスと

電気の窯のある工房が造られた。賢吉は毎日のようにここに通勤し、連日ろくろを回し自分の山から出土した粘土をこね、そして焼き上げては近所と旧知の人々に贈ることを楽しんでいた。

賢吉が嫌ってきた談合と利権がらみのどろどろとした世界から抜け出して、静かで地味な生活がようやく始まったと思えた。ところがまたしてもとんでもない時代の嵐に翻弄されることになったのである。平成元年から四年に掛けて、日本がかつて経験したことのないバブル経済が国民の価値観や判断力、さらには常識さえ狂わす狂奔の三年となって行った。狂った宴の後には余りにも大きい代償が待っていることも知らず、日本国中がバブルに酔わされたのだった。それまで見向きもされなかった山林が、地上げ屋の手に掛かると五倍、十倍で譲渡して欲しいと求められるようになったのである。賢吉は、こうした話はできるだけ遠ざけて会わないようにしていた。しかし、開発業者や地上げ屋はあの手この手を使い、追い込むように攻めてきた。

セメント工場の役員まで動員して夜討ち朝駆けで攻められた挙げ句の果てに、賢吉は遂に山林を譲渡することに同意したのだった。かろうじてセメント工場に納入する粘土を賄うための三カ所を除いて買収に応じ、それまで見たこともなかった不労所得の大金が飛び込んできた。

賢吉はそれまで建設業者として精一杯、命の限り働いて安くて良い仕事をしてきた。それでも人から誤解と恨みを買った。正義を重んじて不正と闘っても暴徒の兇刃に襲われたこともある。幸いに今度こそ静かに余生を送れると思っていたら、バブル経済が考えてもいない方向に自分を運んでしまうのだった。

そんな憂鬱の中で、賢吉はある決心をした。平成四年の暮れのことだ。賢吉は七十五歳になっていた。バブルで得た高額の不労所得をどう使うべきかを考えついたのである。

（五）

その後も祖父母は真岡市で老夫婦だけの暮らしをしていた。賢吉は病気一つせずに元気で、逆に四つ年下の政子の方が病弱で痩せていて、常に夫に介護されていた。しかし、運命は病弱の政子を未亡人として残すことを選んだ。平成十八年八月、生涯寡黙で義を重んじる生き方を通した小笠原賢吉は心不全で倒れると一週間後にあっけなく逝ってしまった。

背中の不動明王と共に生きて共に旅立ったように龍一には思えたのだった。不動様の肩口から切られた刀傷はその生き様を象徴する証として残っていたが、家族以外には知るものはいなくなっていた。そのため湯灌は政子と龍一と竜子夫婦の家族四人だけでしめやかに行われた。

政子が真岡を引き払い龍一と同居することになった引っ越しの日、仏壇の観音像の足下から賢吉が龍一に宛てた手紙が出てきた。

『龍一へ。これを読む時は私が既に旅立った後の筈です。もし政子を残して先に旅立ったとしたら、政子の残された余生を龍一に託したいのでくれぐれもよろしく頼みます。どうしても龍一に伝えておきたいことがあります』と、書き出されていた。

続く本文には、自分は自分なりに義を重んじて生きたかったが、それを貫くことができなかったと書かれていた。そして、最後に一番伝えたいことを記していた。

『おじいちゃんは、バブルの不労所得は全て社会に役立つことに使うことにした。それが国際子ども支援基金連盟に匿名で寄付をすることだった。世界中の貧しい子どもたちのために小学校を造るという目的で設立された団体だ。

その昔、敗戦後の日本の復興期に、私は亡父から受け継いだ方法で小、中学校をどこよりも安く請負いどこよりも早く完成したのです。今の日本は物質的にはなにもかも有り余っていると言える。そこで、行きたくても行く学校がない世界中の子どもたちに小学校を寄付しようと決めて実行したのです。全ての資金を国際子ども支援基金連盟に寄付をしました。全て匿名で絶対に名前を出さない条件でやってきました。

ところが、その寄付の合間を突かれて現金強奪犯人に嗅ぎつかれてしまった。龍一が不思議にしていたあの事件です。番頭の益子が飲み屋で自慢話をしたことから漏れたらしいが、今となっては済んだことだ。犯人が逮捕されて戻ってきた金も全て寄付をした。龍一ならばこんなおじいちゃんの生き様を分かってくれると思う。これが全てです。

結局、龍一に残す財産は何も無くなってしまった。それでも不労所得で得た金を少しでも世界中の子どもたちのために役立てることができて今は満足している。できることなら龍一には、現代に生きる日本人が忘れかけてしまった義の精神を受け継いで生きて行ってもらいたい。

かつて、日本人は弱き者を助ける美徳を持ち、貧しくとも美しい生き方をしてきた。家族を思いやり、他人にもやさしく親切な心を常としてきた。龍一には物質と金銭を優先するような生き方から解放されて、真に心の豊かな現代人としての人生を全うして欲しい』と、書かれていた。龍一の脳裏には厳しくも優しい祖父と不動明王の顔が重なるように浮かんだ。不思議なほど爽やかな気分に包まれていた。

龍一は、(これからもっと勉強して、安くて良い住宅を研究し、世の中の人々に喜んでもらう仕事をしよう)と、心に誓った。戸籍上の父がその生きざまを通して、自分の進むべき道を示してくれたことを強く感じていた。

そして龍一は、この日から祖母を「かあさん」と呼ぶことにした。

翼を持たない天使

（一）

ＪＲ宇都宮駅前から十キロメートルほど西北に位置する宇都宮森林公園内に古賀志山がある。標高は五八二メートルとけっして高くはないが、頂上近くの展望台に立つと晴れた日には鹿沼市と宇都宮市全体が眺望でき、望遠鏡があれば冬晴れには東京の新名所スカイツリーまで見える。春から晩秋までの間にはハンググライダーやパラグライダーが多数飛び交い、頂上から見ていると自分までが空を飛んでいるような気分になれる。

登山コースは初級、中級の他に上級まで三種類あって、上級コースは全長八〇〇メートルと短いがその内の約四分の一が岩登りのレベルで、なめてかかると後悔するほどロッククライミングの風情を味わうことになる。このように経験や体力に合わせて選べることでファミリーや中高年夫婦の他、若いカップルにも幅広い人気があって大勢の人々から愛されてきた。

古賀志町と宇都宮市中心部を結んだ線の西寄りに大谷観音があり、県道七十号線を少し宇都宮寄りに戻った所に湯殿神社がある。その鳥居を左に見て五十メートルほど進むと林の中に児童養護施設『とちのみ希望館』がひっそりと建っている。現在入所の子どもは三歳から十七歳までの三十四人だ。

第二次世界大戦直後の二〜三年は戦災孤児救済のため、東京都済生会中央病院で捨て子台と呼ばれた赤ちゃんポストの前身のような施設が設置されていたが、児童福祉法制定後、孤児が少なくなったため廃止された歴史があった。その昔、親のない孤児のための施設だったが現代では様変わりしている。平和で物が溢れている時代にもかかわらず、日本中で施設入居児童は三万人余りに急増しているのである。驚くべきことに、その内の半数以上が実の父母もしくは養父母などによる虐待から救い出された子どもたちだというのだ。

かつて両親のいない戦争孤児は悲しい不幸の象徴だった。しかし、当時の孤児たちにとって亡くなったか行方知れずの両親や肉親は、自分を見守ってくれる存在であり心の支えとして慕っていたはずである。それに引き換え現在では、全国の児童養護施設に在籍する子どもたちの三人に二人が親や家族からの虐待経験を持ち、避難してきた子どもたちなのだ。今後も彼らは被虐待児としてやり場のない辛い過去と心の傷の苦しみの中で生きて行かねばならないのだろうか。

とちのみ希望館に他の子どもと大きく異なる男の子がいる。その名を笑太という。笑太は自分の口と顎と膝と足の指を器用に動かして日常生活を何不自由なく過ごしているように見えた。彼は来春小学校に入学するので、この日、施設長が特別指導員の澤松力蔵を招いて普通の小学校に入学させるべきかどうかを相談しているところだった。

「先生、あそこでサッカーをしている中で一番小さいのがご相談している今野笑太です」

「うん、予め相談事項を読んでいて肩先から腕までが無いように見えたのですぐ分かりましたよ、それにしても元気で活発な子ですね」と、初老の男は鋭い目を運動広場に向けたまま応えた。

「はい、それはもうここで一番の元気者です。前橋の施設の玄関に捨てられて発見された時も職員が抱きかかえるとニコッと笑っていたそうです。その後、大学病院で診察を受けて暫く乳児院に預けられました。そして、ここに来るまでの一年余、あの子は人見知りもせずいつも笑顔だったと紹介状に書いてありました。その後、ここに来た笑太と顔を合わせた人は何か幸せな気持ちにさせられたのです。私もその一人です。あの身体で生まれてきても幸せだったのでしょうか、笑太は?」と、施設長はここに来る以前の話を皮切りに笑太の生い立ちからのことを語り出した。

ことの始まりはその四年半ほど前に遡る。場所は群馬県大胡《おおご》町(現前橋市)の児童養護施設『天使の家』である早朝、来客用のチャイムが鳴った。宿直が玄関に行ってみるとそこにタオルケットと毛布にくるまれた乳児が置き去りにされて座っていて遠くの道路を軽四輪の乗用車が猛スピードで走り去るのが見えたのだった。

手際よく検診と授乳が施されたが、間もなく駆け付けてきた施設長と保育士が赤ん坊の異常に気がついた。その乳児の両腕は異常に小さく指が四本あるものの肩先から指先まで骨格らしいものが見あたらなかったのである。一九五〇年代後半に西ドイツで製造されたサリドマイド剤が入った睡眠薬が市販薬として世界中で販売された。よその国では妊婦には危険が伴うとしてまもなく販売が禁止されたが、日本では販売が暫く継続されてしまった。このためサリドマイド薬害による奇形児が誕生した時期が五年前後続きその数は延べ三百人以上に及んだ。笑太の場合はそれとは異なり原因は不明だったが、その体型と症状はサリドマイド被害児に酷似していた。

母親の置き手紙である。

『施設の皆さんへ。

私は身体が弱い上に事情があってどうしても自分の手で育てることができません。どうかこの子を助けてください。名前は笑太、奇形障害を持って生まれた子どもですが笑顔で生きてくれたらと願って付けた名です。今月二十一日で一歳九カ月になります。私は骨格不全で生まれた笑太が不憫で何度も殺そうとしましたがそれはできませんでした。笑太はそんな薄情な私をいつも笑って見つめてくれました。まるで、私を許し励ますような笑顔でした。こちらの施設は以前から、赤ちゃんポストを設置していたと福祉の機関誌で読んだことがありました。身勝手なお願いですがこの子をお願いします』と、書かれていた。

その後、笑太は『天使の家』付属乳児院に引き取られ、三歳の時に改めて『とちのみ希望館』の家族として迎えられたというのである。読み終わった力蔵は額の皺を余計に深くして、

「事情はよく分かりました。では、笑太くんに会わせてください。本人が普通の小学校に入学することに対応できるならそれが一番良いことです。あくまで本人次第だ」と、低い響く声で話して再び広場で走り回る笑太に目を移した。

澤松力蔵は、元栃木県警察の名うての刑事だった。勤務五年目に刑事課に配属されて以

来勇退するまで二十八年間を、組織暴力つまり暴力団に関わる事件と殺人などの重要事件を担当していた。その入念な調査と目撃情報や現場周辺の聞き込みで犯人を絞り込んでいく手法は他の刑事の模範であったが、その一方で暴力団関係の被疑者に対する情報収集とおとり捜査や取引捜査を用いる強引な手法はその筋から「魔王」と呼ばれて恐れられていた。

昭和六十年に栃木市で発生した資産家一家強殺詐欺事件では、三年掛けて資産の譲渡転売先と斡旋業者周辺の暴力団を別件で締め上げ念入りに調べあげた。その結果、元暴力団員で不動産ブローカーの男ら二人が資産家夫妻をだまし印鑑を偽造して広大な不動産を第三者に転売したように見せかけ、更に転売して暴利をむさぼっていた。両親の様子を不審に思って訪問した養女まで巻き込んで三人を殺害し、強盗殺人のように偽装した。犯人らは警察の追及を免れようと企んだが力蔵がこれを念入りに捜査して突き止め、犯人二人を逮捕して警察庁刑事局長賞を受賞した。しかしその後、暴力団幹部との取引捜査やおとり捜査が発覚して問題になり、表彰を自主的に辞退させられていたのだった。

（二）

施設の相談室にさわやかな笑顔の少年が入ってきた。

「ぼく、今野笑太です。おじさんは指導員の先生ですか？」と、尋ねた笑顔は噂通り会った瞬間からほのぼのとする魅力を携えていた。

「ああ、澤松というものだ。笑太くんはなぜ、いつもそんなに元気で笑顔でいられるの？」

「ぼくは生まれつき腕がないの。だからいつも笑顔でいなさいって言われたの」

「ふーん、お母さんからかい？」

「うん、いつも笑顔でいられるように名前を笑太って付けたんだって」

「施設の先生や里親さんからもそう言われたの？」

「うん、みんなから、笑顔でいれば誰かが助けてくれるって言われたよ」

「それでいつも笑顔でいるのか。施設長さんからお母さんの手紙を読ませてもらったよ。

ところで、生まれつき腕が無かったら辛かっただろうね？」

「ううん。初めからだから不便って思ったことないよ。だって、足の指は手の代わりになるし膝頭も背中だって使えば役に立つもの。口や顎や鼻だっていろんな使い道があるよ」

「そうか、すごいな笑太くんは。これなら普通の小学校に行ってもみんなと仲良くできるね」と、先ずは今日の施設長の相談ごとに対する答えを出しておいた。

「毎週土曜か日曜のどちらかに相談日があって職員と保育士さん、それに施設長や児童のみんなに会いに来る。また会えるかな？」と、力蔵にしては珍しく優しく尋ねた。

「うん、おじさんと友達になりたいな」

「そうか、おじさんも笑太くんと友達になりたくなった。今度の土曜日の午後三時に会おう」と、力蔵は次に笑太に会う日が待ちどおしくなっていた。


力蔵はこの時、市内のアパートに一人住まいをしていた。昔の同僚以外はかつて力蔵が結婚していたことを誰も知らなかった。本人もできるだけ結婚生活や妻香津子、そして一人娘の佳代を想い出さないように努めていた。

平日は保護司として施設に面会に行き、必要に応じて保護観察官に会い、裁判所や刑務所に出向いて忙しい日々を過ごした。そして、次の土曜日が来た。施設長や保育士、職員との相談時間をやや短縮して三時より十五分早く相談室で笑太と二度目の面会時間が巡ってきた。

「おじさん、こんにちは」吸い込まれるような笑顔である。

「やあ、こんにちは。笑太君はいつも何をしているの」と、六歳の男児の目線で共通の話題をつくろうと努めた。

「ぼく、みんなと遊ぶ時間も大切だけど、やりたいことが山ほどあって時間のやりくりが難しいの。おじさんは、パソコンできる？」と、唐突に訊ねられた。

「前の職場で覚えさせられてね、あまり好きではないけど、一応できるよ。何か欲しいものでもあるの？」

「施設長さんから聞いたことがあるのだけれど、ぼくと同じような人が日本中に何百人もいて外国にも大勢いるんだって。その人たちの暮らしやスポーツ、音楽などで活躍している姿をホームページやブログというので見てみたいの」

「よし、分かった。今度来るまでにパソコンで調べてきてあげるよ。ところで笑太くんは文字が読めるかな？」と、次に提案しようとする話題を用意した上で力蔵が尋ねた。

「うん、漢字はあまり知らないけどひらがなやカタカナなら読めるよ」

「そうか、それならおじさんがパソコンを勉強してそれを君に教えよう。パソコンは嫌いだが世界中の弱い人々を助けるために大きな力を発揮してくれるところは大好きなのさ」

「ふーん、パソコンは弱い人々を助ける力があるのか」

「そうだよ、少し慣れれば世界中の人とここに居ながら情報を交換できるし、必要なことは求めれば何でも情報として入ってくる。同じような境遇の人が信じられないほど逞しく生き生きと活躍していることがよく分かるはずだ。他に何か知りたいことはあるかい？」

と、訊かれて笑太は、

「ぼく、三歳でここに来た時にボランティアのお兄さんからハーモニカをもらってずーっと指導してもらっています。その後、施設長さんから古いギターをもらい足の指を使って教えてもらっているの。今では十曲くらい弾けるよ。施設長さんがパソコンを見て足でギター演奏する人が外国に何人もいることを教えてくれたんだ。今では日本人も何人かいると聞いてパソコンでメールを使っていろいろ教えてもらいたいの」。施設長がエレキギターの爪を笑太の足の親指に合わせて改良し、右足の指で弦を押さえ左の指で弦を弾いて音階を奏でることを練習してきたことを話してくれた。

「そうか、ギターが上手くなりたいのか?」

「うん、ぼくハーモニカとギターをもっとうまく弾けるようになってテレビに出るの」と、いう笑太の表情の中に初めて幼い子どもらしい一面を見たように感じて力蔵は嬉しくなった。

その日は他に三人の子どもからそれぞれ高校進学相談と中学校のいじめ問題、そして一年後に満十八歳になりここを出なければならない少年からの深刻な就職相談に応えて午後六時頃に帰宅しようと玄関に向かった。そこに笑太が首からハーモニカを吊って口元に設置し古いギターを床に置いて椅子に腰掛けて笑顔で待っていた。

「おじさん、次は来週の日曜日だね。待っているよ」

「ああ、今度来るときにはノートパソコンを持ってきて見せてあげるよ。施設長さんにも許可してもらったから、きっと足で弾くギタリストを見つけてくるよ」と、力蔵が笑った。

何年も何十年も忘れていた笑いを思い出したような気がした。さよならを言おうとすると笑太が口と足で演奏を始めた。曲は『上を向いて歩こう』だった。ゆっくりとだがしっかりとした演奏に合わせていつの間に来ていたのか小学校二～四年生くらいの二人の女の子と笑太より小さい男児が一人そばに来て歌いだした。力蔵もいつしかつられて歌っていた。

先ほどの自分の笑顔と同様に歌うことも何十年ぶりのような気がした。でも一度だけ娘の佳代が小学校を卒業した時、一緒に歌ったことが急によみがえって来た。

（俺が笑った。俺が歌った。そして今、この俺が泣いている。「魔王」と異名をとった澤松力蔵がこの笑太という幼い少年に何もかも導かれているような気がしてきた。）

笑太の演奏と三人の子どもたちの歌が終わり、家路についた。帰り道はバスに乗ると直ぐ着いてしまうので余韻を楽しみながら四十五分ほどかけて歩くことにした。

（三）

次の週に施設長からの要請で三人の児童の面接を依頼されていた。この一年以内だけで虐待により入居した子どもが三人いて専門医師による心のカウンセラーを受けているが、併行して指導員の力蔵に面接させることで大人への不信感を解消させたいという施設長の計らいだった。当日、相談室にやって来た子どもは先日笑太のハーモニカとギター演奏に合わせて歌ってくれた三人だった。

「おじさんは、澤松といいます。この前は、『上を向いて歩こう』を歌ってくれてありがとう。名前を教えてね」と、声を掛けたが三人は緊張の所為か互いの顔を見ているだけだった。

「では、名簿の名前を呼ぶから返事してね。榊原みゆきちゃん」と、呼ぶと二人の女児の内で大柄な子が無言で手を上げた。

「君がみゆきちゃんですね。そしたら、もう一度呼ぶから今度は声を出して返事してね」

と、言って呼ぶと小さな声で「ハイ」と答えたが硬い表情のままだった。もう一人の女の子は同じ三年生であると書かれていたがどう見ても二歳くらい下にしか見えないほど小柄でひ弱な感じだった。それでも、その前のやり取りを見ていたので横山綾乃という少女は最初からハイと返事をしてくれた。しかし、最後の益子隼人は何を言っても返事も反応も無かったのである。

「隼人君、おじさんの言うことが分かるかい？　おじさんは君と友達になりたいのさ。仲良くしようよ。おねえちゃんたちのように返事しておくれよ」と、何をどういっても反応がなかった。すると、やり取りを見ていた、みゆきが、

「おじさん、隼人は笑太がいれば何でも話すよ」と、思わぬことを打ち明けた。先週、帰宅しようとした際、笑太のハーモニカとギターに合わせて歌ってくれたことを思い出して納得し、施設長に相談し途中から加わってもらうことにした。

笑太がやって来た。

「おじさん、こんにちは。今日は他のみんなとお話しすると聞いていたので会えないと思ったけど先生から言われたので来たよ」と、笑顔で話してから三人の方に向いて、

「みんな、元気におじさんと話しているかい？」と、ひと言声を掛けると今までと打って

変わった三人は満面の笑顔になり、「笑太、来てくれたの。イェイ」と、叫んでV字のピースを向け合うのだった。力蔵は不思議な思いで尋ねた。

「笑太くん。みんなは君にはこんなに明るく話すのになぜおじさんや他の大人たちに話をしようとしないのだろう?」

「それはね、みゆきちゃんは、おかあさんと二人で暮らしていた時はおかあさんがやさしかったの。でも新しいおとうさんが来てから、ぶたれるようになった。初めはおかあさんが止めてくれたのに、そうするとおかあさんまでぶたれるようになってだんだん止めなくなってしまった。その内、二人で叩いたり蹴ったりするようになり、体中にタバコの火でやけどをさせられたんだよ」

結局、みゆきは近所の人が異常な泣き声や悲鳴を聞いて警察に連絡し助け出され、母親と内縁の夫は日常的虐待により逮捕され刑務所に入った。本人はとちのみ希望館に来てから一年が過ぎて元気になったが、いつか連れ戻されることを常に恐れているというのだ。

もう一人の綾乃の場合は逆に父親がおとなしいビジネスマンで海外や長期出張が多い人だった。

結婚相談所で紹介されて再婚し、とにかく家のことを頼むということになり、若い継母と二人きりになることが増えて行った。父親がいる時はさほどでもないが、二人きりの時には何か言う度に殴られて食事もまともにさせてもらえず学校にも行けないことが多かった。父親が帰宅した時に助けを求めても、

「お義母さんが厳しくしても我慢して欲しい。おとうさんからもよく頼んでおくから、言うことを聞いていればその内やさしくしてくれるようになるから」と、言い逃れしてまた出張に出掛けてしまい、地獄のような日々が始まるのだった。幸い綾乃は、来訪した親戚の叔母が異常に気づいて警察に通報し保護してくれたので助かった。父親には今度のことで目を覚まし、継母と別れるように施設長が内々に説得している。結論が出て継母が去り父親が迎えにくるまでは施設にいるように言われていた。

隼人は両親が交通事故で亡くなり叔父夫婦に引き取られた。両親の保険金は家庭裁判所の管理下で成人するまで養育費として叔父夫婦に支払われることになった。家には二歳上の従姉がいたが隼人は「おねえちゃん」と呼んで何でも言うことをきいていた。叔父夫婦は実の娘を猫可愛がりし、その反動のように甥の隼人をいたぶり続けたという。それがエスカレートして一年後には食事も与えず押し入れに鍵を掛けて出さなくしてしまった。意識不明に陥りようやく救急車で運ばれて、その痩せ方と衰弱した身体と体中の痣を診た医

師からの通報で叔父夫婦が逮捕されたのだった。

虐待が原因で三人は施設の中でもなかなか人と馴染めないでいたが、施設長がもしやと思い、笑太と同室にして暫くすると別人のように元気になってきたのであった。

「ほら見てごらん、ボクは生まれつき腕がない。だけど、口と足、顎や頭が手の代わりをしてくれるので不便なんて思ったことがない。足の指で弾くギターをもっともっと上手になってテレビに出るのさ。みんなも一緒に歌を練習してテレビに出ようよ」と、呼びかけたというのだ。大人への不信感を解消するにはまだかなりの時間を必要とするだろうが、力蔵は笑太のチームに自分も参加して仲間にしてもらうことから始めることにした。

（四）

失意のうちに県警を退官した力蔵がその後、保護司を委嘱され引き受けたのは刑事時代のある事件を担当したことがきっかけだった。

一人の少年が暴力団幹部とその配下の構成員二名に重軽傷を負わせて逮捕された。この事件で重傷を負った被害者の広域暴力団極興会柴田組幹部山崎茂雄は、オレオレ詐欺容疑の首謀者として力蔵が以前から目を付け捜査を続けていた。その最中に起きた事件だった。

「山崎、今度のことは災難だったな。病院まで押しかけて悪いが少し訊きたいことがあってな。犯人の金子良三とは知り合いか？」

「旦那、俺は被害者で悪いのはあの野郎ですよ。顔を見たこともないのにいきなり刺してきておまけに木刀で体中をめった打ちだ」と、頭と下腹部それに両手両足に包帯を巻かれた男は腫れ上がった顔を動かすこともできないまま不満そうに答えた。

「確かに今回はお前が被害者だ。但し、金子の弟が山崎の手下でなにやら頭を使う仕事をさせられていたというが、金子次郎というガキをいいように使っていたんだろ？」

「そのガキは暴走族にいて暴れている頃、うちの若い者が諭して使い走りにしていたと聞いています。それだけですよ」

「そうかい、ずいぶん話が食い違っているな。お前の配下の二人は軽傷だから参考人として来てもらって今、調べている。そしたら、あの二人がオレオレ詐欺に関わっているのが分かってね、あんたが親方だと口を割った。俺とあんたは昔のよしみだし直接話を訊きに来たという訳だ」と、力蔵は被害者への事情聴取から一転して容疑者を追い詰める目に変わっていた。動けないはずの山崎が自動ベッドを起こして力蔵に顔を向けて弁解を始めた。

「旦那、俺は何も知らない。俺は被害者ですよ」手を拝むように合わせ、固定した足が小刻みに震えていた。

「まぁ、養生して早くよくなってくれよ。また、来るからな」と、見舞い客の顔に戻って病室を後にした。

　事の真相はこうだ。山崎は小山市と茨城県結城市のマンション二カ所を根城にして、周辺のお年寄りを対象に様々な詐欺を繰り返し膨大な荒稼ぎをしていた。その中に高校を中退して暴走族に入ってそのリーダーから強引に誘われ、詐欺集団の使い走りをさせられていた金子次郎という十七歳の少年がいた。次郎は恐ろしくなって抜けたいと思っていたが、逆に暴力を振るわれた挙げ句に脅されて連れ戻されてしまった。次郎の一つ年上の兄、良三は新聞販売店に勤務の真面目な青年である。弟からの相談に乗り、できるだけ早く組織から抜け出させようと考えていた。ある日、良三の携帯電話に次郎からメールが入り、「組織から抜けたいと言ったところ暴行されて小山の本拠地のマンションに監禁されている」と、言ってきた。まともに正面から行ったら兄弟揃って殺されるかもしれない。そこで良三は思案し、匿名で小山署のオレオレ詐欺捜査係に電話を掛けた。捜査応援のために派遣されていた力蔵が電話に出て小山と結城のマンションの所在地を入手した。すると、その日の夜、そのマンションの駐車場で車に乗ろうとした山崎が何者かに襲われ救急車で搬送された直後、三階の詐欺グループのアジトが襲撃され二名が軽傷を負い、一人が連れ出されたのである。張り込みの準備をしていた力蔵たちは直ぐ駆け付けたが犯人を逮捕することはできなかった。しかし、山崎を首謀者とするオレオレ詐欺集団を摘発し、双方のマンションにいた八名を逮捕することができたのである。

「山崎は病院でお前らを使ってオレオレ詐欺を繰り返していたと自供した。隠すと刑が長くなるぞ」と、逮捕された八名を力蔵が脅すようにして全貌を暴いたのである。その上で入院中の首謀者山崎茂雄を警察病院の被疑者用病棟に移転させて逮捕した。

金子良三は、傷害犯として懲役八カ月の実刑で川越少年刑務所に服役した。弟は栃木少年鑑別所で保護観察処分を受けて八週間後に出所した。力蔵は、オレオレ詐欺集団を壊滅させる貴重な情報を提供した功労を裁判で証言し減刑を訴えた。しかし、弟を助けるためとはいえ暴力に打って出た行為はやはり犯罪として裁かれなければならない。力蔵は毎月良三に面会に行き、文通をする間柄になった。その年の暮れに良三が出所し保護観察を受ける立場になった。その時に担当した保護司の推薦で、力蔵は数年後、自ら保護司を引き受けることになったのだった。

（五）

力蔵は二年前に保護司会の県外研修で横浜に一泊したことがあった。みなとみらい地区の中核には高さ二九六メートルの横浜ランドマークタワーがある。その最上七十階にあるホテルのスカイラウンジから一望する夜景は、正に日本一といって過言でない輝きと希望を映しているようだ。港を彩るのは光の交差であり、開港百五十年の歴史と未来の可能性とが互いを引き立てているように眩しく見えた。

赤レンガパークと山下公園を結び象の鼻地区中央部を通っている山下臨港線プロムナードから左へ海を眺めると、大さん橋国際客船ターミナルから左方向に延びる防波堤がある。ここから見下ろすとその名の通り象の鼻に似ていた。

「あそこが一五〇年前に横浜港が始まったところです。明日、お時間の都合がよろしければ現地を散策されてみては如何でしょう」と、ホテルの案内係の話に納得して翌日の研修後の予定を変えることにした。

横浜港は安政六年（一八五九年）に国際貿易港として開港し、丁度この時、開港一五〇周年を迎える祝賀イベントの準備が急ピッチで進められていた。昨晩、ホテルスカイラウンジから見た港を散策すると、予定の二時間ではとても回りきれない魅力を幾重にも見聞できた。最後に赤レンガ倉庫に到着した。現在、商業スペースになっている二号館は明治四十四年（一九一一年）に、そして主に展示スペースとして利用されている一号館はその二年後の竣工であると書かれていた。

力蔵は二号館一階のブティックで足を止めた。店の中央に飾られた五十センチほどのライオンの縫いぐるみに目が留まったのだ。若い頃から捜査畑に身も心もどっぷりとのめり込んでいた自分が家庭を顧みることはなかったが、ある時事件が解決して明るい内に家に帰る途中、幼い娘、佳代が欲しがっていたライオンの縫いぐるみを買って帰りプレゼントしたことを昨日のことのように思いだしていた。

「佳代があんなに喜んでくれたっけ」と、つぶやいて立ち去ろうとするとそこに短冊が吊るされていることに気付いた。そこには、開港して間もない横浜に乗組員としてやってきた米国商船乗組員の日誌の一部が紹介されていた。

『これまで日本は永い鎖国により海外との交易が殆どなかった。そのため開国に当たって幕府や武家社会は対応に大混乱している。ところが、一般庶民は人なつこく集まってきて親切である。そして、その庶民の子どもたちは貧しい生活と裏腹に皆笑顔である。今まで見て来たどの国の子どもたちよりずっと笑顔が溢れている。この国では他のどの国よりも子どもを大切に育てていることが分かった』と、書かれていた。暫くの間、力蔵はそこに立ち尽くしていた。一五〇年前の日本は、貧しい庶民の子どもたちが世界中で一番大切に育てられ、皆笑顔で暮らしていたというのである。現在の我が国は物質的には世界に冠たる恵まれた国であるはずだ。なのに、分かっているだけでも三万人余の子どもたちが親や身内の虐待から救い出されて児童養護施設で生活しているという現実がある。しかも、さらに急増し続けているではないか。(今、この日本という国はいったいどうなっているんだ)と、口から出そうになった時だった。傍に置かれた縫いぐるみがしゃべったように感じてはっとした。ライオンは幼い時の佳代の声で『おとうさん、どうしていつも家にいないの』と、囁いたように思えたのだった。

妻の香津子が置き手紙して家を出たのは佳代が中学二年生になる春休み中だった。その時も大きなヤマを追って毎日夜中まで捜査をしていた。二週間後にようやくけりがついて香津子の実家のある会津に向かった。しかし、義父から、

「もう、ここにはいません。郡山市にアパートを借りて佳代の転校と自分の仕事を決めて新しい生活を始めました。家庭裁判所に離婚調停を申し立てたそうです。力蔵さん、なぜ二人を十五年以上も放っておいたのですか。遅すぎました、そっとしてやってください」

と、言われても何一つ言葉を返せなかったのだ。

その後、家庭を失っても尚、刑事として捜査に没頭した力蔵だったが、上司と捜査方針のギャップが生じて自ら警察を去らねばならなくなってしまったのである。

取り返しのできない家族との離別は自らが招いた結果であり、悔やみきれない反省だけが残っていた。市民、県民の治安を守るため命がけで働いた結果が、警察内部からは疎んじられ、最愛の家族からも見放された「孤独の魔王」と揶揄されている自分はいったい何者なのか自問自答する日々が続いていた。

そうした中で笑太との出会いがあった。その日からまるで、失われた人生を取り戻すような思いで笑太との関わりに全神経を降り注いで行ったのだ。

一年後、笑太は二年生の春を迎えていた。

「澤松のおじさんのおかげで、足弾きギターの先生二人が代わり番こに毎週教えに来てくれて発表会に出ることができたよ。本当にありがとう」

「いや、笑太の努力のたまものさ。それに、みゆきちゃんと綾乃ちゃんと隼人を演奏の仲間にしてくれたおかげで三人ともあんなに元気に明るくなった。笑太はえらい」と、力蔵は自分まで生きる力を分けてもらったことを含めて素直に感謝した。

「ところで今日は笑太から頼まれていたことが実現しそうになったのでやってきた。昨年以来SNTテレビの青山部長から、アメリカで生まれつき両手のない足弾きの天才ギタリストを日本に呼んでコンサートを開く話が決まったと言ってきた。私はこの日のために一年間、ことあるごとに青山さんにこのことを提案してきた。実現の暁には、テレビで笑太と天才ギタリストと対面し共演してもらうよう働き掛けてきたのだ。施設長と保護課長にも了解してもらったよ」と、出会った時からの希望を叶えてあげられた喜びを身体全体に表していた。

「ほんとう？　信じられないくらい嬉しい。おじさんありがとう」

「これで、テレビを通じて行方の分からないおかあさんと再会できるかもしれないね」と、力蔵は笑太がテレビに出たがっていた訳がそれと信じていた。ところが、

「ボク、おかあさんと会いたい他にもう一つ、どうしてもテレビに出たい理由があるんだ」と、話し始めた。

「おじさん、みゆきちゃんたちがボクにだけ何でも話すことと何でも信じてくれることを不思議に思うって言ってたよね。あれはみんなが、生まれつき奇形児のボクを自分よりずっとかわいそうな子だって思ったので仲間にしてくれたの。虐待された子は大人を信用できなくなっている。ボクがこの身体でも元気にしていることでみんなに少しずつ勇気が湧いてくればいいと思う。おかあさんにもボクが元気でいることを知ってもらいたいし、多くの人に少しでも虐待や育児放棄を無くすように伝えたい」と、笑太の思いは自分が想像した子どもっぽいものでないことを悟って力蔵は恥じていた。

(そうだったのか。それほど深く自分の生い立ちや生きるということについて、虐待被害児や育児放棄された子どもたちのことを考えていたのか)と、気づいてからの力蔵は笑太のテレビ出演に目の色を変えて奔走した。幸い、刑事時代から昵懇の青山が番組制作部長になっていたことで話が思ったより早く進んだ。その年の暮れ、SNTテレビの年末特別番組『世界の超人と日本の超人』二時間スペシャルが放映された。事前に収録された世界の超人の中に、生まれつき両腕が無い足弾きの天才ギタリストで米国シカゴ在住のマイク・

アンソニーがいた。そのコーナーの途中で日本にもいた超人ギター少年として笑太がゲスト出演した。アナウンサーが経歴紹介後インタビューで話を振ってきた。

「笑太くんは両腕がないハンディをものともせずハーモニカとギターを使いこなして見事な演奏をして頂きますが、その前に全国の皆さんに一言話したいことがあるそうです」

「ボクは今野笑太です。おかあさん、このテレビをどこかで見ていたら腕の無いボクのことをすぐ分かるでしょ。おかあさん、ボクのことでもう苦しまなくていいよ。ボクはこうして元気に育っています。両腕が無くても、知能や身体に障害があっても僕たちは生きています。大人のみなさん、ボクの仲間は皆さんの虐待や育児放棄から逃げることができました。でも、まだ多くの子どもたちが苦しみながら逃げることもできずにいます。日本は昔貧しかった時代でも、世界で一番、子どもを大切に育てる国だったそうです。どうか僕たちの演奏を聞いたら今すぐ虐待や育児放棄を止めてください。そして、昔の日本に戻してください、お願いします」と、言い終わると、『ふるさと』を笑太のハーモニカとギターの演奏で、みゆき、綾乃、隼人の三人が歌い上げた。途中でマイク・アンソニーがジャズ風に演奏して聴かせてから、二番は会場のゲストが一緒になって大合奏と大合唱になり、その反響は間もなく全国から届いてきた。

（六）

日本各地に昔から伝わる民話や郷土神話がある。東北の海岸に近い地方には、『白痴の子どもは鯨の生まれ変わり』という言い伝えがあった。そのため昔からこの地方では今でいう知的障害を持つ子どもを大切にしてきた。それは結果としてこの地域において全ての子どもを大事に育てる要になっていったと考えられる。また、ある地方ではその昔、子どもを大事にしないで死なせてしまったことが原因で不作凶作が何年も続いたと思いこみ、偉いお坊さんに祈祷をしてもらい「今後、何があっても子どもを大切に育てる」ことを誓って飢饉を回避したと言い伝えられていた。この場合もそれが教訓となり現在まで生きていた。

笑太がSNTテレビに出演してからマスコミが動いた。虐待による死亡事故や殺人未遂の逮捕者の報道が繰り返されている一方で、笑太のホーム、とちのみ希望館に全国から一〇〇件を超える贈り物や寄付金が寄せられた。同様な贈り物がテレビ局には三〇〇件を超えて届いていた。するとこれをきっかけにタイガーマスク伊達直人の名前で全国の児童養護施設にランドセルや金品が数百件寄せられたのである。

「どうした笑太、浮かない顔をして。テレビの反響は凄いじゃないか、良かったな」

「おじさん、ボクは半分しか嬉しくないよ。施設の方々が助かるといって喜ぶのは嬉しいけど、寄付はブームみたいにいつか冷めてしまうよ、きっと。それより、全国の人々が子どもを大事に育てることが普通のことだった頃を思い出して欲しいの」と、自分の本当の狙いがもっと本質的なところにあることを示していた。

「うーん、まいったな。おじさんの方が表面しか考えていなかったようだ。ごめんな」謝ってから暫く考えていた力蔵が次の提案をしてきた。

「どうだろう、SNTテレビの青山部長にもう一度お願いして、違うキャンペーンを企画してもらうのは?」

「えっ、どんなこと?」

「笑太も知っていると思うけど、日本経済は平成バブルの崩壊から長いデフレ不況に陥った。途中でハイテクバブルの時期があって期待されたが景気全体を押し上げるところまでは行かなかった。その結果、しわ寄せは弱者に、特に幼い子どもたちに向けられてしまったのではないだろうか」と、最近は力蔵が笑太に話す話題と内容が大人同士のようになっていることに気づかないまま話を続けていた。

大企業はやや持ち直してきたが、中小企業は相変わらず厳しい状況で雇用を拡大する余裕はない。米国やヨーロッパ諸国ユーロ圏の経済危機や、逆に発展著しい中国やインドを始めとする新興国の高い競争力に挟まれる形で仕事が流出し減少していたのである。直接的には残業が減った夫の収入だけでは住宅ローン返済も育児も生活も成り立たなくなり、全国で職を求める主婦が急増していたにもかかわらず子どもを預ける保育園、保育所が満杯で予約待ちが溢れていたのだ。

「きっと、おかあさんたちは働くに働けず生活苦と育児のストレスに追い込まれ、目の前の我が子に知らず知らずのうちに当たって虐待へとエスカレートしているのではないかな?」途中で、独り言みたいになっていた話に気づいて口調を変えた。

「笑太、もう一度テレビに出てみないか?」

「どうやって?」

「青山さんに頼んでみるが、確かに現在のタイガーマスク現象は間もなく消滅してしまう一過性のブームみたいなものだ。そのところを説明して、各県の児童福祉の部門に基金を設立してもらい保育園を二倍にする運動をマスコミの応援で展開する、というのはどうかな？」
「名案だけどそんなにうまくいくかな？」と、今度は笑太が慎重になった。
「やってみないと分からない。でも、やる価値はあるよ。なにもしなければもっと虐待が増えて逃げ出すこともできず地獄のような毎日を送る子どもが苦しむことになる」と、力蔵は笑太と自らに言い聞かせた。

笑太が次にテレビ出演したのは、バラエティーでも音楽番組でもなかった。報道番組『日本から児童虐待をなくせ』という、福祉と社会問題を考える会が厚生労働省とＳＮＴテレビと提携して企画した、子どもを大切に育てる日本に戻そうと国民に呼び掛ける放送だった。

ここに関東全都県の児童養護施設から選ばれた二十人の子どもたちがアンケートに答えながら、虐待をなくすための対策を主催者が国民に呼び掛けたのである。

番組のフィナーレに笑太のハーモニカと足弾きギターの演奏が流れる中で朗読が披露さ

れた。

『団塊世代の人々が子どもの頃、日本人は貧しかったけれど皆、平和と自由を満喫して生き生きとしていた。普通の家庭に祖父母と父母と子どもたちがいて、年寄りの経験と知恵が子どもから孫へと伝えられていた。家族構成は家長制が残っていて男尊女卑のところもあったが、父親は自信に満ちて家庭と家族を守る強い存在だった。母親は嫁として舅姑に従順に尽くし、夫を敬愛し母として子どもをこよなく愛し、育て守っていた。終戦から十年経過しもはや戦後ではないと言われた頃、庶民は物やお金がなくても支えあう人々のぬくもりがあった。そして、何より子どもはみな笑顔だった。

日本は今、物が溢れ情報が飛び交い欲望を満たす物が手を伸ばせば届く時代だ。家庭は核家族化して年寄りだけの所帯が殆どになっている。まもなく老夫婦のどちらかが老人ホームか病院に入り他界すれば孤独な老人の一人住まいが殆どになり、やがて空き家になる。そうでなくても、近代建築による特別老人養護施設や有料老人ホームが全国津々浦々に誕生しても尚、入居希望者が溢れている。仕事としてサービスする介護士の方が家族より優しいことが現在の常識だ。同年代の年寄りたちと一緒の方が楽しくて幸せだと家族は決めつけている。都合のよい建前に隠れて両親と同居することを極力避けているのが平均的日本人だ。お年寄りたちは何よりも家族と一緒にいることが一番の幸せだということを全ての日本人に今こそ思いだして欲しい。障害を持っていようと子どもが笑顔だった昔の日本を思い出して欲しい。まもなく自分が祖父母たちと同じ立場になることを考えて欲しい。昨今のタイガーマスク伊達直人は正義の味方として現れたのではない。むしろ本当の介護は家族にしかできないことを伝えに来たのだ。日本の年寄りと子どもがみな笑顔だった昔を思い出して欲しい。そして、私たちに直ぐできる小さな一歩として各都道府県の保育園を二倍に増やしおかあさんに安心して働ける環境を用意してあげよう』と、ゲストの著名な女優が朗読している間、笑太は『WE　ARE　THE　WORLD』を笑顔で演奏し、他の生まれつき障害を持った子どもや虐待被害児童など、児童養護施設に暮らしている十九名が笑顔でステージに立っていた。この日から全国都道府県の保育園を二倍にするための基金に献金が殺到した。

次の週の日曜日、とちのみ希望館の今野笑太宛に一通の匿名の手紙が配達された。消印は群馬県前橋中央からだった。

『笑太さま。テレビで立派になった姿を拝見しました。あなたは一生苦しんでも許されない私を救おうとしてテレビで呼び掛けてくれました。よくぞ生き抜いてくれました。あなたの天使のような笑顔に賭けて施設の皆さまに運命を託した私を許して下さい。事情が許される時がきたら名乗り出て行きます。今はただ、あなたが逞しく素敵な人生を歩む姿を遠くで幸せに思いながら見守るのみです。あなたの母であることが今は本当に幸せです。

母より』

それからしばらくしたある日、澤松力蔵は、笑太に真剣な顔で話しかけて来た。

「笑太、お願いだ。俺の家族に、息子になってくれないか。そして、友達や仲間と一緒に日本のお年寄りと子どもの笑顔を取り戻す活動をして行こう」


その後も笑太の笑顔が多くの人々を救ったのである。

あとがき

今日、我が国は六十五歳以上の高齢者数が過去最高になったと言われています。しかも、今後当分の間、この数が減る見込みはありません。私もその中の一人として、微妙でやや複雑な気持ちになりますが、ブッダは人生を生・老・病・死を免れられない「苦」とした上で、「四苦八苦の全てが移ろいゆくもので常が無い。常が無いということは空《くう》そのものであり、空なるものに人は悩む必要はない」と、悟ったと言われています。私は最近、「人間は、苦の人生の中で、ほんの僅かな、そして小さい喜びを幸せと感じる」ものと思うようになりました。それは、美しい星空を見上げた瞬間であり、澄んだ山の空気を吸い込んだ時、人々に優しい気持ちで接することができた時、挨拶をして返された時など、他愛もないことにも、限りなく「幸せ」を感じることができる人こそ幸せな人生と言えるような気がしています。そして、ストレスで神経をすり減らす現代人の心身にやすらぎと癒しを齎《もたら》す温泉もまた、神仏に贈られた「やさしさ」であるという考えに行き着いたのです。

日本人の多くは古来、宗教とも異なる独特な自然崇拝の感性を持っていました。太陽や月をはじめ、温泉や山岳など森羅万象に神々が宿り、二十一世紀の現在における科学の進歩とは全く別の次元で、その神聖な恵みに感謝しているのです。そして、その思いを持つ人々には、時として小さな奇跡が齎されることも事実です。

日本には生活に根差す民話や神話の中に、「白痴の子どもは鯨の生まれ変わり」として弱者を大切に守ってきたことや、「座敷童」が幸運をもたらす話などがあり、こうした身近な人にやさしい言い伝えが、私たちの心身に宿っている何かを思い起こさせてくれました。誰にでも、一生の間に、ふとしたことで触れ合った温かなやさしい人々との出会いがあります。

その一コマ一コマは、短くとも、人生の停車場のように鮮やかなシーンとして映し出して伝えたい情景です。

二〇一六年　秋

高杉治憲

高杉治憲《たかすぎはるのり》（本名：篠崎暢宏《しのざきのぶひろ》）

栃木県佐野市小中町出身（1946 年 2 月生）
立教大学法学部卒業
栃木県文芸家協会事務局長

＜著書＞
　『甦る灯火』（下野新聞社　2015 年）
＜受賞＞
　第 67 回栃木県芸術祭文芸賞　『坐禅草』
　第 63 回同準文芸賞　『不動明王の贈り物』
　第 65 回同準文芸賞　『夫婦にて候』
　第 34 回宇都宮市民芸術祭賞　『春の嵐』
　第 30 回同準芸術祭賞　『大金鯨と温泉トラフグ』
　第 31 回同準芸術祭賞　『天空を駆ける』
　第 32 回同準芸術祭賞　『翼を持たない天使』
　第 10 回銀華文学賞入選　『夫婦にて候』
　平成 26 年下野新聞　新春しもつけ文芸　短編小説第 1 位　『鬼灯の詩』

馬頭温泉物語

2016 年 11 月 21 日　初版第 1 刷発行
著　　　者　高杉治憲
発　行　所　下野新聞社
〒 320-8686　栃木県宇都宮市昭和 1-8-11
TEL 028-625-1135（編集出版部）　FAX 028-625-9619
印刷・製本　株式会社井上総合印刷

ISBN978-4-88286-633-6